陳映真全集

13

1991

1992

人間

目次

波灣戰爭中噁心之感

自從美國超強戰爭機器以「聯軍」的名義出兵中東波斯灣地區以來，台灣的電子媒體，幾乎全面以歐美中心的觀點報導海灣的慘烈戰爭。人們看到不可置信之殘酷和強殺傷力的現代武器，對伊拉克進行完全超出軍事的目的的、冷血的殺戮和破壞。這些武器，看來多麼像兒童世界裡想像豐富的玩具武器，卻活生生地在電視螢光幕前一寸寸摧毀和殺害伊拉克的土地和平民。當「盟軍」的飛彈擊中伊拉克民眾的地下掩體，造成四、五百民眾的死亡時，盟軍一口咬定伊拉克利用民眾的防空掩體設置軍事指揮中心。不久之前，美國國防部官員和一些好戰的參眾議員公開討論在伊使用原子彈和核武器的必要性。二月二十日，美國、英國和法國驕悍粗暴地拒絕了為第三世界各國、不結盟各國、蘇聯、中共、德國、義大利和聯合國秘書處所歡迎的，由蘇、伊共同協議的和平方案，西方列強甚至要以戰犯審判海珊、扶植親西方伊拉克新政權、戰後賠償等苛峻的相對「和平」要件，要伊拉克人民在對西方屈膝臣服與在美國現代武器下全面毀滅中選擇其一。

美國在海灣大戰中，猶如美國在一九五〇年以降數次干涉主義、擴張主義戰爭一樣，使用兩個老技倆。一個是以聯合國、國際聯軍之名出兵，達成擴張美國國家利益的目的。不但韓戰、越戰如此，即一九四〇年代後半陰謀占領台灣時，也有以聯合國託管台灣、以聯軍軍事占領台灣轉換蔣氏政權、籌備公民投票決定台灣前途的計畫案。其次，就是以「國際秩序」、「正義」、「自由」、「和平」這些大義名分，為醜惡的帝國主義戰爭塗脂抹粉。

在歐美宣傳下，海灣戰爭，是打殺和希特拉、斯大林同樣瘋狂的獨裁者與侵略者的正義之戰，是阻止獨夫海珊的伊拉克以強大武力支配中東產油各國從而支配世界的正義之戰。

然而，事實是怎樣的呢？

事實之一，是美國和西方帝國主義伺機出兵進駐中東油源地區。美國中東問題專家，約翰·霍普金斯大學的羅勃特·塔克教授，早在越戰後就主張出兵進駐中東油源地帶，尤其是進駐與美國友好的沙烏地阿拉伯。福特、卡特而至於雷根三朝白宮主人，都苦於因阿拉伯民族主義的強烈抵制而無法實現這個政策。

去年八月五日，伊拉克攻科威特之後的數日，美國派遣國務院高官飛沙提出一份報告，說明伊拉克併科威特，其志在最終支配沙烏地，從而全面將阿拉伯油源置於伊拉克控制之下。為面對此一危機，沙烏地及其他油源國應與西方合作力抗伊拉克，有必要讓美國武裝進駐沙國。

美國終於達成了它的政策目的。

一九七三年的第一次石油危機，充分說明了事實：操控石油資源，從而操控石油工業，即能撬動整個地球。美國以懲罰伊拉克侵攻科威特的大義名分，占領了中東最大的產油地區，得以使美國透過對產油地市場支配，而達到使目前日益衰退的美國資本主義重新執世界經濟牛耳，並通過控制石油資源而壓抑在工業和管理上不斷上升超前的石油消費國日本及德國，而力抗美國衰落的大勢，繼續稱霸於世界。

事實之二，是美國要藉海灣戰爭重振美國「軍事—產業複合體」，從而扶植美國的軍事產業資本。

世界冷戰在戈巴契夫終於承認美國霸權主義的優位中趨於結束。為了冷戰構造而長年肥大化的美國天文數字軍事預算，在後冷戰時代中成為沉重的負擔，而受到國民的批評。國防開支的削減，將使在美國產業中占有高比率的軍火產業資本全面萎縮，從而使美國資本主義全體的發展受到重大打擊。在政治上，冷戰時代在美國外交進程中占有重大發言地位的美國軍部，在後冷戰歷史中衰微。布希出兵中東的「壯舉」，實際上是把握戰爭機會，美國「軍事—工業複合體」(military-industrial conglomerate)的「帝國主義—戰爭」機制，賦活美國軍事工業資本，提高國防部戰爭機器在外交戰略中的地位，從而奪回自水門醜聞、越南戰爭後逐步失卻的白宮政治指導權。海灣戰爭爆發不久，許多美國軍事關聯工業股票大振，沙烏地即刻對美國下了數十億美元的軍火採購訂單，參、眾議院在戰爭狂熱中，讓出了政治主導權，布希和戰爭官僚在媒體上風光一時。

事實之三，是美國帝國主義從來沒有什麼外交上或軍事上的正義，而僅僅有赤裸裸的美國霸權主義利益。為了制衡回教原理教派的伊斯蘭民族主義，美國以大量軍火支持伊拉克與伊朗打長期戰爭。今日伊拉克強大的武裝力量恰是美國和西方軍火資本所培育出來的。美國昔日養大了伊拉克，和今日之必欲置伊拉克於死地，一樣都是為了美國的帝國主義國家利益。冷戰後美國的國家利益最大、最重要的目標，是對世界資源的操控與支配。一九九〇年八月三日，《華爾街日報》就吶喊：「冷戰已經結束。來日將是資源的爭奪戰爭——尋求黃金和石油的戰爭！」石油資源所產生的巨大而獨占的利潤，已經成為世界資本主義體系中的一個重要組織部分。去年九月十日《紐約時報週刊》估計，石油國家在西方的投資，數額超過九百億美元。如果海灣地區石油資金對西方有不可抵抗的吸引力，則對於海灣地區石油產業本身的帝國主義控制的吸引力就更為誘人了。冷戰結束以後，東西兩種意識形態的拮抗，已經快速地變成南北之間的、剝削與反剝削的對抗，成為通過石油資源的支配而稱霸世界的帝國主義和反對它的資源民族主義間的鬥爭。

和古老的亞洲一樣，中東文化和歷史中存在著深刻的屈辱。古典的帝國主義固不論矣，二次大戰後的中東文化和歷史充滿著美國霸權主義的惡夢。以色列的建國和對周邊阿拉伯人民的壓迫，是美國意志的實踐；伊朗國王曾經長期成為美國腐敗的代理統治者；一九五〇年以後三次土耳其政變，莫不是由美國的導演；當阿拉伯人理解石油資源的威力，利用石油力量恢復伊斯蘭的光榮和自尊，成為現代伊斯蘭石油資源民族主義的主要內容。巴勒斯坦復國運動，伊斯蘭原理主義的賀梅尼反帝、反西方民族主義，海珊的玉碎抗美，都是覺醒的阿拉伯民族主義的一個重要部分。這說明廣泛伊斯蘭世界的人民，對西方帝國主義侵侮阿拉伯世界的忿怒，遠勝於對一個獨裁者海珊的忿怒的原因。

儘管我們知道帝國主義歷史在近、中東、非洲曾有許多複雜的疆界問題，但我們也反對伊拉克用武力來解決這些複雜的疆界和歷史問題。然而，連月以來，看著以美國為首的西方先進強國，以偽善的藉口掩蓋狼子野心，對伊拉克進行毀滅性的軍事攻擊，傲慢的峻拒各國的和平建議，讀著我們朝野「評論家」們一面倒向西方的暴評（有一位「學者」說，看美國膺懲伊拉克，就知道中共絕不敢輕易「犯台」！）我感到無由自已的噁心……。

初刊一九九一年三月《中華雜誌》第二十九卷總三三二期

國務卿艾奇遜閣下……

讀廖文毅的《台灣發言》(Formosa Speaks)

一九四九年六月二日，美國駐香港副領事優・米理根(Eugene Milligan)寄了一件一八三頁打字紙的文件給美國國務院中國事務科的菲・史布勞斯(Phllip D. Spruose)與一位荻・塞維斯(Dick Service)。塞維斯是國務院官員還是特情人員，無從知道。這厚達一八三頁的文件，是當時在香港的「台灣再解放同盟」主席多馬斯・W・I・廖博士(Thomas W. I. Liao)，廖文毅手寫，題為《台灣發言》(Formosa Speaks)的文章。

在已經解密的一九四九年美台關係外交文件中，同時附有廖文毅寫給塞維斯的信，這封信的內容，說明他們之間有十分密切的關係。廖向塞維斯報告起居皆安。由於大陸局勢在快速變化，廖文毅希望塞維斯「持續」給他們「各種建言」，因為「如你所知，對於國際政治，我們十分無知」，廖文毅寫道。信中提到他另有信致美國國務卿艾奇遜，信末說：「請讓我們知道你會幫助我們的可能性——在上一次會面時，我在給你的備忘錄中所說的那些事。」

廖文毅對塞維斯在「備忘錄」中提了什麼要求「幫助」之事，我們自然不知道。但駐香港美國領事和美國情報人員，在當時和搞台獨的廖文毅有如何密切的接觸——給予「台灣再解放同盟」各種「建議」和「幫助」，並存檔於國務院機密檔案——則十分明白。

美國國務卿艾奇遜閣下

日期署一九四九年五月三十日，廖文毅以「致美國國務卿艾奇遜（Dean Acheson）閣下」開章，寫了一封備忘錄。備忘錄說，廖文毅得悉美國當局要求十二個「民主國家」「在承認中共問題上應當慎重」，並要求開會以形成「對待赤色中國的統一的政策」。接著，廖博士寫道：「（美國）這項提議證明制止共產黨在日本、琉球、台灣、菲律賓、印尼、馬來西亞、緬甸、泰國等環島鎖鏈進一步擴張的急迫需要。」廖文毅認為，在西太平洋地區中，一旦被「敵對或無能的勢力」占領，其防衛體系就不完全。而「台灣是西太平洋的馬爾他」。他認為在「《對日和約》未簽定前，台灣在法理上不屬中國」，故可合法地和不斷惡化的內戰中的中國分開。「最後，把台灣包括在這個地區集體安全的民主鏈鎖（democratic chain）之必要性，不容爭辯。」因此「民主國家應該採取即時的適合行動以避免共產主義滲透台灣，並且自國民黨的專制和劫掠中拯救台灣居民」。信末廖文毅要求今後如有討論台灣問題之國際會議，由美國邀請廖文毅的「台灣再解放同盟」派代表參加。

誰的「戰略重要性」？

和柯喬治之流的美國特情、外交官、帝國主義分子有長年密切關係的廖文毅，顯然熟知自一九四七年以降，美國當局預見國民黨在內戰中的敗北而積極籌謀排蔣，並建設一個親美、反共、拒華的「獨立的台灣」這樣一個美國的台灣政策。因此，歷史地看來，廖文毅甚至比國民黨還要早幾年倡言台灣在封鎖中共的「島鍊」(island chain)的重要戰略地位，說服美國干涉海峽，使台灣與中國分裂。《台灣發言》的第一章〈導言〉中，廖文毅就稱中共為「蘇聯帝國主義的先鋒」，一個「獨立的台灣」在防堵共產擴張的菲、澳、印尼、韓、日、琉球等島鏈中相當重要。更要緊的是，廖文毅向美國人保證：「台灣人」一般地既不願在「中國殖民主義」(指國民黨)統治下，也不願在共產主義奴役下生活。

時至今日，國民黨更是長年來也以居於阿留申群島、日本島、朝鮮半島、台灣、菲律賓這個反共、反中國「島鏈」，為美國戰略和國家利益，自稱「重要」，並以之長期從屬翼附美日帝國主義。台獨人士也不斷地在說台灣對美國和日本的「安全」具有如何的戰略重要性，力主國際干涉，使海峽的分裂固定化和持久化。這樣的想法，其實早在一九四〇年初由美國柯喬治之流提出，而在一九四九年成為廖文毅《台灣發言》中心極為容易而重要的指導思想了。

日本殖民主義使台灣文明開化！

手稿在第二章是向洋人介紹台灣史的。廖文毅把台灣史分成七個時期：（一）高山族時期；（二）西方人占領期；（三）明鄭期；（四）清朝期；（五）（唐景崧）台灣共和國時期；（六）日治時代；（七）「中國占領時代」。這種分期論，對台獨運動後來把荷蘭、西班牙和日本在台殖民的歷史，與明鄭、清朝、「國民黨中國」的時期等同視為台灣人被外來勢力「殖民」的歷史這樣奇謬的史觀，有決定性影響。把明鄭、清朝和「國民黨中國」支配台灣看成「殖民統治」，在社會科學上是可笑的。當然，一九五〇年後的台灣有「新殖民地」社會性質，但那是美帝國主義的新殖民地。「國民黨中國」和台獨一樣，力爭為美國新殖民主義反中國而充當美國對台代理統治者。

廖文毅對於日據時代給予極高的評價。他雖然也「批評」了日本在政治上的高壓、與經濟上的榨取，但他以為因日本人「成功地使台灣人和中國人分離」，「台灣人」的「民族認同得以在此一時期獲得」。日本治台，使工業發展，「使台灣的生活水平高過目前中國在台統治時」。而「台灣學生」在日據時代得以「留學外國」，「學習了科技」，「呼吸了現代文明」。

這無疑是台灣地主少爺的「殖民制有利論」的世界觀。日據時代的「台灣人」、「本島人」概念，是以針對於「日本人」、「內地人」，而不是針對於「中國人」的概念存在，今日尚健在的在台灣的農組、文協老前輩都可證明。而在民族認同上不論右翼蔣渭水之傾向中國民族主義，嚮往國民革命，台灣左翼也和中國左翼運動有極為密切的組織和工作上的關聯。像廖博士一樣「能到日本和其他國家留學」的台灣學生，畢竟是極少數，而殖民主義在前資本主義的殖民地帶來比較「進步」的「現代文明」和生產方式，恰恰是為了更有效、廣泛地掠取殖民地勞動、原料和市場，並透過日本在台灣糖業資本，對台灣居民進行苛酷掠奪，引起台灣人民終日據時代不曾稍息的反抗。

對「中國人」的民族歧視主義

第三章〈日本投降後的台灣〉把光復後「中國人封建壓迫」政權的惡政、暴政痛烈批評一番。第四章〈中國國民黨下的台灣政情〉則露骨地表現了台獨運動對「中國人」的歧視性評價。通篇

《台灣發言》，是以「台灣人」民族與「中國人」民族兩個對立、相異民族的觀點展開的。他認為，「中國人」不講效率、懶惰而不負責任、獨裁專斷、貪財、監守自盜、賄賂貪汙、詐欺等等。「中國人的社會對金錢的崇拜根深蒂固，認為錢可通神，見錢忘德，為官必定貪財，」廖文毅寫道，「在面子和金錢之前，在中國，法律完全失效。」對中國民族充滿了輕蔑、仇視的感情。這些評價，落實到當時劫收台灣的個別國府官僚和官僚集團是準確的，但無限上綱到成為對全體「中國人」的評價，就是反華、反民族的種族歧視了。

第五章〈國民黨統治下經濟的崩潰〉，敘說台灣生產停頓，通貨膨脹。廖文毅威脅美國人，情況十分嚴重，「若不立刻改善，台灣共產化怕已不遠」，又說「今日，在台灣，台灣人都學英語，不學華語」，而「當台灣人聽說中國大陸示威反美，抗議美國援助日本，台灣人莫不訕笑，笑中國人像一個善妒的女人」！

第六章〈台灣人的要求〉中，著重提出「公民投票決定台灣前途」，先由聯合國派人進駐台澎，「集中」然後「遣返」一九四五年八月十五日以後來台的「中國人」；國府手中之日產「交由台灣臨時政府」管理至「公民投票」作業結束，保留被「中國人」破壞之私產、公產之「賠償修復權」！

第七章到第八章為「台灣再解放同盟」及其主張和「台共之浩劫」。對今日讀者，最突出的部分，是廖文毅再三強調「台灣人」與「中國人」不共戴天，水火不容，急欲獨立；「台灣人」「天性熱愛自由，不喜歡共產主義」；西方應幫助「台灣人」獨立，才能保障台灣不落入「國際共黨陰謀」；美國及西方應阻止在中國內戰中潰敗的國府及「中國人」流亡來台，致台灣人更加貧困化，從而使「台灣人激進化，淪入共黨之手」，對「西太平洋安全」十分不利。今日獨台、台獨的論點尚未越過這種冷戰口徑。

在說到台灣當時的「共黨活動」，廖文毅的想像力尤為驚人。據他說，「中共取得華北後，有數千個中共間諜和台籍共黨分子（在東北接受俄國訓練）滲入台灣，在台灣南部向農民宣傳煽動」。至於台共黨人即分為兩部分，即「約十二人左右重要台共人物」分散在香港、上海、華北、日本。「他們有名氣，但已無影響力」；另外是「中共在華北勝利後，有數千中共黨人滲入台灣，在農村傳新民主主義」！廖文毅又說還有一股數百人以遣反台灣人名義滲入台灣的共產黨人是「直接受共產國際訓練和指揮」的！對於當時在台共產黨人的實力，這是「誇大宣傳」了，其目的在以「台灣赤化」威嚇美國支持廖文毅「台獨返台」。

其次，廖文毅向美國人誇報了當時的島內外台獨組織，號稱有十個團體。說到廖文毅領導的「台灣再解放同盟」，他特別介紹了他自己的美國學歷背景：密西根大學科學碩士、俄亥俄大學博士；此外，「台灣獨立聯盟」有「十萬人」；黃紀男的「台灣青年同盟」有「十萬」盟員；「台灣山地人協會」也有「十萬人」！另外有沒有說明成員人數的「台灣民眾同盟」、「台灣學生同盟」、「台灣婦女會」、「台灣經濟研究會」和「台灣自由會」。而據說這十個「台灣人組織」一致同意在他的「台灣再解放同盟」領導下建立一個台獨「統一戰線」。有趣的是，廖把實際上是一九四八年二月成立於香港的「台灣再解放同盟」，提前在「一九四七年八月」建盟，使該「同盟」的歷史長些。

這份以美國人為訴求對象的文件，顯然有這寫作策略：（一）強調共產黨人的滲透，特別詆稱「數百」個直接受莫斯科指揮的共諜的危險；（二）強調協助台灣獨立，是抗共、抗赤化台灣有效的途徑，台灣一旦赤化，「西太平洋防線」不保；（三）誇稱他的「台灣再解放同盟」勢力大，群眾廣泛，多達數十萬人。事後的歷史證明（一）和（三）的無稽和誇大。至於（二），美國在韓戰後，選擇了「封建專制」「中國人」的國民黨成為美國反共戰略基地台灣的代理統治者，廖文毅則以政治流亡身分到東京，組成「臨時政府」，自任「大統領」。

從十章到十四章，廖文毅抄了一堆三〇年代、四〇年代的資料，大談台灣的農業、工業、礦業、交通、金融，說明台灣獨立的產業「實力」。其中，稍有興味的是，廖文毅強調獨立後的台灣除「歡迎外資輸入」，而且「台灣人不會以外資為帝國主義侵略」，卻尚無國民黨外人投資優惠、加工出口、投資保護的具體辦法。在工業政策上，廖博士的眼光只有「強化製糖工業」的水平，認為「糖業是台灣工業化之鑰」，以今日觀之，實缺少「獨立建國」的政治家眼界。在農村和土地問題上，大地主階級出身的廖博士更沒有任何土地改革的主張。

最能表現廖文毅台灣獨立運動的附庸西方、媚外事大的思想，是第十五章〈台灣文化基礎和種族問題〉。

殖民主義有益論

廖文毅的台灣人為中國、西班牙、荷蘭、高山族、日本人混血雜種論，至今還有人津津樂道。為了討好西方人，說明「台灣人」已遠離中國人，他竟說「西方十六世紀（對台殖民歷史）的影響，至今在台灣農村中隨處可見」；說「日據末期，台民已用日本語為日常語」；說「台語已與其根源之閩南語不同。今天，一個台灣和福建閩南的知識分子已無法互相溝通」！「西方基督教會對台引進西方民主文化」，「影響至深」。而日本人教「台灣人」以科技，「基督教教會促成台灣人與西方文明接觸」！而台灣之基督教會學校據說培養了台灣精英領袖，鼓勵他們「到日本或西方國家求學深造」，而基督教在台灣已有「五十萬信徒」。今日視之，這些全是對洋人推銷台灣已西化，是「西方民主國家」天生的同盟，西方應該支持這樣有西化基礎的台灣獨立起來。

為美國戰略利益而獨立

今日回顧，廖文毅無疑敏銳地附和了當時逐漸推向高峰的世界兩大陣營的冷戰形勢，準確掌握了美國的反共霸權主義的戰略利益，極力推銷他的民族分裂主義，依恃外力，干涉中國內政，使海峽分裂持久化。因此，在〈結論〉一章中，他不憚於再三強調這些論點：

・台灣在西太平洋中的戰略地位已經形成。「西太平洋之安全，有賴繁榮之台灣；繁榮之台灣，有賴自由民主之台灣政府。西太平洋之和平，繫乎穩定的台灣；而穩定的台灣，唯有創建台灣民主共和國！」這是從美國中心的反共集體安全訴求美國支持台獨。

・台獨運動是「非共的殖民地獨立運動」，「台灣人」天性不歡迎共產主義，台獨運動中保證「沒有（共產）國際和中國（共產主義）陰謀成分」。台灣獨立是「反對國民黨將台灣作為其最後的內戰基地而施暴政於台灣，同時也反對赤色新帝國主義」。這是力言獨立之台灣是「自由陣營」忠誠的一員。

・國民黨在台惡政，已使民怨沸騰，民不聊生。美國若不迅速促成「台灣人」獨立建國，「人民在惡政中因絕望而接受共黨煽動」，「使台灣赤化」，會破壞「西太平洋民主聯盟」的安全。今日台灣內有共黨威脅，「反共最有效之途徑，莫若鼓舞當地因民族主義起而反共自保」。這是以「台灣赤化」的危機，恐嚇美國盡速促成台灣獨立。

最後就是再三力倡台灣經公民投票獨立，將「中國人」集中起來「遣返大陸」。而台灣獨立，實為「台灣民族主義者與西方民主國家」、「一切愛好自由及和平人民共同之事業」！

廖文毅的運動和他的臨時政府，在國民黨情報單位全力滲透策反，和廖文毅不可思議的無抵抗下，在他於一九六五年投降返台後瓦解。但是，作為台灣戰後最早的台獨運動（一九四五年辜振甫、許丙等人擁日獨立運動，是今日台獨視為醜聞，不願加以承認的），廖文毅為台獨運動建立的幾個框框，表現的幾個基本性質，至今仍為當前台獨和獨台所高舉。

台獨和獨台的歷史

・堅定擁抱美帝國主義的以「台灣地位未定論」為基礎之台灣公民投票決定台灣未來地位。早在一九四一年，美帝國主義者柯喬治（George Kerr）就向美國當局提出美軍反攻太平洋占領台灣後應主張「台灣交聯軍託管，為台灣公民投票做好準備」，主張台灣獨立自治。一九四七年二月事件後，柯喬治帶廖文毅到上海見魏德邁將軍，就提出「台灣由聯合國託管，爭取公民投票自決」。一九四八年十二月十八日美國駐華大使司徒雷登致函國務院密件中就說：「儘管有《開羅宣言》的干預，但目前台灣在法律上仍是日本帝國的一部分……」要求美國當局將台灣與大陸西南地區當時尚未陷共之若干省「分別對待」，主張由美國代中國人民出面為聯合國託管台灣，直至簽訂《對日和約》。

今日台獨派主張「台灣地位未定」、「公民投票自決」和「台灣主權獨立」，其實是延續廖文毅迎合戰後美國為圍堵大陸而炮製的一系列干涉主義的「託管」「公民投票」和「獨立」的政治主張。

- 廖文毅和今日獨台及台獨們倡言「台灣在西太平洋反共戰略上的重要地位」，「台灣人不喜歡中國人，喜歡美國人」之說，其實早已在一九四三年由柯喬治、一九四六年摩根（C. Morgan）所主張和宣傳，是美國在戰後干涉海峽、霸占台灣的基本政策。獨台和台獨，便是為此政策服務，至為明顯。
- 廖文毅和今日獨台、台獨，都說台灣是「自由世界」最忠實的盟友，都說「穩定、自由、民主」台灣有利於鞏固民主世界的安全。這說明絕對親美、反共和事大附庸主義，是台獨各種民族分裂主義的中心思想。
- 廖文毅的「台灣人不是中國人論」，他的「台灣民族主義」和「台灣民族」論，他的不憚於將「台灣人」和「中國人」對立、分離起來使用，今已在台灣的台獨運動中高度普遍化，形成台灣史上新的皇民化運動。

這些歷史事實和台獨運動與戰後美國反中國的帝國主義間極端密切的關係，已經說明了四十年來的台灣獨立運動和獨台運動，歷史地承繼了「親美・反共・反中國和反民族」的共同特質，至為明白。

初刊一九九一年三月《中華雜誌》第二十九卷總三三二期，署名許南村
收入一九九一年十一月海峽評論出版社《台灣命運機密檔案》（王曉波編）

二二八事變的指導思想：「體制內改革」

從美駐台北領事館一九四七年三月三日及七日兩封密件談起[1]

一九四七年二月事件之後，在台灣的美國領事館忙著調查和分析這次驚人的民變，並向當時在南京的美國駐華大使館做大量報告。當時美國駐南京大使是司徒雷登（J. Leighton Stuart）；而駐台北領事是布雷克（Ralph J. Blake），副領事則是著名的帝國主義者，「台灣問題專家」，台灣獨立的倡導者、指導者和支持者柯喬治（George H. Kerr）。

一九四七年三月三日，距事發三日，台北美國領事館向南京美國大使館發出了第一通關於事變的報告，這一通報告說明了二二八民變爆發的經過，事件「處理委員會」的形成，事件的背景（陳儀在台灣的政治與經濟上的獨占體制），事變後陳儀政府的態度等等。在論及「在台灣的中國人」（Formosan-Chinese）的行為時，報告說明他們一直未訴諸武力抵抗，但「如果三月十日，政府沒有依照對『處委會』的承諾進行改革，人民勢將武裝反抗」。報告強調美國人在事變的混亂中極受台灣民眾（所謂Formosan-Chinese，下同）的愛戴。報告說台灣民眾認為陳儀政權沒有改革誠意，而盡量拖延時間，等候大陸援兵，「有兩萬至三萬受過日本軍事訓練的台灣青年將起而在一次內戰中反抗中國軍隊」，而且「有一項謠言正在擴大，即聯合國或美國將來台灣進行一項有關此一民變的公正的調查」。

和後來柯喬治所著，毫不掩諱其美式帝國主義、極端反中國，卻一貫被台獨運動高度評價的《被出賣的台灣》(Formosa Betrayed)對照起來，柯喬治式、或者美國對台的帝國主義式對台觀點的基調，在這些外交密件中已見其濫觴：（一）把國民黨政權在大陸瀕臨覆滅的末期混亂、腐敗、專擅當作「中國」本有的本質，而高度評價台灣在日帝下「現代化」的本質，力言兩者間不可調和的矛盾；（二）今日回顧，一九四七年到四九年間美國在台領事館中的情報人員，脫離事實地高估台灣民眾反抗中國的實力。但揆諸史實，這些被柯喬治們向美國國務院吹噓的親美、反共、「受過良好教育」、對中國懷抱不信及至反抗的台灣「地下」組織和勢力，不但在事變中不曾出現，國府鎮壓軍登陸掃蕩過程中也不見「兩萬到三萬受過各種日本軍事訓練」的台灣青年武裝的反抗。《被出賣的台灣》中嘲笑那些國民黨情報官以烏龍「情報」騙取美國駐華軍部的金錢，令人發噱。但看來，柯喬治們當時似乎也買了不少關於親美、反共、離心於中國的台灣「地下」力量的烏龍情報；（三）報告中強調台灣人民對美國軍事、外交人員的極度友好，正如《被出賣的台灣》中極力說明當時在台的台灣人和日本人如何憎惡「中國人」，而敬佩美國人；（四）在誇大台灣人對在台美國人的崇佩之餘，柯喬治們總不忘提醒美國國務院，「有知識的台灣人」如何期待美國或聯合國來干涉台灣事務。

三月七日，布雷克和柯喬治經由南京美國大使館向美國國務院發出第二通以「台灣蜂起中的組織背景及領導」為事由的報告。

報告說，當時台灣有三大組織，各有其政治立場和要求，即陳儀政府、「處委會」和「地下組織」。拋開國民黨陳儀當局的立場不論，「報告」中處委會的政治主張，可以概括如下：

（一）要求在當時的台灣省（Taiwan Province）架構中完成政治改革。

（二）清楚否認除政治改革外有任何「其他政治動機」——包括台灣獨立、聯合國干涉或聯合國託管。要求美國領事館將這一點「清楚明白地傳達給蔣委員長」，「希望委員長插手干涉」，制止陳儀在台灣恁恣而行。處委會相信中央可以制止「一場在台灣的慘烈內戰」。

（三）台灣民眾要求由選舉產生的台灣代表組成台灣省地方政府，並以這充分代表台灣民意的政府，參與中央政府。

報告書迭次說明處委會希望「在當前的政府架構下」，以及「在當前台灣與中國中央政府關係之下」，達成最小限度的改革。為了急於向國民黨的中央政府表白今日之所謂「體制內改革」之誠，處委會透過「中國新聞社」、透過美國在台北領事館向蔣委員長陳情，要求蔣按下派兵剿台之議，並期望派遣掌有事權的高官來台調解。「台灣民眾深信，如果這一切努力歸於失敗，中央終於派兵來鎮壓，『處委會』中大多數將被迫採取極端的手段」，即「在中國聯邦制下，使台灣取得政治上高度的自治性……」

「二二八事件處理委員會」提出的「三十二條」，固然毫無台灣獨立、「公民投票」和「聯合國託管」的議論，但也沒有積極地以文字做對台灣獨立、聯合國託管的宣示。也許這份美國外交密件，是第一個文件證實處委會積極、正面表示在中華民國中央之下，在台灣省政府這個框架之下進行台灣政治、經濟和社會的民主改革，宣示拒絕任何台灣獨立、聯合國託管之議，並且在大陸增兵剿台的風聲四起情況下，殷切寄望於蔣委員長和他的中央出面主持公道、調解人民和陳儀政府間的矛盾，甚至保護台民於一場陳儀的血腥報復。然而，今日回顧，陳儀官僚和在內戰中瀕於全崩潰的國府中央，既然早已使五億中國人民失望，也就註定要使台灣民眾最後猶仰望「中央」的正義和同胞之誼的期待歸於破滅，思之戚然！

報告書以專項敘述台灣人「地下組織」的情況和政治要求。報告中說這些親美、非共的台灣人組織「強而有力」，「他們決心利用當前陳儀與民眾間的休戰時期進行武裝與組織」。「他們準備好要求聯合國干涉。如果國府仍然獨占統治台灣，這些台灣人準備以訴諸聯合國干涉來取代一場內戰。」

布雷克與柯喬治讚揚這「地下」的台灣人都「受過高等教育」，足以「代表台灣的各階級」，但他們卻「缺少實際領導經驗」，尤其與「『處委會』的人相較時，更是如此」。這群人「長期要推翻陳儀政府，正在組織軍事資源準備反抗」，「一旦（和陳儀的）談判破裂，他們將以最有力、最有影響、最重要的組織出現」。

前文說過，和事變發展、事變後的史實參照，這「地下」勢力顯然是被誇大了。三月六日在台中成立的「二七部隊」，即使在三月十日發出的密件報告中，也不曾出現。三月三日嘉義地方的人民武裝及其鬥爭，三月五日在高雄成立的學生武力，三月二日屏東方面的人民武裝⋯⋯，一直到三月十日的報告中，未曾出現，卻不斷地向華盛頓「報告」這在事件中和事件後未留下絲毫痕跡的、烏龍的「地下」組織，十分耐人尋味。柯喬治們向華盛頓這樣介紹這親美、非共的台灣人「地下」組織的「政治主張」：

（一）台灣人要擺脫陳儀腐敗政府，不再接受「大陸強加於台灣的官僚軍事政府或國民黨政府」。

（二）台灣人應在經由選舉產生的政府中占有多數而舉足輕重的地位。

（三）國府中央政府應有台灣人參與。

（四）台灣不願意與中共和國民黨有任何關係。

（五）台灣人基本上不願違反《波茨坦宣言》，基本上不願意選擇「自治」或「獨立」。

（六）當前台灣的非常狀態，完全要由中國負責。但由於《開羅宣言》，在《對日和約》簽定之前，美國和聯合國對台灣的非常狀態負有間接責任。「馬歇爾將軍必探知當前中國之情況，尤當深悉中國實已無力履行作為一同盟國（治理台灣）之任務。」

（七）若國府在事變後仍讓陳儀或類似陳儀之輩繼續治台，則台灣經濟崩潰必不可免，而屆時「共產主義必接踵而至」。

（八）「現在越來越多的人談論聯合國對台干涉。」「若中央政府拒絕下令改革台政，人民應要求聯合國保護台灣直至《對日和約》簽定之日。」

這些政治意見中，（二）、（三）兩條與「處委會」的「三十二條」中要求省民充分、大量參與國政的要求相同。第五條顯示這些與美國領事館有特殊聯繫的人（雖然事實上在人數、實力上絕不那麼「強有力」），在三月七日之前，基本上還沒有要求「自治」或獨立，但常見於二二八事變後，台北美國領事館對華盛頓機密報告中不絕如縷的「中國局勢混亂危殆，已經顯示中華民國政府已無餘力、無資格『代盟國治理台灣』」之論，「國民政府的惡政如繼續下去，必引起台民因絕望而選擇共產主義」之論（在二二八事變期間，密報中的說法是「陳儀惡政必引起台灣經濟崩潰，則共產主義必乘機而至」），「有教養的台灣領袖已開始考慮聯合國干涉台灣事務」之論，在這封密電中已現雛型。這些「政見」，後來成為廖文毅的台獨主要的政見，在他於一九四九年呈送華盛頓的《台灣發言》(Formosa Speaks)中，也一再反覆出現。美國領事館和台獨運動間這密切相互響應的思想和語言，已非偶然。

然而，從這封密電看來，至少在二二八事變當中，在台中共系統(台北蔡孝乾領導的在「處委會」中透過王添燈的鬥爭，以及後來發展成「台灣民主自治同盟」的謝雪紅系以及高、嘉、屏地區張梓的武裝鬥爭)固不必論，即以台北為中心的「處委會」，以及少數與美國接近的幾個在南洋向盟軍投降與盟軍合作後返台，以及島內幾個地主士紳的所謂「地下組織」，都還沒有「台灣獨立」、「聯合國託管台灣」的主張，至多也只到以聯邦制使台灣在中國政制中保障一定的獨自性，或主張使台灣取得中國的一「自治領」地位(dominion status)。以現在的話來說，在中國「體制內」的台灣政治「改革」——而不是台獨——才是二二八事變的指導思想。「台灣獨立」和「聯合國託管台灣」顯然是血腥鎮壓民變之後進一步發展出來的思潮。在這個意義上，除了美帝國主義為其冷戰利益霸占台灣的陰謀而外，當時腐敗、前現代性的國民黨在包括台灣在內的全國惡政，實為四〇年代末激發台灣民族分裂主義的禍首，彰然明甚。但，美國領事館情報人員對於台灣二二八事件領袖的體制內改革論之不滿意，溢於密件的辭表，從而過度誇大親美、非共的「地下組織」的力量，伏下另有一批「地下台灣人」主張美國及「聯合國」干涉台灣的詭筆。

一九四七年三月十日，第一次由柯喬治以副領事（American Vice Consul）名義直接經由南京美國大使館向華盛頓發出密件，力言撤換陳儀對美國的「戰略及意識形態上的資產」，赤裸裸地表現美國對台政策上自私的美國「開明國益」的帝國主義、干涉主義觀點。限於篇幅，將在以後的文章中討論。

初刊一九九一年三月《海峽評論》第三期
收入一九九一年十一月海峽評論出版社《台灣命運機密檔案》（王曉波編）

1 本篇收入《台灣命運機密檔案》時，標題為〈台灣有地下組織？——從美駐台北領事館一九四七年三月三日及七日兩封密件談起〉。

主，我們這樣子就可以嗎？

「一九九〇平安禮拜」的隨想

一

（一）《天津條約》展開的大規模宣教

基督教在台灣的宣教可以追溯到十七世紀中後西班牙和荷蘭在台灣的殖民時代。但是大規模、建立了本地基礎的宣教，則與中國大陸的宣教一樣，始於屈辱的《天津條約》（一八五八年）。《天津條約》強迫中國開港貿易，也強迫中國接受基督教傳教的權利。

一八五九年，西班牙系天主教恢復來台傳教。鴉片戰後的一八六五年，英國傳道會讓Maxwell來台布教。著名的馬偕醫師也在一八七一年在台灣行醫傳教。

在這個時期，中國還沒有以北京話為基礎的共同語（普通話—「國語」）。因此西人來華布教，必須以來華布教當地的華語語言傳教。對西方傳教士而言，在福建閩南——包括廈門——地區、東南亞閩南語系華僑區和台灣，都必須使用閩南語。而廈門話又被視為閩南語中心的標準語。到了一九一六年，以廈門語為標準翻譯出來的《新約聖經》，便是為了台灣、閩南、東南亞這一廣泛的閩南語—廈門語地區宣教的必要而刊行。

（二）台灣宣教的變遷

以華人中的閩南語人口為宣教的「語言—地理」疆域，終於在一八九五年，日本殖民主義領有台灣後，遭到第一次的隔絕。除了在戰爭最末期的幾年，台灣教會曾在日本軍國主義當局的「皇民化」運動、反對「米（美）英鬼畜」的軍國主義風潮下被迫用日語傳教外，以台灣草根民眾為宣教對象的台灣諸教會（天主教、長老教會、真耶穌會）的宣教語言都一貫是閩南話。而這閩南話又因廈門語《聖經》的廣泛使用（羅馬拼音）而形成以廈門語為標準的閩南語宣教圈。但一八九五年台灣陷日後，相對於內地日本的日本話，台灣教會圈所使用的廈門—閩南語，逐漸被約定俗成地稱為「台灣話」，廈門話《聖經》也逐漸稱為「台灣話聖經」。

一九四九年到一九五〇年間，從鴉片戰爭以後中國被迫開港、容許傳教後急遽增長的中國教會和西方傳教士、差會大量流亡來台，打破了「天主教–長老會–真耶穌會–聖教會」的台灣傳統基督教社會的系譜。大陸基督教各派在台灣形成中國宣教史上難得一見的、集各教派於一省的景觀。

這些從中國大陸被共產主義革命所排除的各教會，在中國大陸也有將滿一百六十年的歷史。他們的教會組織、領袖、傳道人和信徒大量逃難來台，形成另一個台灣教會史上獨特的基督教社群。而他們使用非閩南語系的中國普通話，也使他們因語言的差異，而與同一來源、同一時間來華布教的台灣閩南語教會，保持了自然的疏隔。

因此，相對於普通話–「國語」教會，「台語」教會因語言條件而顯出它的特性，應該是始於一九四九–五〇年以後。

二

（一）國台語教會的疏隔

一九七一年，台灣基督教長老會發表了《關於國家命運的聲明》、一九七七年又發表《人權宣言》以來，「國語」教會和「台語」教會之間產生了明顯的疏隔。但嚴格地說來，應該說是對政治一般地、有意識地冷漠，一般地支持傾向於權力和體制的國台語教會和長老教會之間的疏隔。長老教會的「先進」教牧和信徒，視其他教會未盡先知的職分，不認同台灣鄉土，只算是「中國」各教會流亡在台灣的分會，也較傾向於和權力結合。以外省人為中心的各國語教會，則一般地不贊同教會走出教堂「參與政治」，不支持教會在國家認同上另立主張。其他比較保守、傳統的台灣教會，基本上也持相同態度。這樣的疏隔，雖然沒有發展成激烈的情感和教義上的爭論，但長老教會與其他台灣國、台語教會的各是其是，各非其非，隨八八年的解嚴後長老教會進一步干涉(commit)政治而益為分歧。

而今年十二月八日的「一九九〇平安禮拜」，便是在以這樣的分歧為背景的時代舉行。因此這萬方矚目的禮拜過後，台灣教會史遺留下來許多複雜的問題，依然無法得到神學上的、或者現實上的解決。

(二)教會認罪知多少

如果二二八事件的受害者需要教會面對、道歉、安慰，與相互赦免，那麼，一九五〇年到五四年使近萬人和他們的家庭受害的政治肅清中，台灣教會表示過什麼態度？至今面對過、道歉過、對被害者的遺族傳達過來自上主的和平、安慰沒有？

在漫長的五十年日本統治期，當台灣民眾在噍吧哖事件、霧社事件中，和更多的抗日蜂起事件中，為了民族的尊嚴壯烈蜂起；當無數的農民男女在日軍登陸領台過程中，奮勇崛起，使日本登陸軍事行動的行程遠遠落後了很長一段時間，付出比估計還要多的日軍傷亡代價時，早在《天津條約》台灣被迫開港時（一八五八）就開始來台宣教（當然，台灣宣教的前史還要溯及十七世紀中後）的基督教會，在信仰實踐上有過什麼見證，如今做過什麼總結，公開做過什麼悔罪的告白？在日本軍國主義瘋狂壓迫下，二次大戰末期受到逼迫的台灣教會的信仰實踐又如何？

同樣，一八五八年以後在中國古老大陸迅速發展的教會，在半殖民地、半封建社會的中國，做過什麼見證？在中國民眾反帝、反封建的國民運動和各種形式的改造運動浪潮中，中國基督教會一般地做了什麼樣的信仰告白？一八五八年到一九四九年的宣教實踐，對一九四九年中國大陸教會全面的失敗，教會做了什麼樣的總結與反省？一八五八年到一九四九年間，大陸上發生了比二二八事變還要多、還要大的民眾的被害，一直到今天，中國教會——尤其是四九年以後流亡來台的基督教的眾肢體，基本上做過什麼平安、赦免、安慰、接納和悔罪的告白？

「一九九〇年平安禮拜：尊重人權，紀念二二八」，是戰後台灣教會史上的大事之一，是繼一九七〇年代台灣基督教長老會干涉生活的信仰和實踐道路上一個新的發展，尤其在宣道語言沙文主義的克服上，做了有意義的貢獻。

然而，如果把二二八事件和教會的關係，看成教會和納粹德國的暴行的關係，看成說國語的基督的肢體對說台語的基督的肢體的虧欠與懺悔，在我看來，是完全文不對題的，從而輕易地迴避了中國——包括台灣——教會更深層的懺悔和認罪的契機。

走出「一九九〇平安禮拜」的會堂，眼眶猶熱，但心中卻不住地吶喊：哦主啊，我們這樣子就可以嗎？

三

(一)本土意識與外來宣教的衝突

基督教在中國遭西方連續的軍事、政治羞辱和挫敗中傳入中國，因此在大陸和台灣一樣，引起民眾對西方宣教人的憤怒和敵意。一八五九年，當天主教教士從高雄上陸時，受到台灣官民強烈的抵制。一八六八年，教會與台灣官署爭奪樟腦之利發生過衝突，長老教會的台灣傳教士因此被民眾殺害，英國為此向台灣清當局抗議，發出炮艦轟擊安平港。台灣清當局屈服，賠款重建被毀教堂，並進一步保證在台灣「傳教的權利」。正是在這種衝突和要脅中，一八九五年，距一八五九年西班牙的天主教神父在《天津條約》後重來台灣後的三十六年，台灣的教會擴大到一二一家，神職人員一〇二人，外國傳教士三十人，信徒(新舊教)近萬人。

《馬關條約》(一八九五年)後不久，日軍登陸台灣，遭到台灣民眾英勇而慘烈的抵抗，犧牲至巨。在這樣的過程中，台灣南部基督教徒紳民，「為了挽救生靈，保存台南古城」，請在台西方傳教士(Barclay 牧師和 D. Ferguson 神父)代向日本乃木將軍呈遞降書。台南教民的投降，在台灣各地又引起了民眾強烈的反感，教案頻仍，一直到日本完全占據了台灣，才在日本鎮壓下平息。

(二)皇民乎？抗日乎？

一般地說來，台灣教會在一九三一年之前，和台灣的新統治者日本當局保持和平和諧的關係。一八九五年到一九三〇年間，殖民地半封建社會的台灣，充滿了激烈的矛盾。武裝抗日時期以後的非武裝抗日運動，一波接著一波，抗日的思想啟蒙運動、工運、農運、社會科學研究運動、文藝運動、階級運動和民族解放運動，可謂風起雲湧，是台灣歷史上在思想、文化、文藝方面最是波浪疊起的時代。但這一時期的台灣教會，顯然自外於這個巨大的民族歷史的波濤，在神學與信仰實踐上，安住在日本帝國主義的秩序之下。而且，在日軍血腥登陸的次年，「南部長老教」成立。八年後，「北長老」結成。一九一二年南北長老教會宗教會議召開，次年，宣布成立「台灣基督教長老教會」。一九一五年，在噍吧哖蜂起和大鎮壓聲中，台灣長老教會歡迎其來台傳教的五十週年。次年，廈門語（羅馬字）《新約全書》刊行。

基督教在台灣的布教歷史，台灣山地傳道占著重要的篇章。一九三〇年，台灣山地展開一次傳福音的高潮。同一年，也是霧社事件被慘酷鎮壓的一年。一九三〇年，台灣教會的信徒增加到五萬人，會所二七九處，教會神職人員二六〇人，傳教士四十五人。

一九三一年以後，日本軍國主義急速上揚，進軍我國東北，隨著日本帝國主義和英美帝國主義的矛盾擴大，日本當局一方面開始全面鎮壓台灣的反帝民族運動和階級運動，一方面結束日本支配當局和台灣教會的「蜜月」時期，並且進一步對基督教施加強烈的逼迫。

一九三七年，中日戰爭爆發。皇民化運動要求台灣教會接受天皇神道崇拜，禁用台語，改用日語傳道，並將台灣各教會統一編入「翼贊天業」（支持天皇大業）的「在台灣日本基督教教團」之中。一九四〇年，外國傳教士被迫離台。歷史地看來，台灣聖教會是當時台灣諸教會中唯一堅持了信仰、拒絕天皇崇拜的教會，不惜在一九四二年被迫解體。其他的台灣教會都以不同的程度和日本皇民化政治妥協——甚至出賣了信仰。台灣長老教會基本上被迫在信仰上投降了。

四

（一）基督教「占領」中國？

中國大陸上的基督教有意義的發展，也在一八四〇年代的鴉片戰爭戰敗被迫開港納教以後。由於在接二連三的帝國主義侵凌和不平等條約的背景中傳教士和教會開始了他們在中國大地上的擴展，自然引起中國民眾反教、抗教的風潮。此外，強權下的傳教，造成少數特權化的教會、教士和教民是勢所難免的。而教會與民眾的矛盾，與各地的教案的惡化，而引發了「拳亂」，終以一九〇〇年八國聯軍的大恥和慘禍收場。

和台灣一樣，中國大陸的教會在中國社會對教會的反抗與妥協、教會安居在變動的中國之保守側面中，從鴉片戰後的五百人發展到一九二二年的三十七萬人。一九二二年，Dr. J. Mott牧師在南京召開「第一屆全國基督徒會議」，發表了一份總結鴉片戰爭以後基督教會在中國土地上的發展的報告書《基督的中國》。這本書的英文名字，是「基督教占領中國」（Christian

Occupation of China)。即使熱愛中國的、善良的西方傳教士，在列強縱橫中國的時代，都不免於以「征服」、「占領」的軍事意識來看教會在中國的發展。

（二）教會支持既有秩序

十九世紀四〇年代到二十世紀四〇年代，基督教會在華百年的歷史見證，對於掙扎在救亡圖存中的中國人民和知識分子而言，一般而論，不幸地並不是一個愉快的歷史見證。謹慎地「不介入政治」，反對任何民眾的反叛，和宣教當地的官紳合作，一般地擁護和保持既有的法律和社會秩序，固然是「外來宗教」在一個「異邦」宣教不能不謹慎持守、而且也不能不說在一定意義上有教義上的根據的原則，但這些原則，在瀕臨解體的舊中國，在充滿了革命與反革命、侵略與反侵略的尖銳民族矛盾與階級矛盾的中國，教會的這些原則與實踐，恰恰把基督真實的見證，推向權力、體制的一邊，即與廣大中國民眾和知識分子變法變革救亡圖存運動的形成對立。

一八九〇年代，中國的教會反對孫中山的革命理念和運動，支持清皇朝的既有秩序。

一九一一年民國成立時，中國的教會持反對的立場。一九一五年袁世凱稱帝，破壞民國。中國的教會採取支持袁世凱復辟的態度。

一九二五年的五卅慘案，激起了全國人民、學生、市民、知識分子反帝救亡的衝天熱潮。當時教會辦的各大學、中學則嚴禁各級教會學校學生參加遊行示威。

一九四九年六月，國共內戰形勢急轉直下。梵蒂岡透過教廷駐華公使，通令當時全中國天主教徒，要他們和中國共產黨的政府、團體、機關、組織以及出版品劃清界線，違者可以遭到逐出教門的嚴厲處罰。

五

(一)冷戰結構下的反共護教

一九四九年，作為上述教會在巨變中的中國的見證的一個總結果，鴉片戰爭以來在大陸中國辛勤建設的教會，基本上在一個革命中毀於一旦。許多西方傳教士回到自己的家園，另外一些神父、牧師、傳道人和信徒流亡來台。

一九五〇年韓戰勃發。台灣被美國選為圍堵共產主義在亞洲「擴張」的一個重要軍事戰略基地。於是基督教成了國府與美國修復緊密的政治、軍事關係的某種工具。大陸時代強有力的宗教領袖，這時成了居間撮合國府與美國一度惡化的關係的保證人；國府高官的基督教徒化，也在國府與美國關係的密切化上做出了「貢獻」。國府當局的「基督教傾向」，也極有助於建立美國民眾對國府的良好、熟悉的印象，對美國支持國府，起著一定的作用。

教會也成了五〇年代到六〇年代發放美國剩餘物資的前哨站。美國舊衣服、麵粉、奶粉、奶油等「救濟物資」在亞洲貧困地區的發放，有這些冷戰的戰略目的：（一）鎮靜戰後亞洲非共地區緊急的貧困、飢餓與營養不良的問題，以遏止亞洲各地的共產主義煽動；（二）在草根水平上宣傳美國的富足、慷慨及友好；（三）培養和擴大以西方基督教信仰為中心的親美抗共的社會力量。選擇教會管理和發放救濟物資，還因為美國認為教會比當時亞洲非共、反共政府更值得信賴，更少將救濟物資中飽私囊的顧忌。

一九五〇年以降，台灣的教會充滿了「消滅共產無神論政權」、「拯救大陸同胞於水火」、「為國府和自由世界領袖祈禱」的禱告。一直到最近，李登輝總統公開告白了他的這樣一個信仰：上帝必將降天兵天將，消滅中共這個無神論的政權。

（二）長老會退出普世教協

一九六〇年代，美國所支持一個極端基本教義派的麥金泰牧師（C. McIntire）為首的世界性反共教會，受到國府和台灣反共教會的熱烈歡迎。這位麥金泰牧師對於早在六〇年代就主張中共加入聯合國，而「台灣的未來，應當以相關各方面都能滿意的方式解決」的「普世教協」（World Council of Churches, WCC）採取強烈的批判與指控立場。六〇年代初，長老教會北部的陳溪圳牧師脅迫台灣長老教會退出WCC，一九七〇年，台灣長老教會被迫屈服，宣稱「告白耶穌為救主」與「反共主義」「同為基督教信仰的信條」，退出了WCC。

早在一九四七年到一九四九年間，美國預見到國府在中國內戰中必然的失敗，積極從事以政治、軍事力量干預台灣事務，將台灣置於美國勢力之內的工作，而透過美國在台灣的「美國新聞處」向台灣士紳鼓勵「公民自決」、「聯合國託管」、「美軍占領」和「台灣獨立」等方案。已經解密的美國外交檔案，記錄了包括台灣教會人士在內的台灣士紳對美國這些提案的正面回應。

一九五〇年至五四年，波及全島的反共肅清的恐怖展開，但卻同時展開了台灣教會與國府間的「和平共存」的歷史。山地傳道在五〇年前後取得巨大發展。一九五一年，南北長老教會結成一個總會，以慶祝長老教會來台宣教百週年（一九六五）；一九五四年，長老教會發動教會倍增運動。一九四九年以後，集全國天主教人力和物力於台灣，而有天主教會的巨大成長。一九五〇年，「校園團契」（Campus Evangelical Fellowship）成立。六三年，天主教會、長老教會「和少數其他新教教會」結成「台灣教會合作委員會」(Taiwan Ecumenical Cooperative Committee)。反共肅清雖集中在五〇—五四年，槍決了四千人，逮捕、拷問、監禁了另外的四千人，其中最後被釋放的終身監禁者僅僅在一九八五年才從三十五年以上的禁錮中活著回到自己的故鄉。然而從五四年到八〇年代初，政治逮捕和拷問、不公平判決從未間斷。但台灣的教會對這些長期的嚴重的人權蹂躪未發一言。事實上，在內戰—冷戰雙重構造上極端的反共國家安全體制下長期的反共獨裁歷史中，不可諱言，教會以其一般的反共主義，維護權力和體制，支持既有秩序和親美、親西方立場，使教會獨特地享有台灣戒嚴歷史中極為稀罕的集會、結社、言論和出版上的「自由」。而這「自由」，恰恰來自台灣教會信仰上和「冷戰、內戰」意識形態的一致性。一九五〇年以後世界基督教會在實際上介入世界冷戰的價值、思想和行動，早已引起廣泛而深入的反省。而台灣諸教會卻在這個問題上迄今一直不曾做過任何反思，並且反而使冷戰思想更深地內化到教會的信仰和生活之中。

(三)長老會世紀性的宣言

一九七〇年，長老教會發表反共告白。次年，發表了《國是聲明》主張「全體台灣居民決定台灣的未來」和普遍的選舉。也大約是這個時期的前後，台灣基督長老教會形成了以荷蘭在台的殖民據點為「台灣第一次殖民」，西班牙為「第二殖民時代」，鄭成功為「第三殖民時代」，清朝建省為「第四殖民時代」，日本據台為「第五殖民時代」，國府治台為「第六殖民時代」，並且主張以台民自決，抵抗中國統一時的「第七殖民時代」這樣一種民族分裂主義的台灣史觀。一九七五年，長老教會反抗國府當局愚蠢的取締羅馬字《聖經》政策。一九七七年，長老教會發表《人權與鄉土宣言》，呼籲國府採取有效的措施，使台灣成為「新而獨立的國家」。

六

(一)教會所盡的先知職分

毫無疑問，教會在中國大陸和台灣自《天津條約》以炮艦開港宣教以來，有過許許多多熱愛中國和中國人民的西方傳教士，以他們對基督忠心的誓約，把他們的一生，甚至於父子兩代，都獻給了建造基督在中華肢體的事業。而且教會在傳播現代醫療衛生、設立現代學校、設立現代傳播事業(報紙和雜誌)、提高婦女地位、介紹西方文化、文學與科技、推廣社會工作和社會福利和慈善事業、以羅馬化文字普及《聖經》的同時，也使廣泛的中國農民掌握了可以迅速學習和使用的另一種中國語言符號。此外，不可否認，基督教信仰以其最優秀的部分，豐富了中國人民對宗教信仰的向度。

而且早在一九五〇年代後半，台灣基督教長老會和台灣天主教先後發展了工業傳道，八〇年代的漁民勞動者服務，一九七九年接納並庇護了被緝捕中的政治犯施明德……都是台灣基督教會相對於過去的、在「先知職分」上的不能否認和抹殺的進步。

(二)教會有待告解的問題

但是，從整個基督教在海峽兩岸的宣教的歷史看來，兩岸的中國教會，顯然積存著許多亟待告解和赦免的問題：

・鴉片戰爭以後，西方以強權來華傳教的過程，無法避免地對中國民眾和民族造成各種直接、間接、個別和集體的挫傷、羞辱和損害。

・十九世紀以來帝國主義對華侵奪，古老中國全面痛苦的解體，中國民眾、知識分子、市民、工農和全民族在接連不斷的挫辱中，在西方資本貪欲的伸縮運動中，在侵略與反侵略、革命與反革命的反覆過程中，中國教會一般地站在阻礙中國救亡圖存運動的對面，力圖保持殭死的中國舊權力和秩序，沒有站在中國億萬貧困的農民的一邊，和中國人民一同追求公理和解放。

・就台灣教會而言，尚未曾將藉教降日、在漫長日領時代不曾協力台灣民眾風雲不斷的抗日民族運動和階級運動，以及凶惡的皇民化運動中教會的失敗，六〇年代在屈折中接受教會反共主義的政治告白，並且一路發展為台灣「自決」論和「新而獨立的國家」論這一條逐漸歷史地發展起來的反民族路線的歷史，在信仰上做過嚴肅的總結與反省。

・一九四九年，不曾體驗過中國基督教會善良美好的見證的中國農民，推翻了一個教會賴以生存、發展的舊世界，十九世紀中期以來建造的中國教會被全面關閉、驅逐和逼迫。對於中國教會史上這麼重大的事件，流亡來台的教會至今不曾做過這反省：四九年中國教會在大陸的失敗，是魔鬼——「唯物論、無神論的共產主義」——一時的邪惡的勝利，還是教會長期未曾見證上帝在貧困而受挫的中國的「先知事工」的一個含意深遠的警告與鞭打，並且一般安心地以前者為結論，而錯失了一個捶心求赦的契機。八八年台灣開放大陸探親。台灣教會對於四十年兩岸分隔一旦開放所迸發的（外省人）家族離散後重逢過程的悲喜劇，表現了驚人的冷漠，卻對積極犯（大陸之）禁唆使大陸信徒顛覆大陸「三自教會」津津樂道，勇往直前。

・一九四九年以後，台灣國台語教會有一定的發展。由於戰後在台各教會獨特的歷史條件，一般而論，不論國、台語教會，一般地傾向於中產階級化、精英知識分子化、買辦化，從而在一般的反共的基礎上，發展了不同程度的反大陸、甚至反中國的性格。一九七一年，台灣遭遇了第一次重大的外交挫折，據說在當時驚慌失措的移民潮中，一口氣走了兩百個傳道人。這和台灣民間宗教的草根、農民性格以及相形之下益為奪目的、民間「異教」追求大陸香火的根深蒂固的民族性，形成極為不幸的對比。

七

(一)大陸的三自教會

一九四九年以後，基督的教會具體地和現實地並不曾在大陸完全消失。五〇年代初，中國大陸發展了在組織上完全脫離外國差會(「自立」)，在經濟、財政上完全獨立，不仰仗外國差會，自己參加生產以自奉(「自養」)和神學上建立具有中國民眾主體性的神學(「自傳」)的「三自」政策，重新改造中國基督教會。以基督教在第三世界宣教的歷史經驗看來，第三世界基督教會的「三自」主義，不能不說是極有智慧的政策。

然而，極其可惜的是，中國的農民，在四九年以前，從來沒有機會看見、及有機會體驗像今天活躍在廣大亞、非、拉地區的激進的、民眾的教會。如前文所述，中共黨和農民的基督教經驗基本上充滿了挫敗、羞辱和痛苦。他們沒有機會遇見像今天在菲律賓的窮山惡林中隨「新人民軍」轉戰山谷林野的教牧，和與農民、工人共同為改變自己的命運而一同作息、一同作戰、一同禮拜的中南美洲、南非、韓國的牧師與神父。中國的知識分子，在四九年前，也一直沒有機會讀到在貧窮的人民力求解放過程中發展出來的新的神學。廣泛的中共各級幹部，一般地對基督教在中國的歷史見證懷抱著負面評價和經驗，雖然有好的、教會「三自」——自立、自養、自傳——改造政策，卻由於黨人在歷史經驗中長期對教會抱著猜忌、反感和拒絕的態度，不但很少人真正理解「三自」主義的真諦，從而認真、謹慎、熱情支持和實踐這個政策，熱情、誠懇地幫助善良、虔誠、愛國和熱愛人民的基督徒在大陸建立社會主義的民眾教會，使中國教會在這歷史的鞭笞中，為一定歷史條件下歪扭、荒廢過的中國教會在基督裡求赦免，從而發展出真正自中國人民和民族歷史與生活具體條件凝萃出來的新的神學，卻反而在五〇年西方列強對中國大陸的長期敵對、包圍和封鎖下，在西方教會參與這對力求自我解放與發展的中國的敵意和封鎖下，大陸在強敵長期環伺的極度焦慮中發展了對同志、對朋友、對民眾的強烈的「近親憎恨」與猜忌，引發了一次又一次自我和相互清洗、告發的悲慘的運動。五〇年代中期以後，背負了西方教會在強權下宣教所造成的沉重歷史的、殘留在大陸的中國教會、教牧和信徒，在黨政人員、知識分子都不能免的「反右」以降歷次「運動」中，遭到一次又一次中國教會史上空前的、制度性的逼迫和傷害，使中國大陸的教會無法更生為中國社會主義下民眾的教會，反而在迭次的逼迫中，逃避到個人的、出世的、自求解脫的信仰，更不敢觸及教會和信徒的「先知責任」。

(二)第三世界的民眾與解放神學

當大陸的教會為歷史的跌倒與失敗長期負軛，台灣的教會卻不但不曾面對過那歷史的跌倒與失敗，反而不斷地增殖和複製著那歷史的跌倒與失敗。當無數世界的窮人的教會，和貧困而力爭救亡圖存的民眾為自己和民族的解放，以民眾的、解放的、先知的神學互相並肩戰鬥、讀經、祈禱的時候，早在一九四九年擺脫了帝國主義和封建主義，初步達成民族解放和國家獨立的中國大陸的教會，反而奄奄一息，甚至變成逃避體制化社會主義所造成的黑暗的人們的「鴉片」！

如果十九世紀基督教會向東方、或者在十六、七世紀向非洲、拉丁美洲和亞洲太平洋以醜惡的強權布教的歷史，在神學上有什麼意義，答案也許是在六〇年代以降崛起於受苦的中南美洲、非洲、太平洋和韓國的，主張人和民族的解放、主張基督的本色性、主張有祝福的平均分配、和平與愛德的、脫西方、脫白人中心的、人民的神學與人民的教會在基督中謙卑卻堅定而勇敢的成長，和幾百年前汙穢了基督的旗幟，向廣大「落後」地區殘酷掠奪與加害的西方國家的教會在今日令人震驚和悲憫的腐敗。

以這樣的歷史格局去思維中國兩岸的教會，真實地相信基督斷不放棄在祂所愛的中國重建自己的肢體的善良的中國基督徒，也許就能明白，中國的教會曾經而且一直到現在如何在基督磔刑的身體上恣意添加一道又一道劇痛的槍戟的傷口；並且也許就能明白「一九九〇年平安禮拜」的相對性的單薄和空虛……

八

(一)教會造成的隔絕之牆

一九四五年八月十五日日本戰敗，十月國府政軍人員來台接收，僅僅十六個月後，爆發了一九四七年的二月事件。二月事件，是國民黨陳儀集團在政治、財政、司法和經濟上獨占專制，為了彌補日益惡化的中國內戰的需求，在台灣進行米糖、財稅、金融上的超額掠奪和剝削，以及對這劫掠過程中嚴重的腐敗極端失望的民眾之蜂起和武裝鎮壓的悲劇。這樣的悲劇，在戰後國共內戰形勢惡化，國府歷史全面走向終結性的崩潰時，在全中國各地，幾乎無處無之。歷史地看來，在這事變中，在台北「處理委員會」的政治談判中，對於民眾所提出要求人民參與政權、財政、司法和公安，要求充分的「省自治」，要求言論、集會結社的自由，反對國民黨統治集團在各方面的獨占，反對台灣捲入大陸上國共間的內戰，反對酷苛地掠奪和剝削台灣以支持內戰造成的巨大財政危機……台灣教會並沒有任何參與，而在台中地區的組織性、武裝抗爭中，教會更不曾側身。現在已知當時幾位基督徒領袖的悲劇的屈死，固足令人痛悼，但是否能因而看成台灣教會在事變中曾經為履行先知的責任而殉道，實堪疑問。缺乏對台灣教會史做全面、深入而真誠的理解與反省，並且在毫不掩諱地審視台灣教會史中積存的、未經赦罪的黑暗，台灣的教會，就不會有真正發自最深刻的認罪而來的力量，擺脫自覺或不自覺的自義、諉過和塞責，從而真正地認識到那「使」我們的人民和民族「分裂、使他們互相敵對的」、令人慟哭的、黑暗而巨大的、由基督徒自己築起的「牆」。

九

（一）南韓的平安神學

就在去年春天，我在韓國認識了一位曾經立志獻身天主教神職、傑出的詩人，當時在漢城的貧民區糾集一些同志設立「亞非拉研究所」（Asia Africa Latin America Research Institute, AALARI），從事第三世界歷史、文化和政治的研究的朋友金明植（Kim Myonshik）。五個月前，他因為挖掘、調查和研究並出版台灣二二八事件次年發生在韓國濟洲島的、李承晚和麥克阿瑟對當時蜂起農民的集體屠殺——七萬餘人的殺戮——的書被捕。十多天前，朋友來信說他被判一年半徒刑定讞。十二月八日，當我在懷恩堂參加「一九九〇年平安禮拜」時，尤其是參加了那個禮拜以後不久得知他終於判決確定，讀著他的朋友為我寄來的日譯詩集，我不時地想起去年春天，他向我談起在預備把自己修業成韓國人民的神父時，自己發展的「平安的神學」。

金明植說，基督到加利利，為的是要向加利利充滿苦難的窮人彰顯上帝之國的真實的模樣。然而，加利利又是什麼樣的地方呢？金明植說道：

加利利是曾經被亞述帝國占領過，接著又遭到巴比倫、波斯統治、瓜分和分裂的受難的大地。即使在以色列人自己看來，加利利被歧視為「異邦人之地」。

當時在羅馬帝國統治下的以色列，以耶路撒冷為中心的以色列「買辦」、官僚和文士，矢忠於羅馬，而使耶路撒冷成為「繁榮」、受到羅馬帝國信賴之地。而加利利，卻成為羅馬和耶路撒冷所嘲笑、隔離、猜忌之地，視加利利為顛覆、反叛羅馬秩序的、被揶揄為「拿撒勒（加利利）還能出什麼好的嗎？」的地方。

(二)加利利的啟示

在這受詛咒的加利利，人民在惡政、歧視、重稅和掠奪下喘息。耶穌來到這塊住著病人、窮人、飢餓的人、被棄之人、被歧視和蔑視之人——漁夫、娼妓、傳染病人、零工和乞丐的土地上，在那兒傳道、祈禱、生活、治病、勞動、飲食。為他們心煩慮亂，流淚，安慰和教訓他們，為他們打破自己的身體，走上集中了一切痛苦的苦路，掛上凌遲的磔刑的十字架，並且也在那些被「文明」和「進步」歧視和捨棄的窮人中死而復活，讓那最卑微的人見證基督充滿了希望和力量的、光榮的復活……

耶穌就在這些夢想著真實的平安、自由和解放的卑微的民眾中，成為兄弟、成為鄰人、成為師徒，一起塑造神的國度：一個公義、愛、沒有壓迫的國度。耶穌以醫治病人，呼召人跟隨，把腐敗汙穢的聖殿「打」掃乾淨；和當時「有學問」的知識人和宗教家，站在民眾的立場做不假辭色的爭議，在一方面不斷受到權力的覬覦追捕，一方面在受苦的民眾中談論、祈禱、工作、飲食……在逐日具體的生活實際中，向人民彰顯神國的性質，滿足和實現加利利人民對於愛和正義之渴望。

正是在這壓迫、歧視和分裂的土地上，耶穌發展了和當時既存的支配體制、宗教、意識形態完全不同的體系：一個公義、人人平等、因愛得赦、和平與合一，和人的終極解放的體系。

耶穌離開了「從屬」於大羅馬帝國、對人民進行政治、經濟、文化、宗教的獨占統治的耶路撒冷。集中在耶路撒冷的以色列宗教領袖、學者、政客和富商、大地主，和羅馬帝國殖民當局勾結，犧牲同胞的私益而自肥。「耶穌斷然地離去耶路撒冷而來到加利利」，金明植寫道，「和被掠奪、壓迫、被從屬化的民眾在一起，讓加利利人民成為歷史的主人，和民眾一道實現自己的夢想，改變和開拓自己的命運……」

(三)重寫教會平安與榮耀的歷史

金明植說，基督便是這樣地在富有現代第三世界的世界史意義的加利利，和受苦的人民「分」擔苦難，「分」擔悲哀、忿怒、失敗和勝利；並且透過「分」配五魚二餅的「神蹟」，透過磔刑前夕「分」餅「分」酒，從而互分肉血的奧義，基督以公平的「分」配，建立了體現真實的平安與合一的、反獨占、反從屬、反分離的「平安(Shalom)的神學」……

每次想起金明植，我就難於不眼熱胸窒。我多麼盼望我們中也有這樣的基督徒，這樣的教牧，這樣的會所和教會……我也時常想，凡是堅信基督對中國有永不改變之愛的、熱愛祖國和人民的、虔敬善良的中國基督徒，都應該從徹底反省中國教會史，在基督裡因愛認罪，也因愛得赦，從而結束中國基督教會的「前史」，開始重寫真正的中國教會平安和榮耀的歷史。

初刊一九九一年三/四、五/六、七/八月《曠野》第二十六、二十七、二十八期

暖人的燈火

悼念保羅・安格爾先生

尉天驄兄傳來安格爾先生猝逝的消息後，一個人在電話機旁啞然失神了。才是前一天，我收到華苓大姊的信，說安格爾先生「心情很好」，「身體非常健康」，並且即將做德國、波蘭、捷克、芬蘭、波羅的海多國之旅。「十二月，將趁訪香港之便來台探望親友。」她在信上說。

一九六八年夏天，一時覺得命運對我特別殷勤，對我笑得格外璀璨。我上班的公司突然決定要我負責一個大部門的主管工作；愛荷華大學的國際寫作班（IWW）邀請我去過八個月左右的交流和學習的生活。

我決定放棄前者，選擇後者。但過不了多久，我突然被四名大漢挾進黑色的轎車逮走了。接下來就是一連串的拷問、收押、起訴、判決。在訴訟期間，我在那神通袖手、奇蹟萎頹的押房，陸陸續續收到聶華苓和安格爾寄來的信件和輔助法律程序的文件、剪報。起訴以後，我在親人接見的窗口上，知道從未謀面的安格爾夫婦，委託了一位在台灣的外籍律師同我的律師聯繫，以便理解案情。

一九六八年十二月，我被判有期徒刑十年定讞，開始了漫長的服刑生活。一直到一九七五年減刑出獄的七年間，聶大姊和安格爾先生不但沒有中斷他們的關懷，反而和我的父母、兄弟結成家族的朋友。

一九七八年，鄉土文學論戰在極右文人的含沙射影與點名批判，在肅殺的鑼聲中準備上場的國軍文藝大會前，拉到了緊繃的對峙。這時聶大姊夫婦託人回來問情況，對涉身其中的我在那還是白茫茫的時代裡的命運，感到憂愁。一九七九年十月，我又突然被帶走了。第二天晚上，當我被送到軍法處看守所，看到來接人的親人，我才相信自己被放出來了。回到家接到第一個電話，竟而是安格爾先生和聶大姊的。我的眼淚靜靜地滑下，沾溼了聽筒。不因為悲傷，不因為恐懼，不因為委曲，而是因為從無邊陰霾、寒冷和孤獨的地獄門口，驀然還陽，第一個聽到的竟是他們親人似的焦慮、堅定而暖人的關心。

一九八三年，幾經周折，我獲准出境參加愛荷華大學國際寫作計畫（ＩＷＰ）。當我踏進那所有曾經到愛荷華的中國兩岸作家都終生難忘的、安格爾家的客廳，碩健高大的安格爾一把將我緊緊地摟在他的懷裡。

「你來了。從那一年開始，我們就決心一定要把你弄來。」他用優雅的英文說。他的眼眶紅了，閃耀著淚光，「你瞧，你終於來了。我們足足等你十五年。可是我們一貫堅心（determined），我們要你來！」

這是頭一回見面。他比我想的還壯碩、高大。但對我而言，他看來卻那樣熟稔。離這相會十四年前的一九六九年，我在押房裡收到蓋上監方「毋忘在莒」的檢查章的他新出的詩集《放膽的女子》（A Woman Unashamed and Other Poems），封底上印著滿版出血的他的側面肖像。濃眉，大眼，緊鎖的唇，……就是他，眼前的這個人。我目不轉睛地凝視著他，聽著他準確緩慢的英語，看他朗朗而笑。十多年前他的詩集封底上的英拔俊美依然穿透歲月，形成他獨有的魅力。

「現在我要送給你一份禮物。」他從內屋裡抱著一個黃色的、厚厚的卷宗，走到我的跟前。「我們珍藏了十五年，你瞧，」他說：「十五年來，它常常使我們紀念你。現在，你自由了。我和華苓都同意，也許這個卷宗對你來說，遠遠比對我們更有意義。」

我翻開經歷了十五個寒暑的、陳舊的卷宗。保羅．安格爾先生保留了他為我一九六八年的大獄，和律師、朋友、政治家、世界的作家、我的家人通信的副本，我的起訴書，判決書的英譯本，我的幾個朋友為我見證的公證文件，聶大姊為她自己和在獄中的我作證的文件，我和我的父母、兄弟寫給他們的信，《紐約時報》報導了我的案件的剪報……哪怕僅僅是一張小紙頭，都靜靜地躺在卷宗夾裡，十五年的歲月。

這回，就輪到我眼眶紅了。我要花一些力氣才不使抱著卷宗的雙手抖得太明顯。「噢，噢，」安格爾先生抱著我的肩膀，愉快地說：「噢，現在都過去了。這幾天我們把它找出來。十五年來，我們簡直就是等著要把它還給你。」

對於一個出獄八年，而且在這八年中一直受到明暗監管的人，這愛荷華的整個秋天都充滿了詫奇和興奮。就在愛荷華，我初次遇見了海峽兩岸的三位作家，結成親人似的友情；就在愛荷華，我初次見了來自社會主義東歐的作家，第一次發現他們對於斯大林主義東歐的苦悶和對於「腐敗的資本主義西方」濃厚的好奇心，引人深思；就是在愛荷華，我看見南非、菲律賓和其他第三世界國家的作家，用火熱的語言，為毛澤東延安文藝座談會上的講話辯護。當啤酒使熾熱的辯舌鈍滯，有一個匈牙利詩人忽然喃喃地用匈牙利語唱起〈國際歌〉。五、六個方才圍桌激辯的各國作家，不約而同地起立，用各自民族的語言，拉開喉嚨唱「起來，全世界中的奴隸，起來，全世界受苦的人！」「這是最後的鬥爭……英特納雄奈爾，就一定要實現！」我已淚流滿面，不能自抑。

然而，我至今印象猶深的，還不是這些；還不是一個在沒有季節的台灣度過半生的人看見了秋天怎樣使愛荷華的樹一會兒眾樹如燦爛的黃金，一會兒使遍山赫赫火紅的驚喜，而是作家們住宿的「五月花」飯店裡，有幾個留給被邀的作家的房間，因本國政治的干涉，不克前來，而一整個秋天深深閉鎖的門扉。

這些作家，有的是「社會主義」的政府不讓他來，有的是「自由世界」的軍事政府不讓來。每次走過這緊鎖的空房，我的心房不禁顫動。沒有比這嚴鎖的空房更加形象地說明，作家不論中外，多麼受到世上權力的忌恨；而在權力和暴力之前，作家又是多麼強大而又同時多麼脆弱，多麼容易受到侮辱和損害。正是在那時，我忽然想起安格爾先生在《放膽的女子》扉頁上的幾行用紅原子筆寫的字：

給陳映真
一個作家同仁向你致意
保羅・安格爾
於美國愛州、愛荷華城，一九六九

在這非理的世界上，作家原竟是一個族群，一個親族，彼此是「作家同仁」(fellow writers)。當全世界不同種族、宗教、政治信念、社會制度的作家聚集在一起四個月，我才開始真正理解了一九六九年，年紀長我將近三十歲的安格爾先生，想方設法送進台灣政治監獄的書頁上所能寫最簡單的語言「作家同仁」四個字的深刻意義。

是的，保羅．安格爾先生和聶華苓大姊熱愛人，對於世界村中的「作家同仁」，尤其有一份最真摯、最熱情的喜愛。他們熱愛文學，熱愛藝術，對於創造和任何創造力的心靈，一貫關愛備至。正是他們這不可思議的，對於人，對於創造，對於文學藝術永不遲疑的誠懇與熱情，使愛荷華成為普世無數作家的奇異、溫馨的另一個家鄉，使安格爾夫婦成為他們的好友，可敬的「作家同仁」，以及時常在懷念中的親人。就是在那個秋天，我曾和一些對美國的文化宰制充滿警戒心的貧困國家的作家談到國際寫作計畫的「美國關聯」(American connection)。他們下了一個結論：「保羅是一個真誠而善良的人。在他裡面，沒有絲毫虛詐。」一個菲律賓詩人說：「他和聶華苓使我們向他們友善地微笑，並且脫下我們的帽子。」

詩人阿奎拉的話是對的。一九八九年，安格爾夫婦離開了國際寫作計畫，使這個「計畫」失去了人和心靈的芳香，使它更像一個美國文化「統戰」機關。

保羅．安格爾先生走了。聶大姊失去了幾世紀難得修來的鶼鰈情深的伴侶；到過愛荷華的普世中的作家，失去了一位難以忘懷的朋友、師長和東主。對於世界上受苦刑餘的作家，他們失去了再也難遇的，堅心(determined)要把自己的心和手伸向黑牢中為義、為愛寫作的作家們

一九九一年四月

的「作家同仁」。對於我，自一九六八年以來，保羅．安格爾和聶大姐，一直都是我孤獨坎坷的生活與工作中一盞溫暖人和鼓舞人的燈火……

初刊一九九一年四月十四日《中時晚報．時代文學》
收入一九九二年四月時報文化出版社《現在，他是一顆星》（高信疆主編）

令人緬懷的傳說

當照相機初次問世的十九世紀，西方資本主義正值它最為殘酷的原初累積的時代。在英國和西歐，到處都是對於勞動力最赤裸的剝削。身體羸弱的童工、女工，充斥在陰暗、噪音、過於寒冷或燠熱、工傷頻繁的廠房中，從事每天十二小時以上的勞動，卻只能獲得免於不十分飢餓的工資。這初初問世的照相機，很快地被當時的攝影家用來拍攝、記錄當時血汗工廠中的童工和女工，或像瘡瘤一般蔓延在工業都市中的貧民街和其中可見可感的貧窮。這些照片登在當時的報紙上，引起社會的震驚，刺痛了人們的良心和同情心，甚至進一步引起一定限度上的社會改革。

因此，照相在它最初誕生的時代，就富有深度的人文性質和人文關懷。它把人當作一個應該有尊嚴的人，以等身的高度，凝視了人和人的苦難，為工業革命以後被資本、機器迅速吞噬、殘害和掠奪的極端弱小無助的工人和農民代言，甚至疾聲抗議。

但時至於今日，相機、鏡頭、底片、攝影棚、鎂光燈、水銀燈、暗房沖洗器材、設備和化學制劑，距相機發明之初，有了長足的發展與進步。但照相的人文本質，卻反而消失，甚至使照相（photography）在資本主義商品機制中，急速地非人化了。

在今天，精緻的照相軟體和硬體被用來拍攝各種資本主義商品：把各種食品拍得令人垂涎，把汽車拍成寬敞舒適而又富有隱私性的套房，把各種家電產品拍出中產階級富裕、舒適和成就的品味，把香菸和晴空、牛仔的粗獷、仕女的手飾拍出不可思議的新認同，把女人的胴體拍成撩撥最大的物質占有欲的商品……。總之，現代的照相正在為現代化大量生產而過剩的資本主義物質商品的銷售，撩撥、刺激和操縱人類口腹、肌膚、器用、性欲的欲望，使人類的欲望發生雪崩，使人類的官能因現代照相的過度刺激而腫大，使人類在欲望的滿足與再飢餓的不間斷循環中喘息。

然而，照相的人文主義並沒有因而滅亡。在三〇年代，照相在歐洲、在美國，以「報告攝影」的表現形式繼續發展，名家輩出。「報告攝影」記錄了戰爭、貧窮、生活與勞動中的人。一直到今天，報告攝影記錄著地區性的飢荒、內戰、難民；記錄弱小者的不幸與反抗……記錄了資本主義機制對人、對大自然和文化的構造性的殘害。比起日進萬金的商業攝影家，今天搞報告攝影的人，生活與工作條件都很拮据。原因是（一）報告攝影必須到遠地的現場去生活。一個題材（例如水銀中毒公害）要花上五年、十年的時間去記錄，花費、成本都很大。（二）但是，今天的報紙雜誌版面，都不願意用帶有強烈社會批判，畫面比較陰悒，主題比較嚴肅，讀後心情沉重，卻又無可如何的報告攝影作品。因為今天的媒體，是為傳播商品經濟的精神面貌——健康、美貌、幸福、清閒、富裕、快樂……這些主題，與報告攝影的批判性、控訴性、反省和揭發很不搭配。這樣一來，報告攝影家在創作過程中花費大，作品出路少。自己集資出版攝影集，銷路也不好，因此生活艱苦，不少人只得兼業商業攝影來維持生活。但是，儘管這樣，世界上依然還有不少抱有人文理想的攝影家，在艱困的生活中，堅持著報告攝影的工作。

在日據時代末期和光復初，一直到六〇年代，台灣有過幾位前輩攝影家，在艱苦條件下，留下了素樸卻不失優秀的紀錄作品。但台灣攝影的大潮流，是把攝影當成繪畫的所謂「沙龍」攝影，講構圖、光影、比例，拍的主題無非人體、花草、靜物、自然。六〇年代，有年輕的一代，以攫取某一個「決定性瞬間」的影像為言，也有不少佳作。更早在「現代主義」文藝風行一時的時代，台灣的青年攝影家也一度拍攝以孤絕、荒謬、詭奇、虛無、苦悶為題材的作品。以一組照片，有結構、有主題、有思想地記錄、發現、報告、評論和批判的報告攝影（photodocumentary）在台灣的出現，以一九八五年創刊，一九八九年休刊的《人間》雜誌首次有意識、有組織地發展。在這以前，當然已有少數幾個傑出的攝影家在默默地耕耘了。

《人間》雜誌五年，記錄了台灣無數生活和勞動現場中的人，甫一創刊，震動了台灣文化界。它記錄過在富裕社會的暗處生活的小人物、不幸的人、貧困而有尊嚴的人。它也記錄了瀕臨種族滅絕的台灣少數民族——他們的生活、文化和命運。《人間》雜誌最早以系列深刻的照片，記錄了台灣自然生態環境的崩潰……這些照片和報導文字，使《人間》雜誌成為中國雜誌史上一頁永遠令人緬懷的傳說（legend）。

這次，我們十分高興能有機會受邀展出《人間》雜誌的精粹攝影作品。對於《人間》雜誌的老讀者，這些照片是他們難忘的作品；對於不曾認識《人間》雜誌的人們，這是一睹《人間》的傳說真面目的機會。這一次的展出，也代表了我對於過去一同在艱苦條件下共事的、認真而有才華的年輕同仁的懷念和敬意，也代表了我們對於至今不曾稍衰的、社會和讀者對我們長期的關懷、愛護和支持。我們相信，《人間》終必還有一天以某種新的形式，和社會重新見面的。

初刊一九九一年五月十六日《中國時報·人間副刊》第三十一版

「白色恐怖」時代的見證

「叛亂？亂判？」公聽會紀要[1]

文化的買辦化

陳映真：我想在這些前輩面前就不太講我自己的事情，我是一九六八年被捕的，案情很簡單，就是幾個年輕人關心大陸的事務，我們於是組織了讀書會，這些書在今天台大附近的書架上都極為常見，但就因為這樣，我們被判了十年牢。這裡我就不必再講我的案情，我想利用這個機會檢討「白色恐怖」的意義和本質。

我們常說台灣的政治恐怖時期是在五〇年代，其實不然。剛剛三位前輩所說的是集中在五〇年到五四年的所謂「颳颱風」的時代，國民黨大量的捉涉共者、有嫌疑者。五四年後我稱為「慣性恐怖」，也就是起先是為肅清左傾人士、赤色分子，一旦變成制度後就形成慣性，這一直到不久以前才結束。當時的冤假錯案很多。

「白色恐怖」有以下的特點：它是由國家所推動的制度性暴力，一是非法的秘密逮捕；二是非法的秘密審訊及酷刑拷打，甚至謀殺、暗殺；三是非法的判決，剛才已有人見證過，連槍斃人的判決書都沒有，而且大量的羅織、處決。有時監禁的時間都沒有限制，例如服刑時間已到，他們認為你的思想沒有改變，就可以利用各種理由把你留隊，甚至裡面有人發瘋了都不放。另外，不只受刑人本身的受害，還包括家族的受害，小孩子長大後，老師、社會歧視他，情治人員騷擾他，他也認為自己是共匪的兒子，覺得非常羞憤，甚至怨恨自己的父母；有的十幾歲上吊的也不知凡幾，長大後精神分裂的也大有人在，他們家族的就業、留學、出國受盡各種阻撓、歧視，這是一種組織性的暴力與虐待。

一般人認為「白色恐怖」是國民黨的殘酷、暴虐所造成，但這是個世界性的問題。以台灣「白色恐怖」而言有兩個結構：一是內戰結構，一九二七年國共分裂，國民黨就是用激烈的暴力清黨，自此以後，國共雙方以暴力與反暴力形成循環。一直到國民黨撤退來台，美國以武力支持國民政府，這種暴力又重新恢復，這是長期猜忌、怨恨所引起的歇斯底里，台灣有幾十年都是充斥著反共口號。第二個是世界冷戰二極對立，靠美國的陣營，不只台灣，包括韓國都是以《國家安全法》、「反共國家安全體制」為藉口取締各種民主、社會運動，這在菲律賓、泰國、越南、中南美洲等美國所支持的軍事獨裁政權都一樣。在冷戰結構下，「自由世界」便是進行著以高度反共國家安全為藉口的組織性國家暴力，這種世界性的暴力更值得我們反省。

再來，我要報告的是美國與全球白色恐怖的關係。國際政治學有一個名詞——「次法西斯主義的美國扈從政權」(subfascist client state)，它就是剛剛我所報告的國家都有兩個來源：一個是由美國直接支持，包括經濟、軍事等各方面來支持這種國家暴力；一是原來民族主義高張的國家，美國不惜用暗殺、政變把它推翻，再建立一個極端的極權政府，如智利。更重要的是，美國政府不斷訓練各國特務的技術及恐怖經驗，而且提供最先進的科學偵訊儀器，甚至美國人員直接參加偵訊拷問的工作。

這種「白色恐怖」帶給台灣幾個影響：第一是「非民族化」，由於反共的宣傳，對美國的崇拜，愛國的人慘遭打擊，漢奸得勢，這種顛倒是非的情形造成廣泛的民族認同混淆。第二是「文化的種族滅絕」，自己的文化只有民族主義者主張，在極端的法西斯政權及美國的影響下，自己的民族完全滅絕。第三是知識分子的被閹割，使知識分子成為傀儡，所有的知識、思維、創造完全窒息，造成知識界買辦化與非民族化。

台灣這一段被隱藏的黑暗史如果不被抓開，並重新面對、思考、研究、反省，這將成為台灣社會永遠的傷痛。事實上，很多人都是這個歷史的共犯，不是罵國民黨就完了，四十年來，我們的知識分子說了些什麼話？我們的傳播媒體如何幫助這個體制？四十年來，「我」做了些什麼事情？現在有很多人都勇敢，但過去四十年為什麼不說話？今天卻很容易成為英雄，這樣的民族是沒有長進的。今天我們一定要深入台灣這一段最黑暗的歷史，去面對它，就像一個人有病，一定要把它挖出來，才能恢復健康。

初刊一九九一年七月《海峽評論》第七期

1 一九九一年五月九日，法務部調查局以加入「獨立台灣會」為由，拘捕廖偉程等四名青年。各界認為在終止「動員戡亂」後，對台灣社會的新規範有檢討之必要，立法院因而舉辦公聽會，邀請政治受難者對於當時案情及國內外情勢背景做報告，以正視白色恐怖歷史。公聽會時間：一九九一年五月二十一日；地點：立法院第七會議室；主席：林正杰（立法委員）；出席者：蔣碧玉、林至潔、嚴秀峰、陳映真、吳榮元、王曉波、陳明忠、賴明烈、張俊宏；整理：施瑋。本文僅擷錄陳映真發言部分。

《尊嚴與屈辱：國境邊陲——蘭嶼》序[1]

記錄蘭嶼島的台灣攝影家，依我有限的知識所及，只知道過去有先行代攝影家張才先生，有中生代女攝影家王信女士，還有一位已經不記得名字的外籍神父。張才先生的作品是日據時代的民族學調查的一個組成部分。比較偏重表現台灣少數民族人民形貌、服飾、器物的肖像作品，其中有一張蘭嶼雅美族少婦的照片和某族武士的肖像，至今記憶猶鮮。王信女士的作品，應該是第一個以現代意義的「報告攝影」（photo documentary）的概念攝作的蘭嶼系列作品，在台灣的報告攝影歷史上，占有相當重要的地位。至於某外籍神父的作品，現在只記得對蘭嶼的生活、生產活動、工具和蘭嶼自然風土有相當廣泛的描寫與紀錄，具有頗為重要的資料價值。

而對於蘭嶼雅美族人民和他們的生活、他們所面臨的嚴峻而冷酷的挑戰，以比較系統的社會批判為指導思想，長時期和雅美族人共同生活，並且在共同生活中去觀察、思想、描敘和記錄的作品，便是關曉榮這三巨冊珍貴的報告攝影作品集《尊嚴與屈辱：國境邊陲——蘭嶼》。

一九九一年五月

台灣的開發拓殖、台灣資本主義文明開化的歷史，尤其是六〇年後半展開的飽食化和富裕化的歷史過程，其實，同時也是台灣山地十族原住民傳統社會崩潰、文化解體、民族認同瓦解、民族「尊嚴」掃地、民族「屈辱」迭至的歷史過程。

在五〇年日帝時代，日本人以行政上的強制，將台灣山地氏族共同體時期社會，與當時殖民地．半封建性的台灣社會隔絕開來。日本資本獨占透過警察體系，直接對台灣山地社會進行苛烈的徭役、體力勞動和山地自然資源——木材和礦材——的掠奪。這殘酷的掠奪，終至引發了一九三〇年震驚國際的霧社蜂起事件。

光復以後，為了鎮壓當時台灣山地原住民族的左翼民族解放運動，國民黨在當時廣泛的白色恐怖肅清中，一面撲殺「台灣蓬萊民族解放同盟」的優秀原住民黨人，一方面以莠劣警探在山地各族部落社會布建恐怖特務網路，對山地社會進行長期反共恐怖的歧視和壓迫統治；一方面禁止山地和平地間、和山地不同部落社會間的自由往來，形成了政治性的封山政策。但是，隨著戰後台灣資本主義在美帝國主義以台灣為基地封鎖中國大陸，促進台灣的「反共富國強兵」條件下快速發展的過程，平地漢族資本主義市場經濟、貨幣和商品經濟，伴隨對山地社區現代化道路、公路的舖設，強有力地向傳統的山地原住人民各族的氏族共同體浸透，逐步瓦解了部落共同體社會的經濟及社會構造，也使國民黨若干「山地保護」政策（例如山地的土地保留）受到無堅不摧的貨幣、商品、土地資本、高利貸資本和在產品中間運銷資本的嚴重侵蝕與破壞，形同具文，進一步使漢族資本在廣泛的台灣山地中徹底支配了山地各族人民的社會和經濟生活；使山地社會一般地貧困化；山地和平地社會的貧富差距，以及山地社會中漢人與山地人的貧富距離不斷擴大，終至山地土地被掠占淨盡、負債普遍化、終至舉部落棄地流亡，遷徙平地。男性則淪為平地漢族資本主義社會的最低層，從事平地勞動所捨棄的低工資、重勞動、勞動條件最野蠻的生產部門。他們和大量在台亞洲外籍勞工一樣，成為台灣資本主義的「境內殖民地勞動」（以輸入經濟貧困地區廉價勞力代替資本向廉工地區輸出）。而山地女性，則機會平均地淪為平地色情工業的人肉商品，使山地各族頓以繁延的民族母性，遭到殘酷的摧殘。

台灣漢族資本主義的發展，和台灣山地社會的不發展，正以正比關係不斷地擴大再生產著。作為民族，台灣少數民族在台灣社會中蒙受漢族各種資本和外國新殖民主義資本雙重掠奪和壓迫；作為階級，台灣原住民各族人民，一般地成為台灣「新殖民地・半資本主義」社會中最低層的被壓迫階級中重要的成員。就台灣戰後社會內部而言，族群上和階級上處於全稱的被壓迫狀態的台灣山地十族，是真正社會科學意義上的「被壓迫民族」。台灣社會內部的「民族壓迫」，恰恰是以漢族的一般，對於台灣原住民族各族的民族和階級的壓迫為具體內容，而不是別的。因此，台灣戰後社會構造規定了，在台灣戰後資本主義社會內部，明顯、嚴峻地存在著山地各族對漢族要求民族解放的課題！

而台灣戰後資本主義社會，即台灣「新殖民地．半資本主義社會」內部的山地各民族解放問題，當然就必須成為台灣的反新殖民主義（即台灣〔包括全體少數民族人民在內的〕各被壓迫階級反對美日新殖民主義及其在台灣的代理階級）、民眾的民主主義鬥爭（即以包括山地各族人民在內的台灣勞動階級為核心的各被壓迫階級所領導的，資產階級性質的，民眾主義變革運動）中的一環，構造性地變革台灣社會，使台灣各少數民族人民有其一定的社會、政治和地理疆界，成為中國少數民族自治區域系統中的一環，以實踐其民族解放和民族發展的目標。

在台灣原住民各民族中，蘭嶼島的雅美族，由於和台灣本島有一水之隔，因地理、交通的因素，使雅美族的社會和文化在台灣資本主義巨大輪轉中比較晚受到衝擊。但也僅僅是時間上相對地晚一些而已。台灣本島資本對利潤的無窮貪欲，以觀光事業、商品和貨幣經濟；以吸收蘭嶼青壯勞動力離鄉投入台灣工廠；以掩埋核電廢料和行政上的民族支配等等，對蘭嶼社會進行文化、教育、勞力、物質和自然環境的殘酷掠奪。關曉榮便是以台灣攝影家罕見的、政治．經濟學的問題意識，以深入拍攝對象條件的生活，同吃、同住，在雅美族人民生活與勞動現場中去觀察、體驗、思索和記錄。關曉榮的高度思想和批判的自覺性和意識性，非但表現在他的傑出、強力的影像作品中，尤其表現在他的文字報告中。在台灣攝影史上，關曉榮影像的藝術創作和思想上相當明晰的意識化相結合的這一系列作品，無疑是表現了報告攝影的藝術創造性和思想自覺性的典範之作。

關曉榮全程記錄雅美民族造舟過程（第一冊）的豐富作品，讓「閱讀」照片的讀者充滿了啟發、驚詫、讚歎和尊敬。雅美民族的漁舟，以獨特的造形和船身神秘、拙稚卻極其優雅的圖案而聞名。但關曉榮第一次記錄了這神奇木舟的形成過程。從在山林中尋找樹木開始，砍樹，刨材，鑿削造形翹峨的龍骨，以密集榫接的工藝逐步使造型迷人的船身成形，然後是船身的鐫刻圖紋……即使是靜態、平面的照片，也令人屏息。感謝蘭嶼和資本主義台灣之間的一水之隔，使這古老的海洋民族至今還比較完整地保存了那不知相傳幾千年的造舟巧藝——和造舟的整個社會的、儀式的過程。從一個還沒有發展出私有財產制，從而也還沒有以財產為基礎的社會分工的時代流傳下來的造舟工藝，竟是那樣一個集體的、社會的和宗教的勞動和創造過程。這和今日的勞動過程之高度異化——勞動的分解化、勞動的極端簡單化、白痴化和無意義化——使勞動和意義、創造完全剝離而成為永不止息的愚弄和苦刑相較，發人深省。百千年以前，雅美民族就曾以這造形獨特的木舟，不但在汪洋大海中討生活，更以超絕的航海技術飛渡太平洋諸島！想像這「海洋民族」的極盛時代，其造舟的部族社會勞動和祭典之隆，造舟工藝之崇高，對雅美民族的工藝和文化，不能不油然起敬。

造屋和飛魚祭也同樣透露了這聰明而矯健的海洋民族獨特和工藝、宗教的文化殘跡。但「老輩生計」則記錄了這個幾千年來長老的智慧和體驗一貫被尊崇依循的民族，在部落共同體崩解，現代貨幣和商品的邏輯成為新的「長老」、「酋長」和權威的時代，今日雅美人民的長者和老者的社會地位一落千丈，成為漢族和外國觀光客相機下的活的人種標本，甚至淪為觀光飯店門口伸手討乞的老丐。

一方面在政治、社會上加以歧視和掠奪，但一方面又在教育上以民族沙文主義掠奪少數民族的語言、民族認同、文化和尊嚴，是今日世界上一切支配的、多數民族對待境內少數民族共同的伎倆。台灣的漢族中心權力對待台灣原住民也一樣。關曉榮對於施行於蘭嶼——實際上也實施於全島各少數民族區域——的國民黨國體教育，提出了嚴厲的批判。「青年勞工」記錄了蘭嶼年輕的勞動者群離鄉背井，來到台北縣境內一個工業區，成為一個小小的「境內(漢族的)殖民地勞工」群的憂愁的故事，和憂愁中的喜悅(產下並不健康的初生嬰兒)的故事。而關於台灣少數民族孝順而優秀的兒子，小說家田雅各醫師，在蘭嶼這個無醫之島行醫的生活報告，讀來不禁熱淚盈眶。

以第三世界不發達國家，尤其是遍布亞洲的各少數民族地區為對象，把莊嚴的祭典寓意深刻的社會活動(如舞蹈)，和代表民族傳統與驕傲的服飾、器物的庸俗化、商品化，以物質羞辱這些地區人民的民族尊嚴；以人工刺激這些地區人民對貨幣和商品的過度飢餓，甚至以這些地區女性——和母性的娼妓化這些重大代價發展的現代「觀光工業」，早已成為貧困第三世界和少數民族地區的嚴重公害。關曉榮對於台灣觀光工業對蘭嶼的摧殘，提出了充滿義憤的抗議。而人類發展核武器過程中，地球上少數民族所居之地（例如南太平洋小島），早已成為核武器、原子彈試爆的地方，使少數民族成為世界上最早遭受野蠻的核汙染的人民。核工業發展以後，大量核廢料的掩埋和貯存之地，也往往都是世界上一貫與世無爭的少數民族地區。這最尖端的科學公害和最「原始」的世界少數民族人民的「聯結」，說明了「文明」對於少數民族人民根深柢固的歧視與殘酷。然而，當和善馴良的蘭花的民族雅美人，以他們對於自然環境最根本的崇敬，起而反對台電和國府以蘭嶼為台灣核電廢料的垃圾桶時，關曉榮看見了這個民族熠人眼目的自尊，和他們對於大自然母親最勇敢的護衛。

關曉榮的《尊嚴與屈辱：國境邊陲——蘭嶼》最重大的價值，在於他對四百年來台灣開拓過程中，漢族人民對台灣善良、美麗、有一定文化高度的原住民所積累的、罄竹難書的損害與汙辱的反省、清算和自我批判。這種自覺地繼承漢族先人的罪債，承擔共犯責任，從而深自反省的認識上與倫理上的深度，使他傑出的攝影作品增添了動人欲泣的倫理力量。透過他獨特的民眾的美學，他把他的反省、清算與自我批評感染給他的讀者。在霸權主義干涉下的冷戰歷史中互相猜忌、怨恨、敵對的漢族間的紛紛戚戚，如果能夠自己寫下漢人對於台灣原住民進行逼迫的血淚歷史，無疑將是去除心中的毒朽，從而深刻認識到兄弟民族不論大小一律平等、珍貴的道理，並且進一步發展在多民族的祖國中各族人民互愛互重的倫理的一個重要法門。

關曉榮的這一套重要的攝影集，絕大部分發表在《人間》雜誌（一九八五—一九八九）上。如今看見這些作品集中起來出版，不禁回想起在那四年間和關曉榮及其他年輕的《人間》同仁一起生活、工作的，畢竟難於忘懷的年年月月。我會私下企盼《人間》將在歷史中自然地發展成為一個報告攝影和文學的一派。見關曉榮的這本書，「人民攝影」便已不只是一個理論上的企盼了。

初刊一九九一年五月時報文化出版社《尊嚴與屈辱：國境邊陲——蘭嶼·造舟》（關曉榮著）

1　本篇為關曉榮三冊作品集《尊嚴與屈辱：國境邊陲——蘭嶼》之共同序言。三冊書名副題依序為「造舟」、「1987」及「主屋重建、飛魚招魚祭、老輩夫婦的傳統日作息」。

海峽三邊，皆我祖國

代序

列強侵凌、國共內戰和東西對峙的歷史，使祖國分裂成大陸本部、台灣和香港等三個社會。對於絕大多數台灣精英知識分子和言論人，籍不論本省外省，立場不論為朝為野，評時論事，大約都不能超越台灣三萬六千平方公里的範圍。他們對於世界事務的看法，往往只是「美國霸權下的秩序」(Pax Americana)標準意識形態的模糊而膚淺的翻版。對於中國大陸，即使在解嚴以後，台灣的知識界迄今沒有獨立、深刻的大陸事務研究。對於絕大多數台灣知識分子，大陸依舊是美國和國府長期冷戰宣傳中的敵國：危險、落後、不可信賴、貧困而對自由民主充滿敵意。至於香港，除了香港比較便宜的高檔商品，可口的中國菜，香港電影和明星，甚至一九九七香港即將面對的歷史轉變，也很少能引起台灣知識界的關心。

我與所敬重的朋友陳玉璽，是在六〇年代末，在國府的政治犯看守所中認識的。為人溫和醇厚，好學深思，彰化縣出身的陳玉璽，很快就受到押房中年輕一代政治犯的愛重。由於國際學界和輿論對於加在他身上非理的判決廣泛而嚴正的關懷，一九七一年，他被「特赦」出獄。一九七五年我因集體減刑出獄，才知道出獄後的陳玉璽在工作、研究、生活和出境各方面都受到嚴苛的監管。嗣後，他歷經周折，在國際學界和人權友人的幫助下，終於得以回到夏威夷大學完成博士學業，移居美國，自一九七〇年代始，長期從事華語報紙的編輯工作。

這本文集所收錄的，絕大多數是他在海外華文報社從事言論工作時所發表文章的精華。也正因為是這樣，文章的議題顯得比較廣泛。然而，台灣本地出生，負笈外國，卻因為了掙破冷戰邏輯和知識系統的壓抑而身陷縲絏，旋又流寓美國編報，現今設講座於香江的陳玉璽，以他獨特的知識、視界和經歷，建立會集了中國大陸、台灣和香港的焦點——一個當代台灣「祖國喪失和白痴化」(尾崎秀樹語，一九七一)的學界和言論界所失去的焦點。他以專業的知識，展望經濟和政治區域化過程中的中、港、台整合的前途；他以海外華人報人的眼界主張海外華人的民族權、政治權和人的權利；他以專業知識和愛國主義，凝視大陸開放改革過程中面臨的挑戰與機會；他對於重蹈某種唯發展論的大陸當局，提出環境危機的嚴肅警告；他以台灣出身的知識分子，從香港顧盼他的家鄉發為眼界獨到的議論。在八〇年代初，他一連串揭發台灣政治監獄內幕，呼籲釋放台灣政治犯的文章，終於使五〇年代初被捕的終身政治犯回到故鄉和親人的懷抱。他對於處在國府和中共之間的民進黨，給予坦率的批評，無私的關切和公正的代言……

陳玉璽這種「海峽三邊，皆我祖國」的胸襟、眼界和識見，在當前歷史階段中台灣知識界奇異的「祖國喪失與白痴化」的時代，顯得特別突出。當內戰和冷戰的歷史開始重組，當民族團結和國家統一的課題提到我們民族史的進程，當中、港、台的整合與發展已成為不可逆反的趨勢，台灣出身的知識分子陳玉璽以大陸、台灣和香港的交會為焦點的視野，提供了對問題的豐富而有啟發性的向度。當渾沌過去，歷史的天空重現晴朗，但願後世的青年會說，「好在我們在那個時代的言論人中找到了陳玉璽，否則我們該如何去理解那喪失了祖國的歷史時代？」

陳玉璽的文章和他的人一樣，溫煦、醇厚、理路清晰，富有令人折服的知性。然而這個原是被七〇年代台灣非理的政治逼走他鄉異國的知識分子，由於工作和生活的關係，他的文章都發表在美、港兩地的華文報刊，島內的知識圈和言論圈甚少讀到他犀健、獨到而鞭辟入理的文章。人間出版社有幸能出版陳玉璽自選的頭一本文集，和讀者一樣感到喜悅，是敬以為序。

初刊一九九一年五月人間出版社《民族分裂時代的證言：中港台政經問題論評集》（陳玉璽著）

被出賣的台獨

談柯喬治一九四七年三月十日的密電[1]

在《被出賣的台灣》一書中，以「帝國主義者」自稱的作者柯喬治，對於一九四七年三月七日開始登陸，在台灣進行「三月屠殺」的國民黨報復二二八事變始末，有專節描寫，讀來餘痛猶在。五月，中國大陸內戰情勢迅速惡化，美國企圖透過國民政府在中國大陸建立美國勢力的一切努力，已經岌岌可危。這時候，柯喬治在《被出賣的台灣》中振振有詞地寫道：

如果蔣介石被允許退到台灣，在台灣建立其勢力，我們將揹上巨大的難題。顯然他會期待我們繼續不斷地給予軍事、經濟的援助。……但三月事件已使台灣與大陸的關係惡化到無可挽回的地步。

柯喬治接著痛心疾首地連發了幾個問句：

為什麼不趁我們在法律上仍有地位時去干涉？為什麼不堅持以聯合國或聯合管理來治理（台灣）直到中國的內戰停止？如果我們一直等到簽訂（對日）和約規定（台灣）主權轉移後，則我們將陷入無可衡量的困難境地。我們必須使蔣介石及國府留在中國大陸，或至少不讓它插足台灣。（讓我們）給予台灣人我所追求的「暫時性的託管政府」，然後，讓蔣介石以平民身分避難該島……為什麼不讓台灣成為聯軍或美國控制下的一個戰略基地，直到戰後的亞洲達到某一種程度的政治穩定？

然而，就在國民黨二十一師登陸台灣，開始進行全島性的「報復」屠殺時的一九四七年三月十日，這同一個柯喬治從台北美國領事館向駐節南京的司徒雷登大使發出柯喬治以副領事名義簽署的密電，力言支持「蔣委員長」在可以預見的大陸敗北後來台灣進行統治。

美國戰略利益高於一切

柯喬治自來對國民黨、國民黨人和「中國人」的國民政府抱有強烈的輕蔑、憎惡之情。但國民黨派兵登陸台灣大開殺戒的三月十日，他卻在呈給司徒雷登的密件中力言美國應該幫助蔣委員長讓陳儀去職，改派一個文職人員來領台政，「以避免代價昂貴的（美國）軍事介入」，「從而得以確保台灣為北自日本北海道，南迄菲律群島的島鎖之一環，更免台灣淪入共黨之手」。

柯喬治在這封密電中說，二二八事變以後，「蔣委員長必須立刻在下述二個政策中選擇其一：（一）堅持讓陳儀統治台灣，則台灣勢必成為中國嚴重的軍事負債，台灣人民將堅決起而抵抗，對大陸強加於台灣的政權誓不投降……從而將導致（台灣）經濟崩潰、社會混亂，而終至赤化。（二）去陳儀而另以正直之人（文職人員尤佳）代之……則台灣將成為中國經濟上的資產，對於遏止共產主義在亞洲的擴張的亞洲民主各國而言，台灣也將成為意識形態的資產」。尤其重要的是，「當前美國政策，在不削弱蔣委員長」。美國支持蔣委員長的政策目的，「在於阻止遠東地區之混亂與赤化」。

美國國益與國民黨國家的成立

一九四九年，中華民國宣告了理論上和歷史上的覆滅。然而，尤其是一九五〇年韓戰爆發之後，中華民國的第二階段，在美國強大的亞太地區戰略布署和戰略利益的支持下，由外而內、由上而下地先成立了國家（state），而後逐漸形成這個「國家」的支持階級——即由這「國家」

之緣於內戰與冷戰雙構造而來的高度相對自主性，培育了在這權威國家下進行超額、非經濟積累而發達的諸階級。

先有國家而後產生階級的這一個畸異的社會科學的例子，來自美國強大的政策操控。柯喬治寫道：

「權衡蔣委員長之軍事地位即將在最近未來進一步瓦解，美國理應協助蔣介石，作為一項資產而非負債地確保此一戰略島嶼（台灣——作者註）」，因為「中國大陸沒有其他任何省分可以像台灣一樣提供五十個機場、兩個現代化港口、高度發達的交通系統，在農業上富足的農村，相對地少的人口，高度識字率，以及政治上的團結」。

柯喬治力言，為了「使台灣成為」美國封鎖大陸的「自北海道以迄菲律賓的島環」的組成環節，美國應該以去除陳儀，協助蔣委員長在台灣成立一個有效的政府。然而，這個建議並不是因柯喬治對蔣委員長獨有鍾愛，而是出於美國干涉中國內政，為其戰略利益透過國府——或任何其他在台灣接受美國指揮的親美、反共、反華政府——占領台灣的政策需要。

台灣人民期望回歸中國

柯喬治為了向美國當局力陳去陳儀以使蔣保有台灣，並使台灣不致赤化的這封密電，卻無意中透露了即便在一九四七年二月慘變之後，台灣人民仍極思美國履行將台灣歸還中國的保證。柯喬治說道：

「由於美國支持蔣介石有暫時性——美國支持蔣僅能限於蔣仍在位之日——美國對於一項道德介入無動於衷。」這「道德介入」，畢竟是什麼呢？柯喬治說：（一）台灣人文化水準高，光復十八個月來，台灣人已認識到美國在日本、菲律賓（推動民主改革）的政策。「尤其因為我們原來就願意如台灣人民長期來所期望地將台灣歸還中國，六百五十萬台灣人民的領袖，都期待美國遵守這個諾言。」（二）台灣人民對一個民主政府的責任深信不疑。「他們確信美國會與蔣委員長共同干涉（台灣局勢），以保護台灣人民免於即將來臨的報復性的屠殺，以實現美國之民主於遠東……」他們相信，美國若不能干預（台灣情勢），就意味著民主的「可觀的失敗」。

帝國主義者柯喬治

早在一九四二年，台灣還在日本人手裡，為美日太平洋戰爭出謀獻策的柯喬治就一派胡言：「台灣在過去老是醞釀分離感情。它和中國大陸和中國的內戰切斷，已逾半個世紀」，因此台灣與其說日本化，倒不如說是「現代化」，因此沒有現代化、貧窮落後的中國無力、也沒有道理擁有台灣。柯喬治在力圖將台灣從中國分離出去的這個主張上，在美國對台帝國主義政策歷史上，是少數幾個有「遠見」的人。

這樣的一個人，在二二八事件的十天以後，極力向美國當局力陳美國應協助蔣委員長控制台灣這個「戰略島嶼」，和他們一貫主張將台灣從中國分出去的思想，並不矛盾。支持一個反共、親美、與中共為敵的蔣氏國府，和必要時支持一個反蔣卻一樣反共、反中共、極度親美的台灣分離主義政府，從美國帝國主義戰略利益的觀點看來，並沒有本質的差別。這其實就是今日美國對「獨台」和台獨在台灣的存在與發展基本上樂觀其成——甚至推波助瀾的理由。

台獨的理論家崇奉柯喬治為台獨之友和先知，卻很少人知道柯喬治在二二八事變後國府軍登陸大戮時發出電報，力諫美國當局擁蔣治台，確立了台獨人士詬詈的「中國人」「外來」政權或「中國人」對台灣的「殖民統治」。今日在台灣內部殷勤與台獨人士聯繫，在美國國會山莊為台獨撐腰，指揮台獨將台灣從中國分離出去的人，事實上都像柯喬治一樣，最終為了達成美國干涉中國內政，阻撓中國走向民族團結和民族統一的帝國主義利益而已。而形形色色的獨台與台獨，也只不過是被使用來達成這霸權主義利益的工具罷了。那麼，以《被出賣的台灣》在台灣分離主義運動中享有崇隆地位的美帝國主義者柯喬治，在這封力諫擁蔣治台的密電中，早已「出賣」了台灣分離主義對他長年的尊崇與頂禮了。

初刊一九九一年六月《海峽評論》第六期，署名許南村
收入一九九一年十一月海峽評論出版社《台灣命運機密檔案》（王曉波編）

1 本篇收入《台灣命運機密檔案》時，標題為〈柯喬治賣給蔣介石什麼？——談柯喬治一九四七年三月十日的密電〉。

美國帝國主義和台灣反共撲殺運動

代序[1]

一九九一年六月

孫中山所奠定的國共合作體制以反對帝國主義和封建主義、扶助中國工農階級振興中華的政策，在一九二七年由國民黨聯合當時中國的封建勢力、買辦資產階級和大資產階級的軍事恐怖政變中破裂，屠殺、酷刑和囚禁了大量愛國知識分子、學生和共產黨人，並從此展開了長期的內戰。第二次世界大戰爆發，美國的政治、軍事和經濟力量，隨著世界抵抗法西斯軸心的戰爭之發展，迅速伸向中國。抗日戰爭結束，國共內戰轉烈，美國在軍事、警察、反共情報作戰等方面和國民黨進行密切的合作，協助國民黨對中國的政治異議者進行殘酷的逮捕、拷問、監禁和屠殺。四川紅岩監獄，就是由美國與國民黨在特務、警察工作上的巨大合作組織——惡名昭著的「中美合作所」逮捕、拷問、囚禁和屠殺共產黨人、民主人士、愛國分子的大本營。

一九四七年以後，中國大陸的內戰形勢急轉直下。美蘇在全球範圍內的冷戰對峙不斷增強，美國開始全面在它勢力範圍——所謂「自由世界」——創造和支持「次法西斯蒂」(subfascist)

右翼、反共、獨裁政權做美國的扈從國家（U. S. client states）。

原來在二次大戰過程中，在亞洲和拉美、非洲等舊殖民地、半殖民地區域，共產黨人和其他反對帝國主義、力爭民族解放和民族獨立的勢力，在反軸心國法西斯侵略的戰爭中，迅速壯大了自己的力量，形成第三世界一股堅強的反帝、反封建、追求民族解放和國家獨立的民族民主革命潮流。二次大戰結束，軸心國資本主義各國固無論矣！即同盟國資本主義／前殖民主義國家如英法，也在大戰的損耗中精疲力竭。因此，二次大戰甫告結束，亞非拉大地上的民族主義和民主主義革命的風潮不斷高漲。這股新的民族民主革命運動，特別在戰後許多社會主義國家紛紛成立之後，使得戰後力圖恢復二次戰前舊殖民體制和利益的一切鎮壓和努力失去效力。因此，以美國為首的西方霸權主義，開始發展一個新的戰略，即新殖民主義的戰略：由前殖民主義國家允許和同意其各殖民地取得形式上的「獨立」，卻以繼續保持舊殖民母國對新「獨立」的前殖民地各國的經濟、軍事、政治、文化和意識形態的支配性影響力作為交換條件。

當然，這些新「獨立」的、作為舊殖民地母國之代理統治的扈從政權，是不得民心的。為了確實地保護美國在各前殖民地的經濟、軍事和戰略利益，美國遂採取創造和支持各前殖民地國家的軍事獨裁政權，對其國民施行殘酷破壞人權的獨裁而腐敗的統治。這些「次法西斯蒂」「美國扈從政權」，以下述的各種犯罪手段，廣泛而嚴重地加害於各族人民：

挑動內戰：以武器和金錢支持舊殖民地非民族(denationalized)勢力、買辦資產階級和封建地主階級，對抗當地一切工農改革勢力，激起長期艱困的民族內戰，分化民族團結，顛覆民族民主革命，企圖使當地政權長期扈從化，維持其帝國主義的各種利益。

干涉內政：阻止當地政府經濟獨立自主政策，以顛覆、政治暗殺手段瓦解當地政府將外國企業在合理條件下收歸國有，壓抑外來資本、培植本地資本的政策。干涉當地匯率、物價，干涉對外採購自由，干涉選舉，干涉一國的對外政策，在一國內部支持親美的政治、經濟、軍事和文化勢力等等。

嚴重破壞人權：美國策動和支持親美軍事政變。政變後，支持對一切反美·民族自主勢力進行廣泛徹底的非法逮捕、拷問、監禁和屠殺。為了扈從國家的「穩定」以鞏固美國在當地的政治經濟利益，美國歷來廣泛支持各扈從國的恐怖政治，支持反共軍事獨裁政府的一切肅清異己的殘酷屠殺和拷問。

一九八九年十二月二十七日，《波士頓地球報》(Boston Globe)一篇文章中這樣描述拉美許多親美軍事獨裁政權：

> 在沒有任何罪名下，政治異己分子在槍尖下被成批帶走。軍人把無數的平民從他們的

家中拉走，卻把糖果塞到被捕者小孩的手中。脆弱的文人政府必須向軍方請教政府的下一步該怎麼走。

如果這像是諾瑞加(Manuel Antonio Noriega)專制統治下的巴拿馬，事實並不然。在中南美洲，上述的軍人全穿著美軍式的制服。這些軍人支配著這些向大國交付了主權的國家。

一九四七年，美國在希臘、土耳其屠殺「共產黨人」多達千餘人。一九四八年，美國協同李承晚屠殺八萬名韓國濟州島起義農民。一九五四年，在瓜地馬拉的美國中央情報局推翻反美的阿爾本茲(Arbenz)政權，建立親美軍事獨裁政權，並對瓜地馬拉土著印地安人進行滅族性屠殺。一九五五年，美國支持的軍人推翻阿根廷裴隆政府，屠殺、監禁無數。一九六〇到六三年，美國抵制加納的傑干反美政權，唆使當地親美右翼反對和抵抗政府。一九六四年，美國用槍打死二十一個企圖在運河區豎立巴拿馬國旗的巴拿馬愛國學生。一九六四年，美國推翻巴西文人政府，並支持成立一個統治巴西二十年的軍事獨裁政權。一九六五年，美軍入侵多明尼加共和國，殺害了兩千八百名以上的多明尼加軍民。一九六五年，美軍出兵蠻平反美蜂起。一九六七年，美國領導的軍隊在玻利維亞鎮壓共軍，逮捕並殺害拉美革命英雄蓋瓦拉(Che Guevara)。一九六五到七三年，美國調訓烏拉圭特務和警察，協助政府對異己分子進行廣泛的非法逮捕與拷問，促成一九七三年烏拉圭軍事親美獨裁政權的成立。一九七三年，美國支持的智利軍方推翻了民選的阿顏德(Allende)左翼政府，造成三萬智利人死亡，使皮諾契特軍事獨裁政府在智利維持了十六年統治。一九七四年，美國干涉牙買加曼萊(Manley)的反美民族主義政權。一九八三年，美國出兵侵略格瑞納達。一九八六年，美國出兵玻利維亞「消滅古柯鹼製造工廠」。一九八九年，美國軍隊入侵巴拿馬，逮捕巴拿馬總統諾瑞加回美偵訊。一九八〇年，美國批准韓國軍隊鎮壓韓國光州學生運動，殘酷虐殺學生和市民數百名。一九八〇年，美國介入尼加拉瓜內戰，造成二萬九千人死亡。

必須從這整個戰後美國霸權主義、擴張主義和新殖民主義罄竹難書的犯罪背景中，才能更為深刻地了解，美國支持國民黨在一九五〇年韓戰爆發以後以迄一九五四年，在台灣進行持續性、廣泛而殘酷的政治撲殺運動的深刻意義。韓戰爆發以後，中國大陸成了美國頭號假想敵。為了取得大陸的各項情報，美國中央情報局(CIA)在台大肆活動，一方面支持國府在台進行對真假「匪諜」的廣泛逮捕、拷問、監禁和虐殺，一方面迫使當時極端孤立的國民黨與CIA合作，進行大量反中國和反中共的行動。作者藍博洲在這本書中所報告的五〇年到五四年國府的「異端撲殺」運動，便是當時美國改變方針，決定選擇國府為其反共戰略上的扈從國家，從而在台建立一個蔣氏高度獨裁的「次法西斯・反共國家安全國家」(subfascist anti-communist national security state）過程中必然的產物。在這個巨大的恐怖政治中，國民黨在台灣殺害了四千至五千個本省和外省的「共匪」、愛國主義知識分子、文化人、工人和農民，也將同樣數目的人投入十年以上到無期徒刑的牢獄之中，一直到一九八五年，最後一個五〇年代的政治終身監禁犯才被釋放出獄。

藍博洲，一個台灣客籍工人的兒子，在一九八六年的尚未「解嚴」的時代，開始了探索、發現和揭露台灣戰後史上這一段長期被暴力湮滅的歷史的工作。其中頭兩部作品，〈美好的世紀〉和〈幌馬車之歌〉都曾分別在一九八七年和一九八八年發表在今已休刊的《人間》雜誌上，而震動了讀者。《人間》雜誌的休刊，並沒有使藍博洲停下他的筆。他繼續揭發這沉埋在謊言與陰謀的荒蕪中長達四十年的、悲壯而又悽慘的萬人之塚，把五〇年代國際霸權主義和內部對外扈從、對內進行凶殘的次法西斯蒂鐵腕統治的暴力和恐怖下，對生與死、對意義和虛無做了最艱難而勇敢的選擇，在激烈的壯懷中，為民族和階級的自由與解放，打碎了自己，向不知以恐怖與暴力為恥的國內外法西斯主義和帝國主義做出了震撼山谷的怒吼和抗議的一代最耀眼的形象，重新構建和顯現出來。這是一九五〇年大恐怖以來台灣史學界、言論界、文藝界和文化界近於絕無僅有的重大貢獻。

一九五〇年以來，台灣的歷史學界、社會科學界和文藝界，長期受到美國意識形態的洗腦，對於台灣戰後充滿了歪曲、謊言、恐怖和暴力的歷史毫無批判的研究和創作能力，從而在四十年間，為美國塗脂抹粉，把美帝國主義裝扮成人權、民主和自由的推進者、守護者。今天，當美國叫囂以中共「改善其人權條件」交換使中共取得「最惠國待遇」，以便大陸得以向美輸出廉價勞力密集的輕工產品時，人們早已遺忘，甚至不知道，在國民黨自一九五〇年迄一九六五年間在台灣進行反共反民主逮捕、拷問和虐殺、監禁時，美國持續以十六億美元的經援、四十餘億美元的軍援給予台灣，並且截至八〇年代才停止台灣的「最惠國待遇」的事實。美國對韓國軍事獨裁政府付出了六十五億美元的軍事援助。對六〇年代屠殺百萬「共產黨人」的印尼，美國支付了二十餘億美元的軍援。美國對中南美洲軍事獨裁政府烏拉圭、委內瑞拉、智利、尼加拉瓜、多明尼加、巴西、玻利維亞、阿根廷和歐洲親美反共獨裁政權西班牙、希臘、土耳其……從來也沒有因為它們殘暴至極的人權蹂躪而停止過「援助」和什麼「最惠國待遇」。藍博洲的這本集紀錄和文學於一體的《幌馬車之歌》，是台灣年輕一代作家對美帝國主義及其「次法西斯扈從」者的謊言一記強有力的反駁！

一九八八年，世界冷戰以蘇聯戈巴契夫的對美投降和東歐的解體結束了。國共內戰的形勢也在不以美國扈從者主觀意願為轉移地趨向於終結。在這「冷戰－內戰」雙重體制的衰亡歷史中，如果沒有台灣內部有意識地在歷史學、社會科學、文藝和文化上對荒廢、黑暗、充滿歪扭、暴力、謊言與恐怖的台灣戰後史進行深刻的反思與清算，則冷戰與內戰的幽靈、美國扈從主義和次法西斯蒂的亡靈，就不會自動消失。在這意義上，藍博州這本《幌馬車之歌》的出版，便是激烈地刺向冷戰和內戰歷史的惡魂厲鬼的桃花木劍，值得喝彩。

初刊一九九一年六月時報文化出版社《幌馬車之歌》（藍博洲著）
另載一九九一年七月二十一日《自立晚報》
收入二〇〇五年八月台海出版社（北京）《消失在歷史迷霧中的台灣作家》（藍博洲著）

1 本篇為《幌馬車之歌》書序。另載《自立晚報》時，篇題為〈劈砍冷戰歷史的桃花木劍——序藍博洲的《幌馬車之歌》〉。

邪惡的帝國

讀一九四九年《美國對台澎政策》[1]

一九四九年六月，國共內戰形勢急轉直下之時，美國國務院起草了一份《美國對台灣及澎湖群島之政策》(U.S. Policy toward Formosa and Pescadores)，由美國國務院「政策計畫人員」(policy planning staff)上呈國務院。整個計畫書不超過十五頁打字紙，但如果韓戰不曾發生，美國實踐了這份計畫的建議，今日國民黨黨政軍集團及外省難民則早已被美國以武力遣返大陸，而台灣也早已在國際干涉下進行「公民投票」，在美國「指導」「台灣自決派宣傳」下，成立一個類似(季里諾的)菲律賓和(李承晚的)韓國的美國傀儡國家。

棄蔣保台

這份政策計畫，開宗明義說道，「以台灣和中國的分離來達成不使台灣淪共，是美國的主要目標（major objectives）。」但大陸形勢迅速惡化，國民黨節節敗退，「台澎極可能在數年、甚至幾個月內淪入中國共產黨人之手」。美國國務院反覆檢討的結果，認定了「在當前，抗拒中共，使台澎隔絕於中國（大陸）當局之外的唯一途徑，在於將國民黨政權自台澎去除之（removes），建立一個臨時性的國際——或美國的政權，由這個政權出面為台灣人請求自決，並在簽訂《對日和約》之前，在台灣實施公民投票，決定台澎問題的根本性處置」。這項文件並且斬釘截鐵地說道，「台灣分離主義，是抵抗共產主義的唯一具有草根訴求的概念！」

美國為了去除蔣介石及國民黨黨、政、軍和難民集團，進一步更換台灣政權，設想了兩個辦法：（一）由美國暗中促成遠東各國來發動一項國際行動，達成更換台灣政權，去蔣保台的目標；（二）由二次大戰中對日作戰盟國共同宣告，由於戰後大陸及台灣情勢之發展已使當年形成《開羅宣言》（中關於戰後將台灣歸還中國的）各項假設失效，「為了太平洋地區的穩定及台澎居民之利益」盟國乃一致「授權美國出面干涉」台灣事務，實有必要。

然而，這項帝國主義「政策」的計畫人也充分理解到兩個負面：（一）「俄國帝國主義」占掠東北而引起中國共產黨人的不滿，「俄國及中國斯大林主義者」將「歡迎」美國此項政策，以轉移中共黨人對蘇共之不滿；（二）實施此項政策，使美國不得不以武力負責將來台中國難民及國府軍政人員送返大陸。此舉「不但令人不快，且將在美國人民及政府中引起道德上的矛盾」。儘管如此，除非美國接受台灣陷於中共的未來，唯有設法變更台灣政權，捨棄蔣介石集團了。

唆使亞東各國出面滅蔣

美國在執行把國民黨驅出台灣、更迭台灣政權予新的台灣自決的美國傀儡這一政策的難題有二：一是美國當年「因為支持《開羅宣言》，從而協助國府統治台灣」，如今不便又出面推倒它當年一手引到台灣的國民黨政權；其次是國民黨當時（一九四九年六月）在台灣已有三十萬軍隊，極可能起而反抗此一倒蔣顛覆計畫。

因此，除了對台國民黨軍加以「壓抑與驅逐」，國務院此項「政策計畫」的重點，在於「克服一切「政治上的障礙，提供一個合理的政治架構，以便在實現一個獨立於中國的控制之外的台灣政權」，並讓這樣一個政權「獲致堅定的反共的人民的支持」過程中，使美國能「顯示其武力」，「並且在必要的時候，使美國可以進一步積極使用武力」，達成政策目標！美國要怎樣創造這樣一個理想的「政治架構」呢？

首先，美國應該慫恿菲律賓、印度、印尼支持美國這一政策構想。美國要讓這些東南亞國家看到台灣淪共對它們的危險，並以美國對它們的反共安全的保證，換取它們代替美國出面首倡改換台灣現政權的議案。除此之外,「美國應該在其《對華白皮書》增加台灣專章,列舉國民政府在台灣的暴政與惡政」;「美國應該為此一(促成蔣政權的顛覆)背景需要,不斷發布相關的小而持續的消息,包括關於(廖文毅為首的)『台灣再解放』運動的資料在內」。

其次,對於亞洲相關各國之一致主張以武力將蔣政權驅出台灣,美國應公開表示支持,並與紐西蘭、澳洲、菲律賓、印度、加拿大、英國取得協議,並向各盟國表達以下的美國政策立場。

美國的「台灣公民投票自決」案

美國的基本立場有二:

(一)在中國大陸內戰形勢穩定之前,以及簽訂《對日和約》之前,台澎需要有一個「負責任的、穩定的政府」;

(二)需要究明台澎居民的意願,以便在台灣人民自決的基礎上,以和平解決方式獲致(關於台灣問題的)「公平而建設性的處理方式」。

因此,美國希望東南亞各國表示台灣陷共後將危及東南亞各國的安全。東南亞「各對日作戰國家,對於這一(在《對日和約》未簽訂前)作為日本帝國之一部分的台灣面臨之混亂與不安,依

《聯合國憲章》一〇七條，保留出面處理之權」。

而「鑑於台澎過去獨立之歷史」，「鑑於最近四年來國府在台虐政以及許多有代表性台灣人要求自決之訴願」，亞洲對日作戰各國可「要求聯合國在一年內在台灣辦理公民投票」，「依自決原則，盡速處理台澎問題」，「進一步由聯合國實施台灣公民投票」，依下列選擇決定其前途：

(一)您是否願意接受由中國大陸所產生的任何政府的統治，或者：

(二)您願意繼續接受目前在台灣的政府的統治；否則：

(三)您希望另外形式的統治，即(1)聯合國託管；(2)台灣獨立；(3)其他。

此一公民投票的選擇內容，應該公布於世。

美國要宣告倒蔣並武裝占領台澎

到了此一階段，美國就要公開建議各相關政府，召集亞太地區一切對日作戰國家在一週內開會，或由各國大使在華府或倫敦開會處理台灣之政權改易會議。美國並公開做以下宣示：

(一)作為日本帝國之一部分之台澎最後處置，有待《對日和約》簽訂；(二)過去美國因信守《開羅宣言》，曾協助國府統治台灣；(三)然而戰後台灣及中國形勢之變化，並未證明《開羅宣言》當時之一切假設為正當：中國對台施行貪掠壓迫的統治，目前中國內戰的混亂正威脅著台澎；因此，（四）曾為解放台灣流血、出資和戰鬥的美國及其人民，本意絕不在於信守《開羅宣言》，造成中國對台澎的暴掠，造成過去四年間遭受惡政之苦；（五）由於美國政府一貫希望台灣當局變得更為負責、更有建設性，過去四年間，美口對國府劣政及台民自決之訴願隱忍不言；（六）目前，鑑於中國大陸情勢唯有惡化之一途，美國政府茲分開宣告，願意協同亞太各國，支持：（1）在簽訂《對日和約》前，軍事占領並統治台灣；（2）台灣前途應依公民投票決定。

顛覆國民政府的行動計畫

這項「政策計畫」力言美國應全力為此一更迭台灣政權之「國際會議」出力，打好基礎。「美國應充分取得俄國與中共以外一切國家同意更迭台灣的政權，以及對台占領及統治。」為達到此目的，美國將負起實際（占領台灣）軍事行動之主要部分，「但為免此一行動太偏於一國，菲、澳、印、巴、加、紐西蘭等國至少都應派出象徵性的軍隊，參加此一軍事行動」。

此外，「在此一階段，美國應尋求菲律賓的合作，由菲國提供台灣自決分子以一切可能的施設，使台灣自決派得以廣為台澎人民及世人所知」。菲律賓成為台灣自決運動對台「廣播、出版小冊、走私及其他管道」的基地。「美國應該由適當的秘密方式，尋求給予台灣自決運動人士以宣傳效果上的指導。」

而且，在上述顛覆台灣政權的國際會議中，美國將以行動保證在會後二週內完成台灣政權的更易。「如果蘇聯及中共也參加會議，美國應在正式會議之外召集會議」，貫徹此一行動！

美國並保證，只要這一切按照美國的「政策計畫」實現，美國將負責以武力將一切國民黨黨政集團及大陸來台難民遣送回大陸！

對孫立人將軍的「計畫」

美國國務院的策士寫道：

此時，美國應該派遣一位密使去見一位台灣的關鍵人物（key personality），即孫立人將軍（General Sun Li-Jen）。因為，在島上所有的將領之中，孫對大陸最不抱希望，而且也可能是抵抗由外力所加與的變革最力的人。他是一個有能力做強大的、絕望性的抵抗行動的人。如果能夠獻給他一個保存他地位的機會，實為上策。我們應該給予他宣告支持台灣人民的目標、並且參與我們新的占領(new occupation)的選擇。如果他接受了，我們就已取得了主要的軍事利益，因為此舉能分化當前在島上的中國軍隊。

至於處置蔣委員長的辦法，國務院的策士寫道，「我們應該告訴蔣委員長，如果他還想待在島上，我們會給予他政治難民的地位。」

陰謀的霸權

這篇「政策計畫」多處、明白地表現了美國霸權主義不可告人的陰謀。文件寫道：

美國不應該公開參與推動(台灣政權的改易)，因為菲律賓及其他亞太國家對於使台灣免於赤化比我們還關切。而且如果美國公開出來推動這個行動，容易招致「大國干涉」的批評，而況美國也多少受到當年協助國府治理台灣這個歷史的制約。

這篇政策計畫的最末一段指出，在顛覆國府，改易台灣政權，以及嗣後的對台統治中，「美國應該避免扮演陰謀的角色」。「美國應該經常牢記，美國的目的，更主要地在抗拒使台灣淪入共黨之手，而不是替台灣人負所有的責任。美國的影響力，向來是經過間接、秘密的方式，比經由鮮明、強硬的方式更為有效！」

邪惡的帝國

美國原先計畫把所有的中國難民和國民黨人活活送回大陸。美國當然知道此舉的道德後果。越戰以後，美國開始有了保護為美國國益出賣民族的越南人的政策。越戰之敗，美國把這些人統統撤退到美國去。如果當年美國執行了倒蔣計畫，國民黨人連這一點保障都沒有。

然而韓戰爆發，美國不但運來更多國民黨的難民和軍隊，並通過國民黨壓制了一些當年充當美帝工具、進行「台灣自決」的人士。廖文毅之流，也只能留在東京搞臨時政府，最後投降返台。

美國也確實派過密使找過孫將軍。韓戰爆發前夕，孫將軍被出賣了，終於招到一九五三年被誣「兵變」，終身軟禁，悒鬱而死的悲運。但美國對此，一向保持事不干己的態度。

在今天，台灣民間有政客、學者正在推動台灣公民投票決定台灣前途的運動；有政客和學者組織「保衛台灣」運動。很少人知道它們是四十九年前的老把戲，配的也是四十多年前為強權美國干涉中國內政、反民族、反統一的老調。

像美國這樣的帝國主義大國的「政策計畫」是何等可怕，在這一九四九年《美國對台灣及澎湖列島政策》中，表露無疑。可惜的是，不只在台灣，在全世界各地，一貫不乏政客、學者、文化人、將校……樂於為美國的各種「政策計畫」所使用，樂此不疲。然而似乎也從來沒有人有過好的下場。阮文紹、馬可仕、廖文毅、孫將軍莫不飲恨而終。

然而，我們的行政院長，我們的外交部長，猶對四十多年前這場已經美方「解密」的檔案中的大陰謀視若無睹，裝聾作啞，而且公然宣告台灣政府「親美」的政策方針，猶力言親美國之重要，猶威嚇青年不可反美國。美國用了什麼咒，下過什麼蠱，可以讓它的奴隸安於為奴，不以為恥，反引為誇口！

初刊一九九一年七月《中華雜誌》第二十九卷總三三六期
收入一九九一年十一月海峽評論出版社《台灣命運機密檔案》（王曉波編）

1　本篇收入《台灣命運機密檔案》時，標題為〈蔣介石差點變成政治難民——讀一九四九年《美國對台澎政策》〉。

「花岡事件展覽」前言[1]

在九一八事變六十週年之際，我們在中國頭一次公開祭奠花岡暴動英烈和當年被擄掠到日本苦役的殉難同胞，舉辦「花岡事件展覽」，具有重要的意義。

日本侵華戰爭後期，從中國擄掠大批人伕押運到日本從事苛酷奴役，暴虐之下，上萬中國奴工悲慘死去。一九四五年六月三十日，被鹿島組，今日「鹿島建設」前身，所奴役的花岡「中山寮」集中營的七百中國人奴工，在大隊長耿諄領導下，全體抱玉碎決心，奮然蜂起。事敗，百餘人復遭酷刑而死。「中山寮」始有奴工近千人，至日本戰敗得以倖存生還祖國者僅半數而已。

以長期遭受暴力酷虐、被疾病飢餓折磨得瘦骨嶙峋的肉身，在敵國，在毫無倖存的條件下，全體抱必死的覺悟，奔向敵人的鋒鏑。這種壯烈反抗的選擇和英勇決行的片刻，使一群悲慘卑微的奴隸，奮然地轉變為形象挺拔雄偉的人類！是的，反抗使奴隸變成了人，同時，使殘暴的奴隸主變成了畜牲和鬼魅。在壓迫與反壓迫、奴役與反奴役、侵略與反侵略，以至反革命

一九九一年七月

和革命交織的，中華民族血與火的現代史中，不就是貫穿著這以決然反抗和鬥爭去鍛造民族和人的尊嚴的精神嗎！紀念和宣傳花岡事件的歷史，就是記住我們民族史中這一偉大的精神傳統，寧為維護民族尊嚴而死，不奴顏而生的傳統！

被擄掠到日本苦役的中國人伕中，年齡上長幼皆有，階級上有工有農也有商賈市民，在黨派上有國民黨軍人也有八路軍戰士。但在酷烈的異族暴力之下，尤其是在敵國境內決行起義，就必須要有超階級、超黨派、超地域的最緊密的團結。八年抗戰終於戰勝凶殘的日帝，最大的力量泉源，就是在半殖民地、半封建的中國，逐漸形成了廣泛、緊密、深刻的抗日民族統一戰線，實現了我們民族史上空前的團結，誕生了現代意義的中國民族主義。花岡起義者們全體一心，豪壯赴死，正是以最堅實的民族團結，拚死捍衛我們民族尊嚴和做人尊嚴的大英雄的舉動。這種為民族尊嚴和前途，堅持民族內部的團結與統一的精神，即使近五十年後的今天，仍然有豐富的時代意義。

日帝敗戰以後，巧妙地利用世界冷戰對峙形勢，逃避了對中國和亞洲所犯下的巨大戰爭罪責。尤其是日本當權的戰爭勢力，對其加害中國和亞洲人民的歷史，非但無悛悔之心，尚且有飾過湮滅之圖。日本當局迄今不承認其以國策擄掠、奴役中國和朝鮮人伕的事實；屢次陰圖修改歷史教科書，妄言南京大屠殺為「虛構」，企圖湮沒其侵華罪史；閣僚閣揆公開參拜祭祀戰犯之靖國神社，在大阪山根山，公然為甲級戰犯東條英機等七人建「殉國烈士」奉祀！

今天，我們同花岡慘案倖存者及遺屬們一道，以重見天日之花岡烈士及其他被掠殉難奴工的白骨共兩千餘具，在此紀念、展示花岡事件，正是嚴肅對待我中華民族被害之歷史，以揭發日本軍國主義者妄圖湮滅其滔天罪行的陰謀，嚴正地促使更廣泛的日本人民知所反省，起來反對新的日本軍國主義。而唯有這樣，才能建立中日兩國人民真實、永久的和平、友誼與正義。

同時，中國人民也不應該不知道，事實上花岡所在日本大館市進步派人民從五〇年代起，就開始發掘花岡事件的史實，後來又以花岡起義的六月三十日為「和平日」，紀念這一慘案，共誓中日永不再戰，永保和平。四十多年來，日本有不少進步、正義的市民、學者、記者、史家和藝術家，為了促使日本人民反省警惕，阻止新軍國主義在日本復活，不斷地在艱難條件下揭發日本在花岡事件以及在整個侵華戰爭中所犯下的滔天大罪，做了大量的關於南京大屠殺、「三光」政策、花岡慘案等的調查、研究、出版和宣傳的工作。今天，我們在中國大地上第一次祭慰花岡英靈和在日本殉難的同胞，舉辦花岡事件的展覽，正是以真摯的友誼和感謝，回答這些正義、良心的日本友人長期以來在日本國內艱苦、孤獨卻永不懈怠的為悔贖日本歷史罪責，增進中日兩國人民長久真實的和平，誓兩國絕不再戰，所做的動人而巨大的努力。

最後，我必須對於在具體工作上使這次祭禮和展覽成為事實，付出了巨大勞動和思慮的朋友們致敬和致謝。

我也感謝一切使這次有意義的活動成為可能的一切機關團體和個人。我以激動的心情，祝願這次祭奠和展出圓滿成功！

一九九一年七月七日

初刊一九九二年六月一日《聯合日報》（紐約）
收入一九九七年三月河南文藝出版社（鄭州）《陳映真代表作》
本文按《陳映真代表作》版校訂

1　本篇由於初刊版尋查未獲，故以《陳映真代表作》版校訂。

憂憤 1

一九八九年八月，我為了參加日本民間各進步團體聯合主辦的「二十一世紀人民的計畫」的一部分會議，訪問了日本。會議前的幾天，日本的老朋友們領我到愛知縣的三河灣，看了那裡的三根山「殉國七士廟」，使我怵目驚心、滿腔憂憤，那情形至今難忘。

所謂「殉國七士廟」，是埋葬著原日本侵略戰爭總指揮官東條英機，攻陷南京率日軍赫赫入城，所部肆意虐殺的元凶松井石根，策畫竊取中國東北，在東北、蒙古一帶橫行，肆無忌憚地進行侵略、顛覆、拷問、殺戮的土肥原賢二，蹂躪我國華北，反覆進行燒、殺、搶、掠的板垣征四郎、武藤章和木村兵太郎，及日本侵略內閣的總理廣田弘毅等七人遺骨的地方。我們中國人的耳朵裡早已經聽說了這些侵華罪魁禍首的惡名，所以國恨家仇的怒火，頓時又在胸中怒燃起來。

可是，這七個人現在卻被日本保守勢力認作「殉國七士」。「殉國七士廟」顯然標明著侵略無罪、侵略有功的指導理念。其建廟宗旨就是將日本對中國及亞洲太平洋地區的侵略擴張說成是必要的，是出於「維護昭和時代的祖國大義」，而且還要讓「後世繼承」這個「大義」。

被右翼勢力認為「侵略無罪」、「侵略有功」的「七士」被聯合國軍事法庭判處了絞刑。因此，後世的有些日本人便期待著有朝一日要為「七士」「雪辱」！一九八五年，戰時日本駐納粹德國大使、陸軍中將大島浩，在「殉國七士廟」立碑刻詩，公然無恥地粉飾侵略戰爭，表明誓為「七士」「雪辱」的軍國主義思想。

碑上所刻的漢詩寫道：

妖雲鎖獄朔風腥，昨夜三更七星殞。
暴戾復仇還太古，雪冤何日靖忠靈。

（詩以中、日兩種文字分別刻在碑的正、反兩面）

大島在日本剛剛投降時作為戰犯被關在監獄裡，這首詩據說是他在獄中聽說這七個侵略元凶於前夜被絞刑而死時寫的。他依然認為，遠東軍事法庭對東條英機等七個戰犯處以絞刑，是太古野蠻時代的復仇行為。而對於在日本侵略政策下，中國及亞洲太平洋地區無數生命遭殺戮、無數財產被破壞，他卻絲毫沒有懺悔之意，不僅如此，他還喋喋不休地說，要「昭雪」東京審判給予日本侵略者魁首的「冤罪」，以此來安慰「殉國七士」的「忠靈」。

以「殉國七士廟」為中心的三根山，現已成為宣揚日本侵略軍及其侵略歷史的、不斷擴大其影響的重要場所。在侵華戰爭和太平洋戰爭期間曾蹂躪中國大陸和亞洲太平洋地區的日本師團、部隊，幾乎都在這裡各自樹碑建塔，祭祀那些「懷著皇國必勝的信念而戰死的英靈們」，並表示「讚頌他們的功績，要將祖國的精神傳給後代」。

在這些石碑上到處都充斥著這一類文字：

我部隊擔負山東省張店、莒縣、板台、沂州地區的治安警備，參加了河南作戰，進攻山西省沁縣……

為了北支五省的民生安定，為了同蒲鐵路的改建而竭盡全力……

我聯隊有滿洲事變和支那事變之經驗，北至蘇滿國境、南至揚子江南岸，在大陸縱橫馳騁、無暇休息……

我部隊在進駐北支的保定、正定，以及進攻石家庄的作戰中，從不知道什麼是失敗，後又占領太原，攻破山西省娘子關，攻陷彰德、邯鄲，對北支的占領做出了重大貢獻。此外，還參加了徐州大戰，強渡黄河，切斷敵後方……

我聯隊成功地維持占領區的治安，不分晝夜地討伐敵人和游擊隊，用青春和生命去完成皇國的光榮使命……

所謂「為了北支五省的民生安定而竭盡全力」、「在大陸縱橫馳騁」，無非是意味著他們在中國各地所犯下的「攻擊」、「占領」、「擊破」、「切斷」等侵略行徑。所謂「不分晝夜地討伐敵人和游擊隊」，則是指對不屈服的中國人民施以殺害、掠奪、破壞、逮捕、拷打、殺戮等種種暴行。當走過這一塊一塊的石碑時，我作為一個曾淪為日本殖民地的台灣的中國人，胸中湧起難以用語言表達的痛苦、焦慮、悲哀和憤怒！

一九五〇年，朝鮮戰爭爆發，日本巧妙地利用了東西方的冷戰對抗，在美國反共、反蘇、反中國的國際戰略下謀取自我保護。其結果，是日本的民眾及遭受日本侵略的亞洲太平洋地區的各族人民，無法迫使日本徹底清算過去的那一段歷史。

一九五〇年以後，美國在日本建立了附屬於自己的反共、反蘇、反中國的政權。在韓國、台灣、菲律賓、南越、泰國、印度尼西亞以及馬來西亞，美國也通過軍事、經濟的援助，以保障反共國家的安全為藉口，來扶植「獨裁附屬國家」。這些政權在國內推行軍事法西斯獨裁統治，對外則出賣民族利益，以此為代價來取得美國對反共獨裁體制的各種支持。

戰後的日本保守政權，利用這樣的亞洲戰後構造，與這些反共獨裁國家和政權相勾結，繼續保持著侵略戰爭時代的反蘇、反中國政策，並謀求在東亞地區擴張。

戰犯岸信介、岡村寧次和右派官僚奧野誠亮、藤尾正行等與蔣介石的國民黨政府之間有著特別緊密的關係，這只不過是戰後日本與美國及亞太地區反共獨裁政權之間，複雜而醜惡關係的一個例子而已。

三根山上的「殉國七士廟」，恰恰暴露了在世界現代史冷戰結構下繁榮起來的日本最見不得人的恥隱之處。表現出侵略主義充滿汙辱性的一種滿足快感。

三根山上的一些石碑還刻有這類字句：

日本今天的和平與繁榮，是建立在支那事變到大東亞戰爭無數日本人的犧牲這一基礎之上的……。

侵略戰爭曾使日本走向滅亡的深淵，但由於沒有徹底地清算過去，日本又在冷戰構造中充當了美國支配世界戰略的走卒。正如「狐假虎威」一樣，日本在它曾經掠奪和殺戮過的亞洲各地恣意地進行新殖民主義的巧取豪奪，使戰後的日本資本主義得到了發展。假如從這樣的角度來考慮，碑文上的那種字句倒可以說是有一定的「真實性」了。

然而，這戰後日本的「和平與繁榮」，卻使亞洲各國付出了如下慘痛的代價：民族分斷、內戰、經濟對日從屬化、新的親日（美）派的買辦精英的形成，各地區親美、親日派的反共、反民族、非民族勢力的成長等等……。

「殉國七士廟」的存在，若是從亞洲未來的全局來看，應該說是一件「好事」，而絕不是一件壞事。因為這是最雄辯的、最豐富而生動的反面教材。對於那些遭受過侵略與壓迫的亞洲人民來說，戰後日本軍國主義復甦問題的存在與發展絕不是一種單純的臆想，而是具體存在和成長著的事實。中國人民和亞洲人民應該將「殉國七士廟」中的所有碑文，全部用自己的語言翻譯出版。看看日本的傲慢、誇耀，再回顧自己的屈辱、痛苦的歷史，從而警醒起來，自強自立，並永遠不忘這一切！

我對於那些在十分困難的條件下，為了「中日永不再戰」而反對日本新軍事體制的日本朋友們，表示由衷的感謝和敬意。在對中日間的侵略與反侵略、戰爭與和平的歷史進行思考時，作為加害者的日本當然應該深入地進行反省。但是，作為被害的一方，果然就不需要認真反省了嗎？時至今日，在可以稱作是日本殖民統治博物館的台灣，仍然充滿著親日和親美的思想，與這些誓為中日永不再戰而辛勤工作的日本的朋友們相比，真令人感到悲哀。

但我們相信，中日雙方發誓「中日不再戰」的朋友們，互相真誠地團結起來，一定會把瀰漫在「殉國七士廟」周圍的陰森、惡質的日本軍國主義的「惡靈」，徹底埋葬掉！

一九九一年八月

初刊於日本，出處不詳
中譯初刊一九九七年二月《世界文化》（天津）第一期（劉福友譯）
本文按《世界文化》版校訂

1 本篇譯者劉福友於篇末附記：「陳映真先生此文，最初被翻譯成日文發表，但因中文原稿已不可尋，只得由日文稿還譯為中文，為避免失真，譯文又經陳映真先生親自訂正。」附記日期為一九九六年十二月。

世界體系中的中國

讀錢其琛外長在第四十六屆聯大的講話

錢其琛外交部長在聯合國第四十六屆大會上的講話，是在以蘇聯為首的東歐社會主義營壘崩壞以後資本主義世界體系的支配性意識形態——所謂「新世界秩序論」甚囂世上時代，從反對和拮抗資本主義世界經濟體系的立場，從世界南方被掠奪、被壓迫各國各民族的立場出發，所做的對於明日人類和國家關係的主張。雖然中國大陸刻意避免「出頭」，讀完這篇講話稿，感覺到世界的窮人和歷史，終竟不能不將反對與拮抗這個從十六世紀以來蠶食鯨吞了整個人類世界的、龐然的世界資本主義體系的重擔加在中國的肩上，心情既是激動也是沉重。

「和平共處五原則」，是中國在六〇年代，繼西班牙在一六二〇—五〇，英國在一八一五—七三建立世界霸權之後，從一九四五年的二次戰後，美國於全面封殺社會主義蘇聯與中國的運動中建立世界霸權時代，由周恩來總理擲向美帝國主義／霸權主義「世界秩序」的充滿正義的回應。

在那個時代，從一九一七年社會主義蘇聯的建立為起點而發展的一個世界性的反對世界資本主義經濟體系的運動，以一九五〇年韓戰為契機，遭到美國反共霸權主義在軍事、經濟、政治和文化上的封錮、威脅和顛覆，而被迫從資本主義世界經濟中撤退。中國社會主義依靠來自過去長期累積的歷史恥辱所凝聚的敵愾心，以中國共產黨為核心，在熾熱的動員下形成的集體主義（collectivism）中，用赤裸裸的體力勞動，在資本主義世界市場外，進行重建祖國的積累。

正是在這樣的現代世界經濟背景中，貧困、志氣高昂的中國，在資本主義世界經濟之外，提出了「和平共處五原則」這個具有鮮明的反（世界）體系（anti-systemic）外交方針和國與國、人與人、民族與民族相處的宏大的理想，成為廣泛貧國、被壓迫、不結盟各國人民據以團結和互相扶持的共同信念。

一九七〇年代末，中國以開放改革的政策，走向世界經濟體系。一九八〇年末，東歐社會主義體制迅速瓦解。一九九一年，曾經為世界的邊陲中無產者和半無產者（semi-proletariat）反抗資本主義世界經濟之中心的、列寧手創的黨和國家轟然倒塌。資本主義世界經濟體系的外層邊境（counter boundaries）無端擴大，世界資本多得了一塊遼闊的低工資勞動的場地。世界資產階級中心國家藉以使它們在各國家間體系（interstate system）中的角色合法化的文化支配（culture dominance），以「自由民主」、「人權」、「和平」、「繁榮」這些絕不新穎的思維和哲學，囂鬧於塵世之上。

在這樣充滿了矛盾和渾沌的時代，中國重新提出以「和平共處五原則」為基軸的世界秩序論，處境和意義都起了巨大變化。世界規模的不公平的分工、不等價交換，全球性剩餘價值的不正占有，是透過世界市場去實現的。在六〇年代懷抱著對資本主義世界經濟體系進行根本性變革的想理，矢志以非資本主義的方式，脫離世界市場進行民族積累，在國際事務上提出「和平共處五原則」，和仍然懷抱著同樣的理念，卻改以半資本主義的方式，進入世界資本主義市場進行累積而在國際事務上仍然以「和平共處五原則」為言，就形象地顯現了「世界體系論」一派所早已指出的矛盾：社會主義反體系國家的運動，一方面從長期上反對資本主義世界經濟，卻不能不在短期目標上以爭取成長、發展，「趕上」先進國家的急務。而反體系國家的成長「趕上去」的運動，恰恰發展而不是抑制了世界資本主義體系。

「互相尊重領土和主權的完整」，國與國之間應該「平等相待」，「平等互利」

然而對於世界資本主義經濟體系而言，體系恆大於任何一個個別的政治單位，大於甚至一個中心強國。這個具有相對完整、廣泛的世界規模的「社會分工」（social division of labour），由世界市場統一了全球的生產諸過程，以資本主義這個單一的生產模式，在世界經濟中運作。少數幾個較強大(即在分工中承擔中心性產品的生產)的國家擁有相對的強大和自主力量，而超越「民族國家」的世界資本和市場，使「民族國家」工具化。至於邊陲和半邊陲國家的主權，對中心國而言，形同具文。美國對巴拿馬、薩爾瓦多任恣的主權和人權侵犯就是一例。

為了維持和促進一個以不均衡發展、不等價交換、剩餘價值的不正占有為基礎的世界規模的資本積累，中心國家的資產階級，以政治、經濟、軍事和文化的優勢，籠絡邊陲、半邊陲社會的資產階級，實行代理統治。「主權」和「領土」徒具形式。而若有敢於違抗世界資本主義經濟的利益和邏輯，政治暗殺、內戰、政變，甚至若海灣戰爭的高科技種族滅絕性的「正義之戰」，就是致命的答覆。

中心國家和邊陲(半邊陲)國家的關係，是商品和勞務不平等交換的關係。透過在世界市場上這個不平等的交換，大部分的世界規模的剩餘價值從邊陲湧流向中心。中心經濟和邊陲經濟關係，是包含著不等值社會勞動的商品的交換關係。

控制了中心性(core-like)生產行程和產品的國家，具為強大的國家機器，以保護自己的資產階級從事積累與擴大再生產，以創造有利於自己的資產階級(而不利於他人)的世界市場，並從商業利益發展為財政金融的利益，而財政金融與商貿利益的結合，創造了霸權，並以霸權的政治和軍事，透過超額掠奪，擴大資本的超額剩餘，並且不斷攫取新的未發展地區，組織到世界經濟體系中，創造新的超低價勞動力和區域。

在這樣一個世界，是不會有國與國互相平等對待的關係。這是不以主觀的善良願望為轉移的。

「互不侵犯，互不干涉內政」

如上所述，中心與邊陲（半邊陲）的關係，是支配／宰制與被支配／被宰制的關係，也就是侵犯和被侵犯的關係。這是世界規模的資本邏輯所決定的。

為了擴大世界經濟體系中生產過程的整合，使世界體系的政治結構，即所謂國家間體系（interstate system）順利操作，從而使世界範圍以資本累積擴大化和加速化，中心社會的資產階級善於同其他社會的資產階級和中產階層聯合起來，創造一個世界資產階級的文化框架（culture framework）——科學技術、哲學、思想和分析模式和各種社會科學的框架。

這些號稱「中立」和「普世」的價值與文化，透過各種媒介、教育、交流和訓練計畫，以強大的效果，「同化」著人類的思維，而成為資本主義世界經濟體系的重大的棟梁。如果把大陸「資產階級自由化」作為這「世界資產階級文化框架」來理解，就有深刻的現實意義。而對於「資產階級自由化」提法的反感與憎惡，恰恰就是這「世界資產階級文化框架」一個生動的註腳。

世界資產階級對邊陲國家的人民，對一切反體系運動的「干涉」——不論是明目張膽的軍事侵略或間接的政治干涉，恰恰都是以這「資產階級文化框架」為有效工具的。「現代化」、「經濟起飛」、「民主」、「自由」、「人權」、「發展」被用來作為侵略格蘭內達、薩爾瓦多、巴拿馬、伊拉克、越南、東帝摩爾（East Timor）、秘魯，干涉巴拉圭、阿根廷、哥倫比亞的藉口，並且每一個侵略與干涉，都帶來世界輿論、教會、買辦知識精英的讚嘆和支援。

世界資本對累積的飢餓，帶來世界範圍資本主義生產模式和生產關係的不斷擴大和深化，在世界資本主義的規律下，長期地要求成本下降，和低廉土地、勞動、原料等生產要素，帶來生活中普遍而深入的機械化和商品化，從而促成世界範圍的不均等發展、不等價交換，和剩餘的不正獨占，也就造成世界規模的階級格差和分化。這種中心—邊陲鴻溝在世界資本積累運動中的擴大，形成地理上南北的落差，從而也形成了種族上「優等」「劣等」的落差。這又形成了世界資本主義體系內的種族主義。種族成了世界剩餘價值獨占支配與再分配的指標之一！

白人中心的霸權主義，弱肉強食的強權性國際政治，大國對小國、強國對弱國的專斷、干涉、壓抑和支配，是世界資本主義經濟體系下血淋淋的現實。而超國界的資本積累，不但帶來超國界的生態和環境的崩潰，更造成以邊陲、半邊陲的生態環境的破滅，有毒有害化學廢棄物向邊陲社會傾倒，來保持中心社會環境與生態，這樣一個罪惡的制度。

華侖斯坦(I. Wallerstein)認為，社會主義國家在編入世界體系的「國家間體系」中，雖然反而無法發揮反體系的力量，但長期看來「世界範圍內的社會變革與民族運動，即便發生『改良主義』和『修正主義』，這集體的動力，依然能發揮它反體系的作用和力量」。在六四事件和「蘇東波」風潮中，加強了反體系的決心和警覺心的中國，當她同時又旦旦信誓、堅持繼續開放改革——持續組織到世界市場和世界體系時，正面臨著嚴峻的考驗。儘管「世界體系論」也提供了資本主義體系在漫長的危機中終將被社會主義所取代的理論(體系外層疆界，世界範圍內之無產階級化和資產階級化運動的局限性，伴隨快速發展而增殖之資本主義危機增大，和迅速而廣泛擴大中的生產的社會化……等等)，對面向資本主義世界體系及其市場的具體意義和經驗如果沒有一個深刻、冷靜的認識，從而做出從內到外的布署，全世界的窮人所不能不寄與希望的中國，仍然有很好的理由叫人擔心。

錢其琛外長的講話是深刻的，是敢於在蘇聯霸權解體後，不憚於孤單，面對以美國為首的世界資本主義霸權，不亢不卑，慷慨陳述身處邊陲各族人民的理念和主張；敢於在全世界的資產階級傲慢地宣稱自己「歷史性勝利」的時代，仍然高舉為世界體系所不容的和平、安全、平等……這些價值的講話。

然而，我們也十分盼望，像錢其琛一樣勇敢、自尊而艱辛工作的其他中國領導人，對於雖然充滿了各種無法解決的矛盾，卻依然龐大、倨傲和不斷在擴張的世界資本主義經濟體系，有深入的理解，度過這歷史上一個社會體制最漫長的危機，堅持下去，迎向另一個新的歷史階段的黎明……

初刊一九九一年十一月《海峽評論》第十一期

「中國會被拆散嗎？」座談會紀要

1

我想從一個資本主義經濟體系的角度來看這個問題，我們說美國要拆散中國，更準確的說法是西方資本主義集團或經濟體系覺得中國非常礙眼，覺得非拆散不可。因此美國與西歐各國以各式各樣的藉口，如人權問題、民主政治、自由貿易來找中國麻煩。這是原因之一，至少也是一個可供參考的觀點。

世界資本主義經濟體系大概有幾個特殊的點，第一是世界經濟體系分為中心和邊陲，詳細的還可分為中心、半邊陲及邊陲三個地帶。所謂的中心就是先進資本主義國家，他們是從十六世紀從商業資本主義，轉變成工業資本主義，再不斷發展成國際超國界的帝國主義資本的這麼些國家。而半邊陲的國家包括從七〇年代到現在，如亞洲四小龍介乎中心和邊陲的特殊戰略地緣位置而完成累積的地區稱之。邊陲地區則是指遼闊的亞非拉地帶，一直過著貧困、殖民或半殖民、奴役的社會，在這樣的結構下，由中心和邊陲做著不等價的交換，換句話說以農產品交換工業用品，使大量的資源由邊陲流向中心地區。

第二個特點是資本主義國家不斷要求增加他的剩餘和累積，剩餘起先在國境內取得，但隨著資本主義的國際化，必須擴張到國外，使得在國外的累積高過於國內的累積。國內因工資的上漲、生活水平上漲，使得國內剩餘、利潤相對降低，因此就必須朝國際發展，去創造一個便於累積的國際環境。凡是國外累積勝過國內累積的就形成世界資本主義歷史的霸權，如荷蘭、英國及美國都是。

第三是國際經濟體系希望擴大其邊境，一個是經濟的邊境早已超過民族國家的邊境，比如美國的勢力已擴展至全世界。相反的對落後國家而言，國境雖是屬於自己的，但在經濟上卻是淪入他國的控制。由於不斷要擴大受資本主義影響的邊境，這也就是為什麼從五〇年代起要摧毀東歐、蘇聯、中國的理由。現東歐、蘇聯相繼垮台，中國成了最後的一個目標，因此美國才極力要拆散中國。

由於資本主義體系要創造一個全球性商品流通的環境，創造中心國家的思想霸權，透過大眾傳播、科技、電子傳播宣傳一種標準的意識形態，如民主、自由、人權、現化代等，這些金光閃閃的價值對第三世界無往不克，包括中國都受到相當大的影響。

最後一點是中心國家的資產階級不只要照顧團結他自己中心國家的資產階級，而且要在全世界各地和受到資本主義體系影響的各地生產出來的買辦精英階級連成一氣，這也是世界經濟體系的一個重要功能。

從這幾方面看來，美國和西方國家要拆散中國可由兩方面看：目前我們學界、知識分子一窩蜂都在講台獨，在現實上就是一個拆散中國相當典型成功的實例。一方面我要簡單的報告從台灣的例子談美國如何拆散中國，第二方面開放改革後拆散中國的工作又進行到什麼程度。我們有很多理由相信美國是打錯算盤，但仍無可否認的，中國面臨了前所未有的挑戰。以台灣經驗為例，一九五〇年韓戰爆發以後，美國首先用軍事和經濟援助，進入台灣政治、社會各方面的生活，經濟援助首先支持台灣的國營企業及家族財團企業，在國民黨和美元體制下進行超經濟的累積過程，在台灣戰後資本主義的性質裡面就有非常強大的美國影響力，當然也有和美國連成一氣的國民黨官商資本的影響。

其次美國經援台灣的另一個部門是農產品在台銷售的百分之二十，是拿來借給在台的美國企業，換句話說他用美援的手段在台捷足先登培養美國在台的資本主義企業。一九六五年後美援改成貸款方式，美國金融資本以赤裸裸的方式進入台灣經濟生活。起先的軍事援助和經濟援助也是金融資本穿上經援及軍援的外衣進入台灣，六五年後，不是台灣經濟自立不需援助所以貸款，而是對美日依賴結構已經完成，台灣從此成了美國的附庸國家。

另外美國的意識形態在台灣是相當成功的。從一九五〇年後透過留學制度、獎學金、基金會、人員交換、大眾傳播、電影，早已使台灣成為美國文化的小殖民地。而且四十年來經美國訓練的PhD在台灣各個高地上占有領導地位，包括政治、軍事、文化、高等教育、情報機關都是由這批人所支配，今日在台灣所發表的言論幾乎是美國的代言人。四十年來美國化意識上改造得成功，台灣是地球上唯一沒有知識分子說「老美滾回去」的地方。在思想上「親美、親日」、「反共、反中國」，台灣成為美國文化意識形態的工具，因此解嚴之後，情況沒有改善反而變本加厲。

中國大陸從開放改革後，中國不得不進入世界經濟體系市場，這是前所未有的，現在要透過世界市場來完成累積。市場體系派的說法在市場內，社會主義是反體系的運動，但社會主義進入市場恰恰是幫助而不是破壞市場，促進而協助了經濟市場，這是一個非常大的矛盾。開放改革後有大量的留學生到了外國，思想完全改變，頗值憂慮；以及中國工業發展的末端還是掌握在共黨幹部手中，因此產生了無法避免及杜絕腐化的現象；這些都是中國所碰到的挑戰。東歐、蘇聯的崩潰震盪，中國還是比較自覺的，我們不應該太高估世界資本體系，但也別過低評價它的力量，這是從世界經濟體系的觀點來看西方以美國為首的力量拆散中國的本質，作為一個參考。[2]

剛才有位朋友提出一個問題，說中國大陸目前開放改革的經濟不得不走上世界市場，走上世界市場後所面臨的許多問題又該如何解決。理論上來講，從十六世紀發展出來的經濟體系，是人類歷史從來沒有過的巨大具有生產力、動力的體系，因此變革、特別是構造性的終結是特別漫長的；我們不能單純因某個國家的衰退、不景氣就認定是體系的終結。現在固然可看到資本主義週期性的矛盾，可是總的體系一般說來還是在擴張的過程。東歐、中國等社會主義國家的興起是未成熟的「反體系」運動，這種「反體系」的運動固然有不少弱點，比如一方面反對現有經濟體系，另一方面卻又得參與這個體系以求生存，可是社會主義國家的加入卻是促成此經濟體系終結的重要動力。

至於中國大陸問題，我個人認為不該回頭走關門的道路，用自己內部的循環去完成他的累積。目前中國開放改革中，問題較大的是對世界經濟體系知識理論不是很熟悉，應該去了解中國目前所處的境地，以及去體認從世界社會主義運動的歷史裡和經濟體系的擴大過程相互關係。國家的開放改革絕非一國可以完成，而是牽涉到整個世界的構造。換句話說，中國的開放改革應有更多結構性全球規模的觀點，只有了解這個觀點，再加以對應，才能找出實踐的方法。

初刊一九九二年一月《中華雜誌》第三十卷總三四二期

1 座談會主辦單位：中國統一聯盟；時間：一九九一年十一月三十日下午二時；地點：台北市台大校友會館；主持：謝學賢；發言：王曉波、繆寄虎、顏元叔、趙國材、陳映真；結語：胡秋原；記錄：林碧芬。本文僅擷錄陳映真發言部分。

2 以下為陳映真在王曉波、顏元叔、趙國材發言後，第二次發言的內容。

日本再侵略時代與台灣的日本論[1]

一、在冷戰歷史中復活的幽靈

第二次世界大戰以法西斯蒂軸心集團的敗北結束，德國和義大利的法西斯勢力基本上瓦解。但日本的法西斯軍國主義亡靈，即天皇和天皇體制／戰犯官僚和將校／戰爭財閥，以遠遠較諸德、義更完整的形態復活，並且在戰後日本政治和世界現代史上陸續增殖和壯大；這不能不說是二次戰後史上極為獨特的現象。

在二次大戰期間，反蘇，和德、義形成反共國際同盟，恣意侵攻中國和太平洋地區的日本，在戰後，仍然在美蘇對峙的冷戰構造中，附隨美帝國主義；仍然以蘇聯和中國為敵；仍然以天皇體制為中心的戰時戰爭文武官僚體系，以在冷戰中迅速復興的前戰爭企業和財閥為基礎，建立了一個親美、反蘇、保守的長期政權，在冷戰體系中取得快速的經濟成長。

日本軍國主義在戰後延命和發展的關鍵，在於以一九五〇年六月二十五日韓戰為高峰的美蘇雙極對抗。韓戰使美國幾乎在一夕之間改變了粉碎日本戰爭裝置——天皇、財閥、軍閥的原計畫，而依美國的形象，塑造一個「和平」、「民主」的新日本的新計畫。在敵對和防制社會主義蘇聯和中國以及世界社會主義運動的急迫的戰略要求下，美國保留了天皇體制，開釋大量的日本文武官僚和將校戰犯，扶持和鞏固戰爭期中的戰爭財閥和企業，驅逐和肅清反天皇、反戰爭的進步知識分子、技術人員、黨人和工農運動家。

天皇和日本戰時的戰爭官僚、財閥，巧妙地利用了這千載不遇的冷戰形勢，全面附從美國的戰略目標和利益，悍然排拒蘇聯和中國(大陸)，簽訂了由美國一手炮製的《金山和約》，並在《日台金山和約》中，寫下「台灣地位未定」的帝國主義條款的伏筆。此外，日本與美國簽訂了以蘇聯和中國為假想敵的《日美安全保障條約》，對中國進行文化、技術、軍事和經濟的封鎖，並進一步使日本成為美國在遠東地區的一個火藥庫和大軍事基地。

日本在戰後附從美國新殖民主義的政策，使日本也狐假虎威地干預廣泛東亞各國的內政。在戰後亞太各新殖民地中，進行著親美·反共的資產階級民族運動與反美·反新殖民主義的工農階級的民族主義運動的激烈對抗中，日本和美國聯手干預和鎮壓後者。在中國，如上所述，日本以《日台金山和約》，以《安保條約》，以尾隨美國長期支持台灣「代表全中國」，長期在聯合國排拒中國進入聯合國的正當權利，干涉中國內政，促成中國民族分裂的固定化。在泰國、菲律賓、印尼、越南、朝鮮問題上，日本也忠實地附從美國，支持上述各國親美．反共．法西斯獨裁政權，直接與間接反對與鎮壓各該地的民族民主運動。

因此，在戰後四十幾年中，日本迴避了台灣、朝鮮、泰國、印尼、菲律賓、越南這些在戰時深受日本軍國主義蹂躪的各國反動買辦政府對日本戰爭責任的批判與糾彈，並且贏得這些美國扈從國家對日本的阿諛。這些政府並且為日本熱心地在各自的社會中鎮壓各種反日運動，便利日本資本在各該國的浸透。

二、日本對台灣的新殖民地統治

韓戰不但挽救了原應被歷史全面否定的日本舊戰爭勢力，也挽救了原應為歷史否定的國民黨。韓戰爆發以後，美國從棄台論一夕而變為保台論，第七艦隊封禁海峽。在美國導演下，國府不惜接受「台灣地位未定」的反民族條款，吞下了《日台和約》，交換日本支持國府「代表全中國」，支持台灣占據聯合國安理會席次。國民黨歷史中，為內戰自利的反共安內主義，以及作為反共安內主義在政治上所表現的親日、知日一派，至此而與日本舊戰爭派閥緊密勾結。岡村寧次、兒玉譽士夫、岸信介、藤尾正行……成為國府座上的尊客。一九五〇年以後，國民黨完全停止了反日論，不只停止、甚至禁止和淡化一切形成的日本批判的言論和教育。一九五〇年，在美國武裝支持下，國府在台灣進行了一次慘酷的政治肅清。在這次「國家」(state)規模的逮捕、拷訊、殺戮、監禁的恐怖中，國民黨摧殘了一切從日帝時代以來抗日反帝民族民主運動家、知識分子、工農和學生。不僅如此，日據時代的漢奸、反民族、皇民分子，伺機以密告日據時代台灣反日、抗日人士，換取自己免於漢奸罪的追訴，甚至因而與國民黨勾結榮顯一世。抗日志士的摧折，忠奸的顛倒，日據時代皇民化運動的殘存影響，在國民黨惡政的歪曲中，以反國民黨的形式，逐步發展為反中國和奇異的親日主義。

從經濟上說，一九四五年台灣脫離了日本帝國主義經濟圈，重新組織到當時因中國內戰而瀕臨破產的中國民族經濟圈。一九五〇年，韓戰勃發，美國帝國主義武裝干涉海峽，台灣再次從中國民族經濟圈剝離，在美國的導引下，一九五〇年，台灣迅速與日本恢復了對日輸出農產品(米、糖、鳳梨)，自日輸入工業產品(輕工業產品)的殖民地經濟關係。一九六五年，日本以巨額貸款代替了美國對台經援，並在六〇年代把日本汰舊的加工輕工中小產業移入台灣，和前殖民地台灣士紳合資合作，在台灣生產和銷售。而台灣對日本技術、設備、半成品的高度依賴愈演愈烈，形成長期、巨額的台灣對日結構化入超，無從解決。

一九八〇年代，美日貿易摩擦，日本的中等技術產業開始來台利用台灣的技術人員、技術工人和相對廉價勞力，全面以美國市場為指向，從事生產。另一方面，日本商業資本、服務業資本甚至金融投機、土地投機、土木工程資本在六〇年代大量湧入台灣，蠶食鯨吞台灣因投資猶豫所造成的外匯存底。

一九五〇年以後，美國帝國主義以干涉中國內政，以軍經援助，以《金山和約》體系和亞太地區錯綜複雜的反共軍事安全協防條約網，以ＣＩＡ，以在台領使館、商人和教會，全面進行台灣高等教育的美國化改造，透過國府作為美國新殖民主義的代理統治，塑造一個極端親美、反共、反中國、反統一的台灣。

在這個過程中，日本以「戰敗」的宗主國偽裝的謙遜，在美國在台支配的陰影下，孜孜不倦地經略台灣。八〇年代中後，美國超級霸權過大的肥滿症狀帶來日益明顯的衰敗，於是日本在台灣的擴張，透過舊時親日台灣士紳和國民黨親日／知日派，頑強地在島嶼上默不作聲地布石、圍打、鯨吞……台灣成了美日獨占資本聯合支配的新殖民地。

三、日本的資本超國界重組與它在台灣的代理人

一九八五年頃，相應於美國與日本勢力在亞太地帶消長之勢，日本以「政府開發援助」（Official Development Aid, ODA）形成在廣泛的亞洲太平洋地區推行日本風的馬歇爾計畫。日本以巨額「援助」，在亞太地區介入各項有利日本資本進出的公共工程，一方面指定日本跨國性土木建設公司及其他資本吸回援助金，一方面藉此與亞太各國政、軍、財、經高層官僚、豪紳結合，構築以日本國家獨占資本為首的亞太經濟「雁行」發展理論，完成二次大戰中日本軍工複合體系所未完成的日本（新殖民主義）經濟圈。

美國超級國家獨占資本的巨大化，在八〇年代以後，逐步形成資本因其嗜求世界市場、廉價勞力、廉價技術、科學人才與勞工的邏輯，而超越了民族國家的國境，依照對於超額利潤的嗜欲，恣意擴張與結合。這超國界的、世界資本、階級的國際主義，相應於這超國界的世界獨占資本對世界經濟、市場、財政和科技的支配而發展，並且最終將呈現世界各國獨占資本階級對包括世界上中心和邊陲各國的無產階級的聯合支配。而海灣戰爭中所呈現的高科技殺人武器，和以聯合國之名出師的超國界警察，將是對世界被壓迫階級、人民和民族的反抗的鐵和血的回答！

日本不但從積極改憲、增加「國防」預算、破棄《和平憲法》的承諾，在海灣戰爭中象徵性地參與國際軍事行動，力圖建立稱霸亞太的政治和軍事力量，並且在實際上為美國「愛國者」飛彈製造和供應高科技電子配件而證實了日本生產高科技戰爭火器的能力。

從這個相應於日本戰後獨占資本主義在冷戰體系中發展的台灣對日本批判的連嬰的歷史，讀王墨林的《後昭和的日本像》，實有空谷足音之感。在新殖民地、半資本主義的台灣社會中，學園、知識分子和文化、言論人的買辦化、反民族化，總是集中地從建制外的民眾知識分子的批判的視座中反襯出來。我以感謝與激動歡迎王墨林《後昭和的日本像》的出版，並喜以為序。

初刊一九九一年十一月稻鄉出版社《後昭和的日本像》（王墨林著）

1　本篇為《後昭和的日本像》書序。

〔訪談〕基督徒看台灣前途

從海峽兩岸的宣教歷史談起[1]

從小的生長環境就與教會息息相關。青少年時期，每天不斷地省察自己，深覺自己罪孽深重，惟有靠著「活的基督」才能使自己更完全。當時可說是一位虔誠的基督徒。大學時代，隨著年齡的增長思想上有了改變，開始對信仰有不同的要求。當時的教會仍是十分的保守，對人、對社會沒有關懷的心，對權力也沒有批評的態度，只會祈禱上帝拯救大陸水深火熱的同胞，為掌權者祈福。因為無法忍受、認同這樣的宣教理念，所以我「出走」了。

在很不忍心的情況下「出走」離開了教會，因為已經無法從教會的「福音」得到滿足。事實上當時的心情是非常憂鬱的，並沒有因為離開教會心靈就得到自由。大學畢業開始工作後，在一個偶然的機會裡，閱讀到國際基督徒學生運動（ＩＭＣＳ）的書籍，看到他們積極地對第三世界、亞洲國家的政治環境、生活付出關懷，心裡的鬱悶得到釋放，原來基督教也可以這麼「入世」，並非只顧傳自己的教義而已。從那時起，我開始積極地查閱外文資料，重新研究教會在中國大陸和台灣的歷史。

到目前為止，我還不明瞭上帝在第三世界國家或其他非基督教國家的旨意是什麼？為什麼在第三世界（如中國）的宣教過程會是那樣地艱難、痛苦，基督的肢體帶給東方、第三世界國家什麼啟示？

中法戰爭後的《天津條約》和《北京條約》，開啟了西方傳教士在中國或台灣宣教的大門，卻也是與西方接觸的不愉快經驗，因為這不僅是不拜祖先的問題，而且牽涉到賠款、打仗的問題。因為這種不愉快的經驗，所以在一八四〇年代台灣發生了第一次反教風潮。另一次反教風潮是在中法戰爭法軍直接占領基隆時，憤怒的群眾攻擊法籍的天主教神父，並且燒教堂。這些均是基督教傳入中國、台灣時的慘痛經驗。

早期的西方傳教士將其一生都奉獻給中國，設立現代學校，購置現代醫療設備等，豐富了中國人的生活。後來，台灣基督長老教會和台灣天主教亦先後推動工業傳道、設立漁民服務中心等等，都是基督教會對社會關懷的具體表現。雖然基督教會在台灣、中國有一些成就，但就整個台灣教會史或中國教會史來看，基督教教會仍有許多需要反省的問題。

《馬關條約》簽訂後，日本占領台灣初期，台灣人民曾做激烈的抵抗，但教會士紳階級的會友為求自保，拜託西方傳教士與日軍談和，這種作法無疑地是在台灣人背上捅了一刀。在當時激烈抗日運動中，教會幾乎沒有參與武裝或者非武裝的運動，甚至在台灣山地宣教最興盛時發生了霧社事件，也不見教會有任何行動。由於這種為求自保的心理，以至於在後來的皇民化運動中，許多教會一方面拜上帝，另一方面又接受神道信仰，拜日本天皇，只有台灣聖教會不妥協，寧可被解散。

同樣地基督教會在中國大陸的宣教，亦對中國人民造成直接或間接的傷害。三〇年代國共合作抗日時期，日本占領區內的教會，是以基督教作為中日親善、建立大東亞共榮圈的手段，且日本神職人員與西方傳教士達成共識，認為中國已與邪惡的共產主義結合，日本攻占中國是要將中國人民從共產主義者手中解救出來，是一件天經地義之事，所以教會的態度與一般知識分子截然不同，對於高漲的愛國反帝運動，顯得非常被動、躊躇。

十九世紀以來，中國教會並沒有積極地站在民眾這邊，參與中國救亡圖存的運動，中國人民沒有機會體驗到教會與人民共苦的一面，感受教會與貧窮人站在一起。中國人體驗到的基督教運動均是負面的。所以中國並沒有發展出像菲律賓、韓國那樣的民眾神學。

當大陸的教會為歷史的跌倒與失敗長期負軛時，台灣的教會亦不曾面對那歷史的失敗與跌倒。六〇年代台灣的教會在屈折中接受反共主義的政治告白，並且一路發展為台灣「自決」論和「新而獨立的國家」論。從長老教會在一九七一年發表的〈國是聲明〉可以看到教會反共告白的一貫性。

台灣的前途並非只是單純的統獨問題。從整個基督教在海峽兩岸的宣教歷史來看，不管是建立「新而獨立的國家」或是「重新進入聯合國」，只有加深教會與中國人民之間的裂痕。在教會參與近代中國救亡圖存運動的經驗得知：目前教會希望台灣與中國劃清界線是很不幸的事。

〈國是聲明〉最主要的精神是在表明教會對台灣的立場，表明台灣不要與中國大陸在一起的態度，這種思想背景與近代的反共產主義潮流有很大的關聯。雖然整個世界局勢已不似過去那樣地抱持堅決反共的立場，但是台灣教會的反共態度仍是不變的。事實上，我們不應該因為體制化的馬克思主義而否定了馬克思所提出共產主義的精神——人的解放、社會的正義；不應為了共產主義政權所犯的錯而全盤否定無產階級運動、思想和文化。就如同我們不應為了體制化教會的腐敗、墮落，而否定耶穌的存在、耶穌的救贖。

是到了教會需要深刻反省的時刻了！不管是站在台灣人或是中國人的立場，均有需要為宣教歷史、過程做一番反省。基督教在第三世界已發展出自己的神學，不再是白人到東方傳教帶來醫療文明的時代。台灣教會不應只是安住在中產階級的價值裡，去看台灣或者是中國的前途。教會應該要有新的亮光、新的看見，使教會在歷史的鞭笞中，為一定歷史條件下扭曲、荒廢過的教會在基督裡求赦免，從而發展出真正自中國人民和民族歷史與生活具體條件凝萃出來的新的神學。

初刊一九九一年十二月《新使者》第七期

1 採訪：吳信如；整理：潘秀蓮。篇末附有受訪者簡介：「本名陳永善。淡江大學英語系畢業，《人間》雜誌創辦人，作家。」

我輩的青春

《現代文學》雜誌創辦於一九六〇年，代表著一群在六、七〇年代開墾台灣新文學的文壇新銳，如今事隔三十餘年，《現文》老將台北雅集，回首既往，皆不減豪情。本刊特請陳映真、林懷民、奚淞等重敘當年，自今日起刊出，以為紀念。——編者

在戰後的台灣文學史上，《現代文學》無疑是極關重要的文學性同人雜誌之一。隨著時間的流轉，當年《現代文學》刊登的西方文學理論和批評，或者有不少翻譯和理解上的錯誤，或者論文本身早已失去了知識上的重要性，但是，而今已經卓然成家、當時方才二十出頭的文學青年們的作品所表現的活潑和創造力，和勇敢開放的實驗主義精神，特別和今天飽食富足的社會下二十幾歲一代文學青年的寥落、創作品質與熱情的比較低下相比，有滄桑今昔的感慨。

《現代文學》創始於一九六〇年，由生於一九三〇年代末的、出生於台灣或大陸的青年寫

稿、翻譯、編輯。一九五〇年代末葉，這些文學青年進入二十歲的成年期，正是接受大學前兩年教育。恰值這一代文學青年的少年期和青春期的一九五〇年代，共同經歷了這些歷史和社會事件。

- 一九五〇年韓戰爆發，麥克阿瑟麾下的美國軍隊以「聯合國軍」的大義名分，聯合李承晚斷然干預韓國戰後的民眾底、民族底統一運動。一九五三年在美蘇霸權對峙下，以三八度線為限，韓國分南北而治。
- 韓戰爆發，美國封鎖遠東中蘇大陸的「太平洋防衛戰線」形成，島嶼台灣被編入此一戰線，台灣成為美國全球戰略線上的一個「基地國家」。國共內戰的海峽對峙，由於霸權間鮮明的「營壘」，加上一九五四年的《協防條約》，使我民族分離，國土分裂長期化和固定化。
- 一九五三年展開土地改革，台灣地主階級和平地退下台灣社會・經濟的歷史舞台，台灣農村一夜間成為由無數獨立的小資產階級自耕農所組成的農業生產基地。
- 一九五〇年前後展開的「政治肅清」(red purge)，在恐怖的噤默中不但消滅了具有長年歷史的台灣激進政治傳統，也消滅了台灣左翼的、反帝民族解放主義的、現實主義的文學、思想和文化傳統。一九五〇年，隨著美第七艦隊之封禁海峽，和美國軍隊「軍經援助」在台灣的展開，美國文化對台灣教育、科研和文化等各方面廣泛的支配，使台灣文學、文化、思想陡變。

一九五三年，現代派詩刊《現代詩》始刊；次年，另一現代派詩刊《創世紀》公刊。避世的、抒情的「藍星」詩社亦於此年成立。五五年，現代主義畫會「五月」與「東方」相繼宣告成立。

・隨著美國全面性的台灣「美國化・反共」改造，一九五七年間，美式自由主義綜合性雜誌《文星》始刊。五九年冬美式自由主義政論刊物《自由中國》創刊。

就是在這樣的背景下的一九六〇年，白先勇兄的《現代文學》創刊。於一九五九年改版刊行的、尉天驄主編的《筆匯》，和白先勇與他的同仁共同經歷了這一段五〇―六〇年間的風雲。從世界史的眼光來看，整個五〇年代，恰恰是美蘇兩個霸權在全球範圍內形成全面對峙，美國星條旗隨美國軍事基地之遍布而在全球各地飄揚，美國的資金、技術、文化和意識形態隨美國的援外單位、美國文化中心、美國新聞處和情報細胞向非共的、遼闊的第三世界國家滲透，若水銀之瀉地……的時代。整個亞洲、拉美甚至非洲的非共地帶一時充斥著由美國文化新聞機構傳播出來的、紐約風的「現代主義」，則台灣焉能例外。

因為民族分裂，政治對峙，中國三〇年代以降的文學被列為嚴重禁書，加上一場徹底的肅清運動後，荒蕪的文壇上，盛開了五〇年代初開始的、模仿的「現代／超現實／實驗主義」文學。

然而，個別地看，先勇兄、我自己和天驄兄，還有春明兄，都以不同的機緣，親炙過三〇到四〇年代中國新文學。在民族分裂時代的展開中度過我們的少年期和青年期的先勇兄等我們這一輩作家，如何去回顧和評價這段歷史與社會的體驗，應該是很有興趣的一個思索題目吧。

第一次見到先勇兄是在哪一年，我已不復記憶。只記得是《現代文學》創刊已數期，而《筆匯》又停刊了一些年月的時間裡。我應先勇兄之約，到已經不記得是現在台北市的什麼路的他的家裡去。我還記得很清楚，出來應門的是一位和善的老兵，和一條高可及人的半身的狼狗。先勇兄在他那似乎是木造的他的書房接待了我。書房裡有很多洋書，錯落地擺著。先勇兄說了一些希望我為《現代文學》寫稿的話。那是一個炎熱的夏天的午後。我覺得先勇兄生得唇紅齒白，有不常的俊秀。雖然那不是一次長久、兩個哥兒們暢論天下的會見，卻留下了很深刻的記憶。

這以後，一直沒有再拾起《筆匯》停刊之後擱下來的筆。一九六三年，姚一葦師應赴美留學中的先勇兄之請，抓了《現代文學》的編務，開始了我投稿《現代文學》的寫作階段，算起來，在《現代文學》刊出的我的小說，計有：〈文書〉（十八期）、〈將軍族〉（十九期）、〈淒慘的無言的嘴〉（二十一期）、〈一綠色之候鳥〉（二十二期）、〈獵人之死〉（二十三期）、〈兀自照耀著的太陽〉（二十五期）。

一九七五年，我從綠島刑餘而還。又不記得是七幾年，我和先勇兄重逢於台北，那時兩人全是四十好幾的人了。歲月和漂泊的半生，使我們談得比較深切而暢快。而我終於看見了先勇兄那極為善良、寬厚、誠懇、不說人短、不計前嫌這些美好的性格，「感心」不已。一九八六年，他為我的《人間》雜誌寫了一篇文章。我對於先勇兄不計眾議，向徬徨於圈裡的少年伸出莊重、憂愁而人道之手，我對先勇兄暗自增添了一份敬意。

三十年過去了。驀然回首，我們看到這於歷史為短暫、於我和先勇兄卻為半生的、自己的腳蹤和台灣戰後文學的步跡時，《現代文學》永遠是實際而明顯搶眼的標誌。《現代文學》使我想起噤抑而又激盪的戰後史的原點，想起懵然無知於歷史之激變的、我輩一代文學青年，想起幾個如今已然半百、而創作上和文學研究上卓有成就的朋友。而白先勇於是便不只是戰後在台灣的中國文學中最有才華的小說家之一，而且他還表徵著七〇年代的、台灣年輕一代文學青年創作、探索和實驗的精神，因為六〇年代的《現代文學》，便是這精神的具體實踐。

《現代文學》代表一個逝去的時代，代表先勇和我們這一輩被人稱為作家者的青春……但以我個人而論，這三十年來，基本上沒有寫出真正面對一時代的人民和生活的壯闊有力的作品，而檢視更為年輕的文壇這十幾年來的收穫，似乎也很少值得我們歡呼的作品。這才是回顧《現代文學》那些歲月時，無從擺脫的憂愁吧！

初刊一九九一年十二月現文出版社《現文因緣》（白先勇編）

一九九一年十二月

另載一九九二年三月十二日《中國時報》第三十一版

收入二〇〇八年九月天下遠見出版公司《白先勇外集2・現文因緣》（白先勇編），二〇一六年七月聯經出版公司《現文因緣》（白先勇編）

當日本人暗中訕笑1

去年十月二十一日，因日本海上防衛廳在釣魚台海域「驅逐」台灣省運聖火船引發的「九〇年保釣」運動，如今早已在台灣、香港和海外華人社區中沉寂。

但日本卻在沉默中仍然堅定、明白、具體地「守衛」著釣魚台海域。

據蘇澳漁民說，去年十月二十一日以後，日本在釣魚台海域上的巡邏、警戒、監視，不是放鬆了、遲鈍了、弱化了，而是更嚴密、更敏銳、更強化了。長於收集、研判訊息的日本人，很容易看到「七〇年保釣」和「九〇年保釣」的共通性：中國抗日「保釣」隊伍中存在著難於調合的矛盾。「日本當權派以及像石原慎太郎一類的人，很容易從台灣、香港、大陸、海外華人社區的保釣論中看到其中尖銳的矛盾，而判定日本儘可高枕無憂。」一位旅行的自由投稿記者山內宏說，「日本艦艇在中國人的一片吵嚷中，沉默、盡責地繼續巡邏在釣魚台列嶼海域……」

台灣的矛盾

國府在一九五〇年世界冷戰構造中，在一場激烈的內戰後站穩了腳跟，採取了緊緊與美日合作抗共的政策。日本利用了這冷戰秩序，發展了使台灣在經濟、工業結構上高度依存日本的對台關係。在政治上，則發展了日本反共保守系元老政團和國府的密切關係。七〇年保釣時，國府對日立場不能不轉化，此次保釣國府的反應先是破綻百出，繼之色厲而內荏，根本原因，還是在國府對日本的政治、經濟上過大的依賴。

這次民進黨的釣魚台反應，首先是「釣魚台不屬台灣主權範圍」的放棄釣魚台論，繼之是「假設的、真獨立」的，借釣魚台問題揭發國府在現實上無法以其「代表全中國」立場有效保護釣魚台的事實，而逼迫國府在獨台政策上推進一步。

這些，日本人是十分明白的。

香港的錯綜複雜

主要人口由一九四九年自大陸避共逃亡的大陸人組成的香港，面對一九九七「大限」，有無法排解的焦慮和不安。這焦慮與不安，在八九年天安門事件中因複雜的移情作用，爆發成巨大的民運浪潮。

在這次的「九〇年保釣」行列中，有在港國共雙方對峙，有香港支援「八九民運」系和北京的矛盾，有所謂「國際主義」和民族主義的矛盾（主張不可僅僅反日保釣，要進一步反一切帝國主義、擴張主義），有香港當地民運（爭取九七後香港的民主化）和北京的矛盾，有不僅是表面上的錯綜與複雜。

至於以北美為中心的海外華人地區，正如一位「七〇保釣」的活動家所說，這次保釣，北美的運動一般地說是被動的。「這和『七〇年保釣』當時以北美為運動中心，向港台擴散的，大異其趣。」他說，「雖然這次北美零星的保釣運動，『左右對立』消除了，但基本上形勢比較孤立，聲勢比較小些。再者，除了香港，台灣和北美的保釣隊伍，已經沒有年輕大學生為骨幹的現象。大部分是當年分別在左右系統的『老保釣』的隊伍……」

凡此，日本人自然都看在眼裡。

大陸：「改革開放」就「不便」抗日？

在中國大陸、台灣、香港和海外華人社會中，最有實力以抗日保釣者，當然是大陸，殆無疑義。一九七〇年保釣中大陸尖銳而強硬的對日立場，七〇年代末、八〇年代初以漁船包圍日本海上防衛廳艦隊，令台灣漁民和世界華人社會印象深刻。在對日本侵華歷史的政策上，各地方史廣泛編修地方抗日民眾史和抗日戰爭史，並且修建大型抗日戰爭紀念館和南京大屠殺紀念館，一般地說，是明確而堅定的。

但是，尤其在七〇年代末開始「開放改革」以後，以北京為中心的大學生，一方面對「改革」後的負面（例如腐敗和官僚主義）不滿，一方面因對西方的過高評價而對當面體制的不滿，而產生中共黨和高校學生間的離心現象。數年前，就傳出北京學生以紀念九一八週年為「藉口」形成不大不小的示威活動，而日本通訊社卻說明這些學生陽為抗日，陰為批判中共。

在尚無六四事件、尚未伸手向日本貸款六十餘億美元的當時，中共當局對學生的「抗日活動」基本上是不鼓勵，甚至是安撫平息的態度。去年「花岡事件」（一九四五年被擄至日本的中國華工抗日譁變被鎮壓）倖存者在大陸組「聯誼會」對日索賠，也曾一時受到中共阻攔，目前是「不鼓勵也不干涉」。

如果這是因為某種中共更大的「戰略」需要使然，則人們也會想起七〇年國府為了聯美聯日在聯合國保衛台灣席位的大「戰略」而壓抑留學生保釣愛國行動的、難被同情的「苦衷」。無論如何，離開了人民、離開了知識分子、離開了民族的利益和一些基本原則，任何「戰略」都會產生重大破綻，任何「苦衷」都無法得到諒解和同情。在抗日戰爭和七〇年保釣中成功的聯合陣線中獲利的中共，在九〇年保釣中變得被動而飽受批評，不能不說是歷史的諷刺。

反思和團結

但是，人們也不能不看到另一方面的現實。在九〇年保釣中，台灣、香港和海外華人社區的運動中，另有一股潛流，在保衛釣魚台主權問題上要求捐棄一切成見和派性差異，團結一致，對抗外侮。台灣的漁民、民眾和個別民間團體，就提出單只在保衛釣魚台問題上兩岸捐棄歷史前嫌共同合作，一致抗日。香港的輿論、北美華人社區輿論，也不約而同地出現這種思想。在台灣、香港和北美，都具體出現七〇年保釣時互相對立的團體和個人放棄派性立場，在保釣問題上團結一致的行動和組織。在香港，則甚至展開了有意義的反思，檢討了這次香港和兩岸保釣運動中的矛盾和破綻，甚至將保釣歷史和傳統提到「新文化運動」的層次，十分值得注目。

毫無疑問，日本在戰後冷戰世界秩序中占盡便宜，也在分裂對立的中國形勢中得到巨大利益，規避戰爭責任，從而使日本新軍國主義受到最大限度的鼓舞與發展。

在大陸、香港、台灣、海外華人在保釣問題上為內面的矛盾吵嚷不休之際，日本海上防衛廳的艦艇卻一逕沉默而堅決地巡邏在釣魚台海域上。

當日本新擴張主義對中國人民保衛釣魚台的意志輕蔑暗笑之際，我們應該做最痛切的反省與檢討了。這是我們刊出日本共同社香港分社長坂井的評論文章和一系列評論文章形成「九〇年保釣的反思」這個特集的中心認識。

約作於一九九一年，署名王志耕
本文依據手稿校訂

1 本文依據手稿校訂，稿面無標註寫作時間。根據內文「去年十月二十一日」所指「九〇年保釣」事件，推知寫於一九九一年。本篇可能刊載於《釣魚台論壇》「九〇年保釣的反思」特集，惟原刊未得尋見。

日本在華人保釣運動間的沉默的陰謀[1]

海峽兩岸對日本資本和貸款的依賴，兩岸及海外華人團體間的紛爭與矛盾，已經基本上嚴重削弱了中國人民抵抗日本、保衛釣魚台的力量。

日本當局無疑已經洞悉了這個矛盾，採取了在實際上堅定巡守釣魚台，在言辭上盡量沉默，不為華人的團結對外製造刺激性言論的政策（參見本期第×[2]頁，坂本臣之助〈釣魚台事件的波紋〉）。

去年十月二十一日的「第二次釣魚台事件」後的兩個多月間，港台兩地的保釣輿論已經不約而同地有了上述的警覺與批評。

日本資本與貸款對兩岸的牽絆

有一家香港雜誌指出，截至一九八九年的財政年度，日本對海峽兩岸總投資額已達四十七億六千萬美元，比四年前增加四倍多。台灣長期對日巨額入超，在資本、技術、零件和半成品上高度依賴日本不可自拔。

一九七九年到八八年間，大陸自日本貸款約一百五、六十億美元。最近洽商中的日本貸款高達六十億美元。在資本不足、渴求發展的中國大陸，日本貸款對大陸當局的政策，有一定的影響。

「九〇年保釣」中，有人倡言抵制日貨，卻被悲觀的台灣工商界所嘲笑。他們宿命地認為，在台灣工業和經濟高度依存日本的當前條件下，排拒日本資本、技術、零件和半成品等於自殺。國府近年與日本談判減縮台日間貿易差距，言辭、姿態都比往年嚴峻，但日方始終置之不理，主要是日方洞悉了台灣對日本無從翻身的經濟從屬關係。

由於抗日戰爭的悲憤歷史經驗深入共產黨員、幹部和民間，大陸各地抗日戰爭地方史的編纂工作不絕，並具體興建了抗日紀念館和南京大屠殺紀念館，說中共已為六十萬美元貸款對日妥協，固然言過其實，但中共為了外交、經改的大戰略而在此次釣魚台事件上表現相對柔軟和妥協立場，是不爭的事實，而引起廣泛海外華人的批評與失望。

藉著釣魚台事件反國府

此次釣運風潮初起，民進黨宣布釣魚台諸島不屬台灣的主權範圍，主張放棄釣魚台，批評高雄市長吳敦義送聖火到釣魚台的決策與行動。

繼之，民進黨又說要組漁船隊上釣魚台，要國防部派艦保護漁船隊。這是藉保釣給國府出難題。

新潮流系大專學生提出搞台灣主權獨立才能保釣，另外一些台獨系學生也提出放棄釣魚台論，都是藉釣魚台問題宣傳台灣獨立。

藉釣魚台事件反北京

一九四九年以後，中共憑藉革命帶來的崇隆威信，以「動員性集體主義」(mobilizational collectivism)推動了幾次過激的、失敗的群眾運動，尋求發展的道路。文革以後，威信和「合法理」性（legitimacy）崩解，中共和學生、知識分子的關係開始異化。三年前，就有北京學生藉紀念「九一八」集會示威，據說實為表示對中共不滿。

這次釣魚台事件，中共也壓抑申請以保釣舉行抗日示威的北京學生。共產黨懷疑學生的抗日動機，這樣的形勢，是十五年前所不能想像的。

在海外，「民運」人士一方面要求在西方干涉下推翻中共，一方面又要求中共講民族大義、愛國禦侮，強力保衛釣魚台，或硬把保釣責任和民主化拉在一起。在香港，一方面強烈抗拒一九九七歸併中國版圖，一面又責中共的民族主義、愛國主義淪喪，致在釣魚台問題上對日轉弱。在港的國府派，一方面從寬對待國府這次在釣魚台問題上的軟弱，一方面要嚴責北京為貸款而對日妥協……

日本的沉默的陰謀

去年釣魚台事件初起，反日激情在台灣、香港擴大，北美地區也逐漸受到感染。這時，日本海上保衛廳當局有強硬聲明。恰在此時，日本軍國主義、右派大老藤尾正行急訪海部首相，叮嚀「慎重處理」。日本的反彈台北言論，瞬間即告沉寂。

台北和香港消息來源指出，日本右派深知大陸、台灣、香港、北美的保釣勢力中存在著複雜矛盾，不成氣候，終必互相抵消而不了了之。此時日方上策，是不做進一步挑激華人民族主義言論，以免華人因敵愾同仇而超越既有矛盾，一致對日，反為不美。藤尾訪海部密談，這是箇中要旨。

實然沉默的日本，卻在現實上加強武力巡守釣魚台海域。本刊記者去年十一月間採訪南方澳漁民時，漁民眾口同聲地說，十月二十一日以後，日本巡邏艦反而強化陣容，反而在執行驅離台灣漁船的工作上加緊、加嚴了，而不是相反地放鬆。

抗日保釣聯合陣線

然而，在這一切矛盾中，不論在台、在港、在海外，都有這不約而同的呼聲：「捐棄前嫌，一致對外」、「兩岸合作、共禦外侮」。台北「保衛釣魚台行動委員會」的李慶華、林正杰、陳旅揚、謝學賢，都公開做了相同明確而堅定的呼籲。

對此，當然有人是持懷疑態度的。他們問：歷史遺留下來的複雜矛盾，如何解決？

但是，一九三七年到一九四五年的艱苦抗日戰爭的特點在於中國人民從具體實踐中，發展了真正的抗日民族統一戰線，巨步推動了抗日民族主義，具體超越了當時中國各黨、各派、各階層、各民族的矛盾，結成越來越強固的抗日聯合陣線，終於取得了勝利。

如今，冷戰歷史趨於結束，內戰結構鬆弛，而日本在亞太地區的野心日益露骨。團結禦侮、振興中華的條件正在有利的方向發展。「《釣魚台論壇》的創刊，就表示我們有意長期、認真、堅定地搞團結禦侮、一致對外，」保釣行動委員會召集人李慶華說，「不把釣魚台拿回來，誓不罷休。」

約作於一九九一年

本文依據手稿校訂

---

1 本文依據手稿校訂，稿面無標題與寫作時間，篇題為編輯所加。根據內文「去年十月二十一日」所指「九〇年保釣」事件，推知寫於一九九一年。本篇可能刊載於《釣魚台論壇》，惟原刊未得尋見。

2 原文如此。

祖祠

我有一個如今已經過世的大伯父，很受我父親的敬重。那是因為我祖父早亡，家道十分貧困。作為長兄的大伯父，自小極其孝順祖母，友愛兄弟，很小就輟學到山墺裡做苦工補貼家計，讓兩個弟弟完成小學教育。

就是這位大伯，在我很小的時候，就要我背誦一個神奇的地址：

大清國，福建省，泉州府，安溪縣，石盤頭，樓仔厝……

沒有比能在他老人家跟前背誦這個地址更能討他歡心的了。

後來，年事漸長，知道「大清」早已亡了。這個地址非但遙遠，而且幾乎不可企及。在海峽絕對性對峙下，怕是一生一世也去不到這個地址所指涉的地方。

我家一系來台開基，到我已經八代。非但是我這位大伯父，即便是我的祖父，曾祖，怕都沒有再回去過吧。父親的家窮，不若地主豪門的家，還能隔幾年或者竟而每年回到原鄉祭掃。但這神奇的地址，卻一代又一代，在並不識多少字，甚至於全不識字的我的幾輩父祖口中，代代相傳。

一九九〇年三月，我帶了「中國統一聯盟」的代表團，平生第一次踏上祖國大地。結束在京緊張繁忙的拜會活動後，趁著代表團去拜謁黃陵的幾天時間，一個人脫隊飛到福建，探訪我的父祖所從來的原鄉。回到祖地，才知道那我自小就能朗朗成誦的地址，除了「大清國」已經改成了人民共和國，其他竟至今一字不易！

幾十年來，在我的大半生中一直是一個虛幻的、遙不可及的，似乎永遠也到不了的，彷彿童話、小說中一個虛設的地址，在踏上祖地祖鄉的一刻，竟成了和自己踩著的，和萬古千年而來的堅實的質感的中華大地一樣確實的地址。

我立刻想起了終其一生對這神聖的位址念念不忘，卻無緣親自回到這兒印實的我的大伯父，我的祖父，我的曾祖父……，心情激盪，感慨萬千。

我的祖家，是一塊寧靜、美麗、純樸的地方。「樓仔厝」早已只剩下一些依稀不辨的廢墟。祠堂也塌了。一路上的紅土、相思樹和竹林，像極了安溪人在台灣聚居的三峽、鶯歌、柑園、坪林、新店一帶，到了叫人驚歎的程度。我於是尤其相信，渡過大海移居台灣的我的父祖，在尋找新的家園時，竟是按照在他們心中熱烈而執拗地召喚的原鄉的山水樹木，尋尋覓覓而後定居的。

一九八六年，台灣還沒有開放探親的時候，我的父親和母親就取道美國回到安溪祖地。曾經聽父親說，從年輕時代，他就嚮往能夠有朝一日到祖國北京，一睹「北京彌天風沙中的落日」。長年來，父親花了不少心血，重修祖譜，卻總是弄不清楚某一代人的系譜，無法續好。雖然早有親自到原鄉祖地續妥那一段系譜之心，卻因為擔心大陸之行，會為被列在國民黨列管戶的我受到無端的羅織，而遲遲沒有成行。一九八六年，自恃身體日衰的父親，終於在旅居北美的妹妹和妹婿陪伴下成行。近鄉激動，父親急出病來，陪同的人終於顧及他的健康，沒有讓他踏上近在眼界內的村子。「老人家望著祖村，熱淚盈眶。」接待過父親的鄉長老說，「我們把整本祖譜捧來，本子翻開來，他老人家立刻找到他要的部分，祖譜就續上了。老人家高興的。我們一旁看著，好些人感動得要掉淚。」

兩百多年之間，我家一系，自從三個兄弟（據說是一個農夫，一個廚子，一個代書先生）帶著老母親渡台開基以來，直到父親回鄉認祖，就從來沒有一個子孫回去過。「誰回來過，什麼時候回，帶什麼人回，回鄉何事，譜上都得記載。」鄉長輩說，「譜子翻開來，清清楚楚。這不就是兩百多年，八代人，沒人回來過。」

貧困，異族的統治，內戰的長期化讓這一系人兩百多年回不了家，也就兩百多年代代傳誦著那刻骨銘心的地址：大清國，福建省，安溪縣……

因為父親的建議，祖鄉的人們開始在祠堂的原地籌建新的祠堂。那時正在福建省負責省政的王兆國先生對我說，安溪是福建省的「重點貧困縣」，每年接受政府的各種補助。但祖鄉的人還是湊了一點錢，沒錢的出工，打花崗石、整地、挑石。今年我又回去看了，石牆已經有四、五條石材高。我們家捐了三回錢，惜乎在台灣算是窮人，杯水車薪，心意固誠，無奈幫助不大。

有形的祖祠終於是要蓋起來的。從這安靜的「石盤頭」去到台灣的子孫，光是我知道的，就有不少人。然而，那無形的祖祠，那兩百餘年代代口傳，銘心刻骨的祖祠，卻一直巍然矗立。而中華民族的千秋萬世，正是千百年來億萬素樸的中國人民心中那不朽的祖祠所凝聚下來的吧……

初刊一九九二年一月二十五日《中時晚報・時代文學》第十五版
收入二〇〇四年九月洪範書店《陳映真散文集1・父親》

以紀實文學結算台灣的「戰後」

評藍博洲的《幌馬車之歌》

抗日戰爭結束、台灣光復。從日本殖民地壓迫解放出來的台灣，立刻面對了中國大地上以國共內戰為形式展開的激烈的階級鬥爭。一九五〇年韓戰勃發，繼承英帝國主義上升為世界霸權的、美國所領導的戰後資本主義世界經濟體系，和以蘇共為首的全球性反體系運動的矛盾，攀上了頂峰，冷戰的世界構造形成。在「自由世界」裡，制度化的恐怖、逮捕、拷問、監禁和刑殺，狂濤一般地撲向各國各民族的共產黨人、進步知識分子、民族．民主運動家、作家、教授、學生和工農運動的幹部。在飄揚著「自由」、「民主」、「人權」、「反共」這些五彩旌旗的「自由世界」裡，美國以政治、經濟和軍事力量，在各地支持和強化反共國家安全主義的、軍事次法西斯蒂國家，並且透過留學、人員交換、獎學金、基金會、大眾傳播、「哲學」和「社會科學」甚至於文學藝術，制度性地改寫、歪曲和湮滅歷史。

一九八〇年中期，蘇共中央一位超級諧星戈巴契夫，以全面投降「結束」了冷戰。蘇聯和東歐解體。但資本主義世界體系，儘管充滿了複雜的矛盾，面對著無法掩飾的衰退，卻絲毫沒有放鬆它在歷史、哲學、社會科學上的意識形態霸權機制，反有變本加厲之勢。在台灣，戒嚴的法律「解除」。但在廣泛的歷史、政治、文化、社會科學這些意識形態領域，卻依然或者更為反動。冷戰的思維——親美、反共、反中國、反民族的思維不但沒有受到系統的批判，反而在言論、高等教育……中鞏固和強化。

在這樣一個畸形的歷史背景中，藍博洲的《幌馬車之歌》所收關於五〇年代台灣典型地下黨人的紀實報告，成為極少數台灣「戰後反省」、「戰後結算」和「戰後批判」的傑出作品之一，是認真的知識分子和讀書界案頭上絕不可少的一本書。

藍博洲在被冷戰政治所湮滅的荒漫的歷史棄塚中，重新發現了在一個狂飆般的時代中生活過、鬥爭過、掙扎過、憤怒過，也深情地愛過的人們。除了王添燈之外，鍾浩東、邱連球、林如堉、簡國賢都是中國共產黨的地下黨人。但藍博洲動人的紀實文學所高舉的，並不止乎是那一個黨的黨人，而是生活在那個最為黑暗、恐怖，充滿了最為凶殘的、組織化的國家和階級暴力的時代，猶原懷著對於幸福和光明最執拗信念，在是非生死中做艱難的抉擇，為民族和階級的自由粉碎自己，在等候執行死刑前的生活中，猶款款地向自己深愛的妻兒透露無限情懷的一代的人間形象。王添燈是一位進步的殷實茶葉經營者。在二二八事變前，他斥資辦報，表現出在一個充滿非理和暴力時代中風骨嶙峋的報人的道德勇氣，在二二八事變過程中，王添燈和黨人合作無間，表現出一個優秀政治家的勇氣和膽識。及至形勢逆轉，他以大無畏的氣魄面對絕望和失敗，在屠夫面前猶正氣凜然，在被活生生燒死時還罵不絕口。鍾浩東（作家鍾理和的異母兄弟）放棄作為地主階級和殖民地社會中精英知識分子的前途，早早投身抗日烽煙中的祖國，備嚐艱辛。光復後返台，在主持基隆中學校務的同時，從事台灣的階級運動，成為國府在台展開政治肅清史上第一個被破壞的組織而獲案的黨人。韓戰發生後，獄中的他眼看全島組織紛紛破壞，黨人在刑場中前仆後繼，他下定就義的決心，在獄中拒絕「改造」，刻意求死，終於成仁。讀他和愛妻蔣碧玉女士訣別的遺書（原書頁一〇一），難不流淚。邱連球也是當時屏東客家俊秀子弟奔向革命的一例。他為他所熱愛的人民和祖國，對身後的妻子和三女一男，留下了「我愛你們！永遠！非此一時／非僅一日／非只一年／而是永遠。一九五三、三、二三」的吶喊，踏上刑場。林如堉是另一個典型。他出身望族紳豪之家，因資質秀異，進入台北二中，因日常生活中苛烈的民族矛盾，而嚮慕祖國，從少年時代就燃起投身民族解放運動的志向。及長，千方百計投奔抗日戰爭正熾的祖國。戰後返鄉，他和同時代的一些進步青年知識分子參與地下黨的活動，在大肅清中被捕、被拷問，在監禁中又從事獄中鬥爭，終而刑死。當他以青春之軀，在獄中等待赴死時寫給妹妹信子的信中說：

祝福你的幸福，珍惜時光，徹底享受你的一天一天吧。高唱歡喜之歌，狂跳悅樂之舞吧……。

林如堉的一代，以激烈的青春，為人的解放，奔向惡魔的鋒鏑，一旦鎩羽而行將就刑，自然對青春有熱烈的嚮往。然而，他所熱烈謳歌的青春不是「尋歡求樂」「消耗」「生命」，而是「建設」，是「對以後的人生所儲存的活力和才能」……

和林如堉一樣，郭琇琮也是為了人真實的解放而背叛自己地主豪紳門第，放棄了似錦前程（台北帝大醫學部出身）跟從單純的反日民族意識，以他廣泛的才能和智慧，奔向當時崛起於全中國的新民主主義革命運動，縱橫全島，吸引了無數本島優秀青年革命家，至今受到尊崇和懷念的戰士。

以早歲留日期間同時深受日本淨土宗開山高僧親鸞上人和基督教社會主義者賀川豐彥的影響，而後成為地下黨人的台灣現實主義戲劇家簡國賢的腳蹤，則充滿了人間之愛，人格的芬芳和受難、虔信及實踐的深刻的倫理性質。

然而，我所不曾預期的是，這樣的一本與當下飽食、冷漠、犬儒的社會完全異質的書，竟而成為《聯合文學》雜誌八十年度十大文學好書作家票選榜首。

一九九二年二月

有人說過，十九世紀以降，小說這個文學形式的登場，使詩為之枯萎；二十世紀電視等電子媒介的出現，又使小說趨於委頓。電視迅速地擴大視覺媒介的巨大影響，使文字媒介的文學和哲學的性質脫落，而淪為單純的信息符號，並且成為資本和商品、市場的循環過程中影響深遠的催化劑。於是生活中廣泛現場中的人與生活，歷史中蘊含的真實，都被這種強大的影視媒介，在商品化和世界經濟體系意識形態再生產的要求精巧地檢查、篩選、湮滅、歪曲、再製、廢棄和再包裝。文學商品化了、遊戲化了，從而也無力化了。在這樣的時代，逆流而上的「非小說」（non-fiction）、紀實文學（reportage，「報告文學」）孤軍深入資本主義傳播媒體工業獨裁下的禁區——即廣泛人民生活、勞動的現場民眾史的核心，會見並且重現在「現代」生活中遁跡的人與生活、人與歷史的真實，從而讓人重新感受「現代」生活中難於一見的激動、忿怒、感動、傷痛、哭泣……這些類乎悲劇所造成「清洗」靈魂的效果，而成為文學和學術全面日薄崦嵫的時代唯一還能改變人生、指導人生……強而有力的文字形式。

從這樣的視角去思索，藍博洲的紀實文學集《幌馬車之歌》成為《聯合文學》作家票選十大好書，就很說明一些事情了。

由一個文學青年，以民眾史的眼界，以紀實文學的形式，在台灣的「戰後」，提出成功、深刻、感人而有力的「戰後結算」，這就是《幌馬車之歌》的突出而值得感謝的成就。

初刊一九九二年二月《聯合文學》第八卷第四期、總八十八期

台灣鄉土文學的社會、歷史背景

「台灣鄉土文學」這個概念，在一九七〇年代中後以降，雖然至今還沒有細密研究過的界定，卻成為台灣戰後文學史上一個重要的詞，而被廣為沿用。其原因之一，是在一九七八年的一次為期短暫，卻十分激烈的「鄉土文學論戰」中，先由余光中、彭歌發難，繼之由黨和軍全面發動圍剿當時幾位鄉土文學的理論工作者，而成為台灣戰後第一宗由權力鎮壓一個特定文學思潮之政治事件。

作為理論的「鄉土文學」雖然尚未有明確的界定，但從被指涉為「鄉土文學」的作家和他們的作品看來，至少有這幾個特點：(一)在形式上，以小說為主要，詩則次之；(二)在形式和技巧上，和一九五〇年以迄一九七〇年取得敘述上「霸權」的現代主義、實驗主義、超現實主義……幾乎毫無瓜葛；(三)在內容上則以表現戰後台灣具體的人、生活、勞動……而顯見其特色，具有素樸的現實主義傾向。

在一九五〇年以後，台灣文學藝術上的主流思潮由反共文學轉化為「現代主義」，自五〇年代迄七〇年代支配著台灣文壇的時代，「鄉土文學」成為次要的思潮。而從一九七〇年開始的「現代詩論戰」，一直發展到七〇年代末的「鄉土文學論戰」，不但標示著台灣文學思潮的陡變，也反映了台灣社會內在構造與當時世界經濟、國際關係和世界思潮的巨大變化。

產生「鄉土文學」的台灣社會和歷史，是一九五〇年代和六〇年代的台灣歷史與社會。在這個特定的歷史和社會階段有幾件大事。而這幾件大事，又可以從內在結構和對外關係來看。

五〇年代初，農地改革完成。在台灣社會史上存在數百年的地主階級基本上消失；地主—佃農的土地關係基本上結束，小部分地主經國家輔導成為現代產業資本家，農村成為無數小資產階級性質的，獨立自耕農的社會，生產意欲大振，以致於對其後國家對農村剩餘的殘酷收奪起著鎮靜的作用。

在貿易上，一直到六〇年代初、中葉，仍以米糖為中心的農產品及其加工品為大宗。農業依然是當時國民經濟的主要部門。五〇年代中期，在「進口替代」產業培養的政策下，農業成長超過了國家資本主義的工業部門。一九六〇年代中葉以後，台灣加工出口輕工業在世界經濟體系巨大發展下，分得底層加工出口的任務而發展。台灣在經濟上深刻地編入對美日市場和資本財依賴、從屬的構造。農民分化運動隨台灣加工出口工業、官營產業，特權家族產業的迅速累積而展開，大量的農村女工流向新興工業城鎮，成為超低工資的勞動力水壩，受到恣情的掠奪。一九六〇年代中葉以後，以國家權力優惠本地、外國、華僑資本的發展，輕工業產品取代米糖成為出口大宗，大量的農村剩餘人口湧向工廠，現代工資工人階級登上了台灣的社會舞台。

從鍾理和以來的素樸現實主義的小說家，正是具體地反映了這一時期的台灣生活。

在對外關係上，一九五〇年韓戰爆發，台灣編入了以美國為首的國際冷戰反中國、反共軍事體系。為了美國反華、反共戰略的需要，美國和台灣訂定包圍中國大陸的軍事同盟，以國際強權維持台灣在聯合國裡國際組織中的地位，在美國軍經援助、金融資本和反共富國強兵主義下發展經濟，進而確立一個高度個人獨裁的「反共次法西斯國家安全主義」的對美附從國家。一九五〇年到一九五四年，範圍廣大的肅清運動，消滅了日據時代以來台灣反帝民族．民主運動之團體、個人、理論、哲學、社會科學與文學藝術。代之而起的，是以紐約轉販而來的冷戰意識形態、學術、哲學——和它們在文藝領域中的主導形式：「現代主義」。

從一九五〇年以迄一九七〇年獨占台灣文壇的現代主義文學中，看不到一九五〇、六〇年代兩個十年台灣上述具體的生活、人、社會和歷史。在農業還是台灣國民經濟中主導部門的五〇年代，台灣經由美國對台灣政治、經濟、軍事、文化、意識形態強力支配而「時代錯誤」地把資本主義成熟期的文學思潮——即「現代主義」，輸入和占領了台灣的文藝思想界，並且成為一九五〇至一九七〇年間台灣文藝界的主流思潮，迫使反映了當時二十年具體生活的現實主義文學（即「鄉土文學」的主要文藝形式）居於次要的思潮。

在這樣的歷史和社會時代：即在這樣一個獨特的社會上部構造與下部構造的接合體上，在一九七〇年，展開了一次規模不太大卻影響深遠的反思運動，就有它的過程了。

台灣戰後資本主義的一九六五年到一九七五年，基本上是在世界經濟體系於ＧＡＴＴ、ＩＭＦ等框架上快速擴張，特許台灣和NIEs在世界經濟分工中擔任垂直分工的底部而「發展」的時代。隨著島內和外來資本快速累積，農業開始衰疲，工人階級在人數上增大的同時，相對貧困化，社會在高度專制下的成長中付出巨大的人的、自然生態環境的、社會的與文化成本。一九七〇年，世界石油危機，停止了台灣順利成長模式，而開始了鋸齒形的發展。社會矛盾在遲鈍的社會中也逐漸反映出來。在外部事務上，一九七〇終止了戰後兩個十年的世界資本主義全球景氣。美國經濟力開始了向下滑坡的運動。中國的文革思潮，美、歐、日對資本主義、帝國主義、種族主義、資產階級的言論壓制、大學園教育品質……的反省，引發反越戰、反種族歧視、反對向外侵略和反資本主義的巨大運動。

這些六〇年代末七〇年代初的中心國家知識分子總的反省與反叛運動，當美國急劇變更對中國大陸政策，一九七〇年釣魚台事件中，港台留學北美的學生中激發了一場激烈的思想革命和針鋒相對的論爭。而其中的左翼，才有了清算一九五〇年以降美國主宰下的冷戰、反共、反華的學術、意識形態、哲學、社會科學和文學藝術的可能。

保釣左翼，於是才在一九七〇年開始，以關傑明三篇批評五〇年代以降台灣現代詩的論文為契機，展開為時三年許的爭論，全面批判「現代詩」的思想內容與表現形式，並且提出了文藝為人民、為社會、為民族，反對文藝惡質、極端模仿西方的主張。論爭中當然出現了現代主義派，祭出了給對方戴紅帽子，政治攻訐，誣人為「匪」的情況，所幸在這個階段，黨政當局的權力尚未干涉。此時，批判現代主義的一方，在社會科學，在文藝理論上雖尚幼稚，但對於現代主義文學藝術的批判，基本上取得了破其根柢，毀其論述霸權的具體功能。而在這一階段的論爭前，以香港《抖擻》雜誌為中心，展開全面重新認識台灣戰後現實主義小說文學的工作，影響是十分深遠的。

正是在這樣一個思潮上，即批判脫離台灣現實，盲目、粗糙地從美國和西方轉販進口和模仿再製的現代主義（附帶的「超現實主義」、「抽象主義」……）；主張文藝為人民服務；為社會改革向上服務；文藝要有民族風格、民族特色，人們才能真正、深入地理解從戰後前行代的鍾理和、鄭清文、吳濁流，到中生代的黃春明，王禎和……這些傑出的小說文學家和他們所創造出來的動人的文學世界。

為了便於更清晰地認識七〇年代提起的「台灣鄉土文學」，把它與它的對立面「現代文學」做一個對照比較，應有助益。

	鄉土文學	現代文學
民族視野	倡言民族主義。即以西方為對立面的中國民族主義。主張語言、形式、內容的民族特點，反對盲目、惡質模仿西方。	倡言「國際主義」。主張面向西方，文藝「超越國境」。現代主義有時也倡「中國特色」如水墨、禪、「天人合一」，但皆偏於形式和工具性。
內容問題	主張寫人、寫生活、寫具體歷史和勞動。文藝要為人民、為民族、為社會，主張反映客觀生活與世界。	反內容、反情節、反思想，主張文藝絕對的「純粹」。主張文藝的主觀的、心理學的、唯心主義的與「自足」、「自主」的世界。
形式問題	主張形式與內容相應。主張能普及，人民老幼皆懂、皆理解的語言與形式。主張現實主義，用自己的母語文寫作。	主張形式主義。主要表現形式、技巧、方法的「創新」與「實驗」。形式重於內容。因內容的消失，使形式膨脹。如有能力，樂於用中心國家語言寫作。
對象問題	人民、老嫗、幼子都是文學藝術的對象。主張首先得到自己民族即國家的人民能欣賞與閱讀。	只訴諸文藝「精英」或「貴族」的少數，不屑、拒絕為大多數人民所共享。不以國內民眾的欣賞為重，往往專為西方國家的大學、研究所為預設讀者。

對外來文化、意識形態的態度	對外來支配性文化、文學、藝術採取批評的態度。	是中心國文藝意識形態的代理人、代言人、模仿人。

「鄉土文學」與「現代文學」的鬥爭，其實並不是台灣一地的鬥爭。在六〇年代中後以至七〇年代及以後，兩派的鬥爭，在世界邊陲資本主義社會中層出不窮。不同的，只是在韓國，在菲律賓，在土耳其、希臘，在中南美，在非洲，兩者間的鬥爭，在社會科學理論，在文學藝術理論與實踐上，都比台灣更長久、深刻，而且豐富。在台灣以外的地方，鄉土文學，都成為各當地民族反對新殖民主義、半殖民主義，反對法西斯反共封建與獨裁的「民族．民主運動」的一翼而展開。但在歷經「半殖民地．半封建」（一九四五－一九四九）、「新殖民地．半封建」（一九五〇－一九六五）和「新殖民地．半資本主義」（一九六五－）三個不同社會構造體的台灣，卻遲至今日，尚無任何形式的「民族．民主」運動，以及為之服務的社會科學、文藝理論與實踐……

這篇小文只圖對「鄉土文學」試做社會、歷史的分析，避免在作家論和作品論上發言。這是因為雖然濫竽充數，我也被列入戰後台灣文學作家的末席，就尤應迴避作家論和作品論的發言了。文中所列作家，只能說是以為舉出而爭議最少的幾位，自然尚有大量遺珠之憾，這是要鄭重聲明的。

初刊一九九二年三月金石堂實業《出版情報》

懷念

早在一九六八年我被邀請來愛荷華城參加國際作家工作坊，但由於政治原因，突遭逮捕，未能成行。

在那絕望和痛苦的歲月裡，保羅·安格爾和華苓向我和我的家人伸出了援手，對此我們永難忘懷。

一九八三年我真的來到了愛荷華，住在五月花大樓。在那兒，我注意到一些為作家準備的房間仍然深鎖著，因為那些作家受到自己政府的阻撓而無法成行。這時我才了解到，在這個世界上，作家們如何遭受當權者的憎恨和不信，同時我也才理解到為什麼保羅·安格爾在一九六八年我坐牢時送我的書中署名時，特別自稱「一位作家同仁」。

對於保羅來說，世界上的作家是同一類的人，他們有著共同的責任和共同的理念，因此他們就成了「同仁」。

一九八三年，我第一次見到來自我的悲傷地被分裂的祖國的另一邊——中國大陸的作家。是保羅使這樣的奇蹟在愛荷華大學的國際寫作計畫中發生。

現在保羅去了，但他指示給我們的遠見和將世界作家聯盟起來的構想，將如同火炬一樣繼續照亮我們前進的步伐。

我祈禱這一切懷想能給華苓及其家人帶來安慰。

初刊一九九二年三月二十三日《中國時報・人間副刊》第三十一版

李友邦的殖民地台灣社會性質論與台共兩個綱領及「邊陲部資本主義社會構造論」的比較考察[1]

一、前言

生活在一定的社會發展階段中之社會科學工作者的責任之一，應該是透過正確掌握該社會所以構成和發展的一般原理，以及為該社會獨特的歷史和外在（國際）環境所規定的特殊條件，從而了解該社會全體的性質和形態。社會科學家的這一種對自己所處的社會之自我認識或者再認識的行為——即經由我們當面階段社會生產力發展的獨特性質或水平的把握，去探討我們當面社會相應的生產關係的獨特的性質，從而自一定生產關係中的下層建築與上層建築的性質、內容、特質和相互關係，科學地、全面地理解我們社會之整體的性質、形態和發展階段，並且明確地把握我們社會在一定歷史發展階段中所存在的各種矛盾的核心和性質，從而進一步找到克服和揚棄這些矛盾，使我們的社會取得進一步發展的理論和實踐的方向與力量。

因此，現代各國家和民族的社會科學家以及革命變革運動的理論家，均曾在一段比較長的時間內，以比較廣泛的共同討論和爭論的方式，進行過或者正在進行著圍繞著上述諸問題之自我認識的理論與學術探索。一九三〇年代在中國北伐革命受挫後展開的「中國社會史論戰」；分別在二〇年代末和六〇年代初先後兩次進行的、日本學界與社會運動界進行過的「日本資本主義（性質）論爭」；一九八〇年五月光州慘案後不久，從韓國民主化鬥爭運動圈展開，而向韓國社會科學界擴大，至今爭論的深度、廣度不斷深化、理論收穫豐碩的「韓國社會構造體論爭」，都是著名的例子。

一九五〇年韓戰爆發。台灣在軍事、政治和經濟上被編入美國遠東圍堵中蘇共的美國霸權主義軍事圈的同時，也在學術、哲學和社會科學的領域被編入美國資產階級的、冷戰的、保守的、反對「反美・民族・民主運動」的意識形態框架。戰後台灣的社會科學，在基本上是服從並服務於美國在冷戰中「陣營」的利益行為。因此四十年來，從沒有對戰後台灣資本主義性質做批判的總結與分析——當然也就更沒有對作為台灣戰後資本主義之前史的日據下殖民地台灣社會性質做批判的、歷史唯物主義的結算。

被湮沒的東西當然不等於是不存在的東西。隨著文獻的逐步再現，我們在台灣總督府編《警察沿革誌》「領台以後的台灣治安狀況」中卷漢譯本「台灣社會運動史」第三冊台共《舊（一九二八）綱領》和《新（一九三一）綱領》[1]中找到當時台灣革命的理論家對日據下台灣社會性質的分析。最近，我們也在李友邦的《日本在台灣之殖民地政策》[2]，看到他對於日本帝國主義獨占資本對台灣殖民地統治的構造和本質，做了理論的分析。台共的兩個綱領和李友邦的論文，有性質上、側重點不同。但它們卻有這樣的共同點：為了克服殖民地台灣的深刻民族的、階級的矛盾，對於因帝國主義的介入而使台灣社會從前資本主義社會向資本主義社會移行過程遭到歪曲和畸形化的當時台灣社會的性質、特徵、內在構造、外部（帝國主義）制約等所顯示的整體結構和形態，進行了科學的分析，從而對克服其內所包含的民族與階級矛盾，試圖確立理論與實踐的依據。從台灣社會性質論的發展史的眼光來看，這些文獻都是極其珍貴的遺產。從一九七〇年中期，日本東京大學台灣出身的社會科學家涂照彥和劉進慶分別就日據時代（一八九五—一九四五）和戰後（一九四五—一九六五）台灣社會，完成了力道深厚的政治經濟學研究傑作，可惜因為語言的隔閡與反共政治對學術的禁斷，一直不能有機會在被美國保守系社會科學獨占的台灣社會科學界激發變革性的批判和思維。但涂、劉兩位學人的勞績，上接於台共兩個政治綱領與一九四〇年李友邦的論文，以及其他可能存在但尚未為人知的著作，台灣社會性質論遂有了一個客觀上儼然存在，主觀上鮮為人知的傳統。

而小文的目的，是初步就台共兩個綱領和李友邦論文中的日本殖民地台灣社會性質論，加以介紹、評論、互為比較，並援引於台共和李友邦時代（一九二〇年代迄一九四〇年）所不知的世界體系論及依附理論中對殖民地社會構成體（colonial social formations）論，加以補充，一方面能以感謝與驚異之心親炙前人在台灣社會構造理論上的建樹，兼以對長期在美國保守系社會學下，朝野一致歌誦「台灣經驗」而無批判性自我認識意識的台灣社會科學界開始有所反省。

二、關於殖民地社會性質論的若干問題

社會是受到一定生產力所制約的、經濟基礎與上層建築的統一。但是社會生產力的發展，歷史地觀察，具有它不同階段性，因為不同歷史階段的社會生產力，決定了不同階段之社會生產關係的特質，從而決定了相應於不同發展階段社會的總體的性質與特徵，而形成各發展階段的社會之獨自的社會形態。馬克思一派的社會學家，按照生產關係的性質，把人類的社會形態一般地分成五個形態，循序發展。即著名的「原始社會」、「奴隸社會」、「封建社會」、「資本主義社會」，和以「社會主義社會」為其初級階段的「共產主義社會」。

後來的若干馬克思主義學者，曾經把這「單線」的「五形態」說修正為雙線甚至複線的、新的形態嬗變論[三]，但一般地都沒有把封建社會——或者「（半）亞細亞式」的社會，或者所謂「官僚

主義的專制社會」這些「前資本主義」諸社會，在遭受西方重商主義的以及工業的殖民主義／帝國主義重大衝擊下被重新再編、扭曲和畸形化的社會形態，即被殖民地化的諸社會之形態和它們的特質，特別列為一個獨特的社會形態來討論。

如果「相同的經濟基礎——即依其主要條件而言為相同——可以由無數不同的經驗的事實、自然條件、種族關係、各種從外部發生作用的歷史影響等等，而在現象上顯示無窮無盡的變易和程度差別……」[四]，則殖民地形態的社會，和其他基本上出於同樣主張「社會形態概念在反映歷史發展一定階段內各國、各民族社會結構的基本性質和特徵」[五]而倡言「雙線」或「多線」、「多種」社會發展形態一樣，是一般規律下的特殊項目，基本上應該看成是「五形態論」的補充與發展。十九世紀以降，在二十世紀初，把世界人口的百分之七十以上驅役於各種殖民體制下的現代帝國主義，在全球造成嚴重的民族矛盾和跨國界的階級矛盾。一九一七年，新俄成立，世界範圍的反帝民族民主革命風潮在各殖民地、半殖民地點燃燎原的火勢。以歷史唯物主義和政治經濟學的手段對殖民地社會進行社會結構、性質、階級關係……進行分析和研究，以建構各殖民地、半殖民地民族與階級解放運動的理論，成為第三國際、各先進國際和殖民地、半殖民地社會中工人政黨的變革理論的核心。一九二七年，蔣介石以屠殺共產黨人發動政變，國民革命受到重大挫折。在這個革命挫折的沉痛反思上，展開了著名的「中國社會史論戰」，便是上述探索運動著名的例子。

殖民地社會構成形態和本質的問題中一個關鍵所在，在乎它是由帝國主義以堅船利炮和暴力奴役方式將資本主義的生產方式強加於人，阻礙和破壞了土著社會的生產方式之自然的、主體的發展，從而對土著社會的生產關係產生一系列複雜的壓抑、扭曲、畸形化的變化。因此，殖民地社會這個特殊社會形態的出現，主要不是來自該社會內部生產力自然、自主發展所形成，而是更多地來自一種馬克斯所稱「外部發生作用的歷史影響」[六]，即馬克斯在不知不覺間預見的十九世紀末帝國主義對前資本主義社會的衝擊。到了今天，世界資本主義經濟體系論和以邊陲部前資本主義諸社會構造對中心部資本主義社會的深度隸從關係為言的依賴理論，對殖民地、半殖民地社會之受制約於外在的全球性資本主義，在理論上有越來越深入的強調與論述。不論如何，殖民地社會，是前資本主義傳統諸社會——即「五形態論」中的「封建社會」在向著現代「資本主義社會」移行的過程中，受到帝國主義侵略、併吞或從屬國化的干涉，所形成的一個特殊的社會形態，引起第三國際以降社會構造體論的理論家和社會學界至今不衰的關切。

一般而言，殖民地社會性質的理論，到目前為止，依本文作者粗淺的知識，存在著這些理論上的問題：

（一）殖民地的政治的上層建築，例如台灣總督府，是比較先進的、獨占資本主義階段日本國家的下部機關。它和比較落後、複雜的台灣殖民地土著社會的生產關係即下層建築，並沒有，或者沒有完全的對應關係。如果一個社會的社會構造體或社會形態，是「受到一定生產力制約的經濟基礎（生產關係）與上層建築統一」[七]，是「社會的上層建築與下層建築的接合體」，如何看待這種殖民地社會上下部構造間重大的扞格？

（二）怎樣評價殖民地社會中由帝國主義／殖民主義帶來的資本主義在生產關係中所起的作用，也是殖民地社會論的爭點之一。二、三〇年代受到第三國際理論指導，並且在革命實踐上有具體累積的黨和理論家，傾向於強調帝國主義對土著社會前資本主義諸生產關係——包括封建的生產關係——的優容而不是剷除，從而不過高評價資本主義生產關係在殖民地社會的進步作用，從而也傾向於較低評價殖民地社會中資產階級的革命性和實力。但當前依賴理論或世界體系論的作家，則傾向於比較高度評價殖民地社會的資本主義性質。這只要從他們常用的「殖民地資本主義社會」、「邊陲部資本主義社會構造」[八]這些詞，就可以看到邊陲部殖民地、半殖民地、新殖民地中的資本主義生產關係受到格外強調的消息了。

（三）在影響殖民地社會社會性質的內在制約和外在制約孰輕孰重和相互聯繫的問題上，也有所爭論。以薩．阿敏（S. Amin）為代表的依賴論一派，和世界體系論的一派，通常被批評過高、過多地強調當代世界史中國際因素——帝國主義和殖民主義這些外在因素，而相對地降低甚至忽略了殖民地社會的內因。[九] 但外因側重派則特別強調戰後資本主義強有力的國際化框架上，殖民地、半殖民地等邊陲部諸社會，不但無法離開這個框架去分析，而且強調要刻意以資本主義世界經濟構成中的定位去分析前資本主義諸社會。[一〇]

最後，對於殖民地社會特殊的「上下層建築的接合體」的問題上，有一派學者，特別是世界體系論的學者，在強調經濟是基本決定社會性質的因素這個基礎上，要求對上層建築對生產關係的重要影響進行再認識和評價。[一一] 殖民地政府不同的榨取和累積政策，新殖民地政府國家機關對於新舊殖民地社會生產關係的干預……因而特別受到重視。

這些殖民地社會論的爭點，在一九二〇年代以迄一九四〇年間關於殖民地台灣社會的分析文獻上，也以不同程度和輕重而有所涉及。以下則是依序從台灣共產黨(日本共產黨台灣民族支部)到李友邦的文獻中的台灣殖民地社會論，做重點介紹、比較與評論。

三、台共兩個綱領中的殖民地台灣社會論

(一)關於殖民地台灣社會根本矛盾

殖民地經濟的根本特質，是因為帝國主義的干涉與介入，是居於統治地位的資本主義生產方式與土著社會傳統的、前資本主義的諸生產方式同時並存。按照生產力發展的邏輯，先進的帝國主義的資本主義生產方式，應該掃除和消滅阻礙其發展的傳統的生產諸關係，但實際上，帝國主義為了擴大掠奪，為了阻滯土著資本主義的發展，一般地採取選擇性地保留和優容前資本主義的生產諸關係，從而形成一個被扭曲、壓抑和畸形化的特殊的社會。台灣也不例外。《舊綱領》寫道：「在台灣，一方面存在著占支配地位的高度資本集中，另一方面亦有台灣本身落後而幼稚的資本部分，在農村中也殘存著不少非資本主義經濟要素……」[一二]。在這個問題上《新綱領》的看法也是一致的：台灣社會中「一方面有高度發展的（日本）資本主義，一方面農業生產依然停留在自然經濟狀態，且存在著多數的零細小手工業」[一三]（（）為筆者所加）。殖民地社會外來的、先進的資本主義生產關係和殖民地傳統社會中前資本主義的諸生產關係互相扞格並存這個角色，也受到薩．阿敏一派學者的注意。他說道：

邊陲部社會構成體是資本制生產方式（通常以外國資本或外國資本主義為基礎）和前資本主義生產方式之「脫臼性的結合」。其中，資本制生產方式占有主導性地位，但卻無法「專一化」……[一四]

阿敏所關切的社會，是第二次大戰後在政治上取得形式性「獨立」的前殖民地——或「前殖民地」社會，卻明確說明了殖民地社會與新殖民地社會在這個側面上的連續性，外來（外國）的、帝國主義的獨占資本在殖民地的發展，是利用了殖民地政府強權干涉，從上層建築（即政治、法律等）著手，在抑壓土著資本的政策下發展。「其中，資本制生產方式占有主導性地位，但卻無法『專一化』……。」《舊綱領》寫道：

> 「台灣土著」資本主義的發展，是依附於日本資本主義〔在台灣的〕急速躍進而成長……台灣的工業發展，皆由日本資本階級所直接經營而發展，而非台灣〔資本〕本身的發展……[15]
> （〔〕為筆者所加）

《新綱領》有這樣的分析：

> 台灣資產階級的資本，大多融合於日本大資本之中，再不然就是成為〔日本〕帝國主義資本的買辦〔資本〕……〔即〕販賣〔日本〕帝國主義商品之輸入商，或為〔日本〕帝國主義資本在台收集原料品之輸出商，〔台灣的〕民族資本和產業，數量與規模都小，且依賴日本金融資

本維生。一六（〔〕為筆者所加）

（二）強調殖民地台灣社會的封建性質

以上的這些論述，對於熟悉日本總督府如何以全力限制、壓抑台灣本地資本，或迫使土著資本對日本資本隸屬化和買辦化的台灣史學者，都是十分熟悉的事實。這種對於日本帝國主義在台統治與台灣本地資本發展關係的負面評價，連帶地強化了台灣社會前資本主義性質——封建性質——的論述，從而連帶地對台灣本地資產階級在政治上、在革命運動中的定位給予基本上負面的評價。在《舊綱領》中，這種負面評價，甚至從日本帝國主義，即日本資本主義本身的不成熟性，亦即一定的落後性展開。它這樣寫道：

統治台灣的政治權力，是封建地主與資產階級的聯軍——日本國家權力。一七

日本帝國主義國家機關，以金融資本占優勢，但全盤觀察，則仍停留在封建地主與資本家的混合政權。一八

日本帝國主義的早熟性，在日本資本主義性質論眾多文獻中已多所論列，[一九]在此不贅。但是，第三國際當時對日本帝國主義／資本主義的這一性質規定，強化了殖民地台灣社會性質論中較低評價其資本主義性質的傾向，從而形成了殖民地台灣社會上層建築與下層建築在封建性格的對應上，取得了理論依據。從而殖民地台灣資產階級在台灣革命過程中的性質規定，特別在《新綱領》中受到較為消極的評價。台共《舊綱領》的一個顯著特色，即對於當時台灣社會各階級的仔細分析和評價，而對資產階級也再分為「反動資產階級」、「進步的資產階級」和「小資產階級」，在個別分析的基礎上做個別對待和評價，是比較實事求是的分析。[二〇]對於「反動資產階級」，《舊綱領》做了這樣的說明：

> 屬地主兼資本家，（他們的）主要經濟基礎在土地，是具有濃厚的封建性的本地資產階級，徹底被日本金融資本所融化，反動性甚高，與日本金融資本、封建階級連成一線，反對革命。[二一]（（）為筆者所加）

在比較上顯示左傾機會主義色彩的《新綱領》中，對殖民地台灣的資產階級，做了相當負面的性質規定。《新綱領》認為，「台灣的資產階級皆由地主階級轉變而成，一身兼有地主和資本家雙重身分，有濃厚的封建性，是日本帝國主義的附從與走狗……因此他們不可能，也沒有能力負起領導反封建的資產階級民主主義革命的任務。」[二二] 在論及台灣革命的性質和策略時，《新綱領》寫道：

「因為台灣資產階級沒有獨立性，以日本資本主義之一部分而循環，或為日本資本之買辦，民族資本（力量）微小，且多身兼地主，在農村對農民進行封建剝削」[二三]，因而，殖民地台灣的布爾喬亞「不但不能成為解放運動的力量，反而成為阻害（革命）的力量，更與解放運動背道而馳」[二四]（（）為筆者所加）。

這是當時第三國際標準的理論：「殖民地社會中有強大的封建殘餘。資本帝國主義在殖民地，為了鞏固其支配，不是剷除殖民地落後的前資本主義諸關係，而是保留它，與它相互溫存。結果是殖民地本地資本主義與資產階級弱小，依附性高、買辦性強，封建尾巴長，因而沒有能力負擔起從封建社會做革命性移行的領導責任。因此，殖民地社會受迫害最深的現代產業工人，被賦予團結中下農、貧僱農和『革命』的民族資產階級……，領導反對殖民主義，反對封建主義的『民族、民主革命』的任務。」[2] 但是台共新舊兩個綱領的最顯著的不同，在於《舊綱領》對資產階級在進行分析，採取了反對「反動資產階級」，團結「進步資產階級」和「小資產階級」的策略。而《新綱領》則基本上對資產階級不信任，基本上採取了排除資產階級的政策。

（三）關於社會的性質，革命的對象，革命的性質與階級主力和同盟者的問題

台共的兩個綱領都是一九三〇年代末的理論水準與環境下的產物。因此，兩個綱領都沒有從殖民地台灣社會的對外規定性（即日本帝國主義對台灣的壓迫與支配構造）與內在規定性（即殖民地台灣社會的生產關係的總的特質）加以明確的定位。但是從兩個綱領對台灣社會的構造、階級分析的內容看來，一般地傾向於把台灣當時社會定性為「殖民地、（半）封建社會」。兩個綱領在對外規定性上沒有基本差別，但在對內規定性上，對資產階級的封建性——即全體社會的封建殘留在階級性格上的影響——有輕重不同的評價。但不論如何，兩個綱領對日本領台後的台灣社會生產關係中的資本主義生產方式在經濟上的地位，都給予消極評價，從而對相應的階級在社會變革中的地位與作用，也給予程度不同的消極評價。這將與殖民地社會中的資本制生產方式與生產關係高度評價的一派學者[二五]有鮮明的不同。

在革命對象問題上，兩個綱領有其同，亦有其異。日本帝國主義獨占資本（包括在農村的日本大會社地主資本）、台灣本地大地主階級、反動資產階級、買辦資產階級《新綱領》被列為反動的、反對革命的營壘。《新綱領》甚至將台灣的「民族資產階級」也排除在革命力量之外。[二六]

關於革命的性質，兩個綱領都規定台灣革命兼具反日民族革命（對外）和反封建地主的「資

產階級性民主主義革命」(對內)的雙重性格，不主張台灣革命帶有無產階級性社會革命的性質。不過兩個綱領也都強調，這由工人階級為主導，團結農民階級和其他革命的中間階級(《舊綱領》)或「其他勞苦大眾」(《新綱領》)反對帝國主義和社會上的封建勢力的「資產階級民主革命」，帶有「豐富的社會革命的展望」。[二七] 寫在《新綱領》的這個「展望」，就比《舊綱領》激進得多。而所謂「工人階級領導、團結農民階級和其他中間階級的、資產階級性的民主主義革命」其實是深受第三國際和中共的影響，當時還在發展和完善化的，後來的毛澤東的「新民主主義革命論」。[二八]

在台灣革命的主體階級問題上，兩個綱領都將工人階級列為領導的核心階級，將農民列為工人階級第一個優先的同盟。《舊綱領》農民也做了細分，而主張廣泛團結「中等地主」、「富農」、「中農」、「小農」和「僱農」，而以小農—貧農—佃農—僱農為工人階級的首選同盟。[二九] 在革命的同盟軍方面，《新綱領》只列了「其他勞苦大眾」，《舊綱領》則羅列廣泛的同盟階級，包括「進步的資產階級」、「小資產階級」、「中等地主」、「富農」、「中農」等等。[三〇]

四、對日據前台灣社會和日本獨占資本對殖民地台灣社會的支配構造的分析問題

《舊綱領》對台灣開港前後受到西方舊殖民主義重商主義的掠奪的分析十分薄弱而充滿了明顯的錯誤。從開港到一八九五年這一段時間，是外國重商主義資本透過貿易、商品交換和貨幣流通，對台灣傳統的、前資本主義社會構造體起著初步鬆動、崩解的作用的時代。但《舊綱領》卻為了附和第三國際殖民地反帝民族解放——民族獨立的理論和指令，過大評價這個時期「封建制度的崩潰」和「初步資本主義經濟」的萌芽。[三一]在階級分析上，《舊綱領》相信此時已有「資本主義的中地主、商人及激進武士」為主力的「國民革命」，並且發展為以「建立一個民族獨立國家」為目的的唐景崧輩的「台灣民主共和國」，[三二]便是理論錯誤的一例。因為不論從作為「半殖民地封建社會」的當時社會性質看，或從唐景崧集團作為封建地主官僚士紳階級的性質看，或從「台灣民主共和國」各檄文、文件中表現的意識形態看，台共對「共和國」的分析都有明顯的瑕疵。

《舊綱領》對台灣社會階級分析，採取了細分的方法，將台灣社會分成九大階級。這種殖民地支配構造（外在）的分析寓於社會內部階級分析（內因）的方法，較薩·阿敏一派反將階級分析（內因）寓於殖民地支配構造（外因）的方法[三三]，更有深刻——雖然不能否認，《舊綱領》對九大

階級的說明嫌簡樸，比較上還缺少實證的材料。

至於日本獨占資本主義對殖民地台灣支配的政治經濟學的說明，兩個綱領都付之闕如。

五、李友邦《日本在台灣之殖民地政策》中所見之殖民地台灣社會論

在《日本在台灣之殖民地政策》（以下簡稱《殖民政策》）最後一節〈社會之分化與民族運動的形成〉中，李友邦寫道：

> 本書的目的，主要在於以經濟做出發點，去分析在台灣之日本帝國主義的殖民政策。至於台灣社會分化過程，不在敘述之列……三四

這段話說明了《殖民政策》的目的，在透過殖民地台灣社會的下部構造（生產諸關係）與上部構造（日本殖民主義的政治、法律）所接合的全構造之分析，揭開日本帝國主義在殖民地台灣進行壓迫、奴役、榨取的秘密。至於在這樣一個社會構造體下的階級分化與構造，已不是「殖民政策」的寫作目的。對於這些，李友邦表示將另有專書探討。

雖然是這樣，對於上述台共兩個綱領所提出的三方面的問題的答案，仍然清晰可辨。

(一)關於殖民地台灣社會中傳統的、前資本主義的生產關係與帝國主義的、現代資本主義生產關係的聯繫問題

和前述台共的兩個綱領比較起來，李友邦的《殖民政策》明顯地傾向於主張資本制生產關係，在日帝國家權力的掖勵下，已成為殖民地台灣的主導性的生產關係。這與「兩個綱領」中從日帝國家機關的性質以迄於台灣社會性質定性為有強大封建殘餘因素者，恰成對比。李友邦從台灣銀行的設立與作用，分析其驅逐外國金融資本、掖助日本獨占資本在台灣的擴張，政策性壓殺台灣本地資本；[三五] 日本獨占資本如何在殖民地政治上層建築的保護下，逐步支配台灣的製糖、礦業、石油、大米貿易、漁業各產業部門；[三六] 日帝國家權力如何促進日本獨占資本在台灣的壟斷、對日本船運的國家保護、便利日本對台灣原料、食品的掠奪即日本輕工業產品對台傾銷；[三七] 如何透過專責體制培養日系資本在台灣的發展，建立日本國家獨占經濟的基礎，從而消滅、挫折台灣本地資本；[三八] 如何以國家權力集中台灣土地，放領給日本大資本會社和日本民間資本、退職日本官僚；[三九] 對廣泛農產品加工工業進行獨占整編，打擊台灣的傳統農產品家工作

坊；[四〇]如何以土地山林調查、度量衡統一、幣制改革，摧毀台灣的前資本主義時代的財產所有關係，收奪大量土地，廢除大租制，建立現代寄生地主制……為日本獨占資本在台灣縱橫馳騁準備條件……[四一]

這是一幅日本帝國主義引介資本制生產方式在殖民地台灣社會大獲全勝的圖畫，是屬於比較高度評價資本制生產在殖民地經濟的客觀上的主導作用的一派，和戰後依附論之以殖民地社會中資本制生產方式與資本主義諸關係的複合體來規範殖民地（半殖民地、新殖民地）社會下層建築的「邊陲部資本主義社會構造體論」，有類似的觀點。韓國社會性質爭論中著名的學者朴玄埰甚至以殖民母國資本主義性質為主要參照框架，來分析殖民地社會的性質，[四二]是主張殖民地中資本制生產居領導地位論的一個典型代表。

另一方面，雖然李友邦對於日本以土地調查整頓土地所有關係，確立了現代地權，以收買大租全重整了三級所有的「大租—小租—現耕佣人」的封建關係，為現代民法制約下的「地主（原小租戶）—佃農（原『現耕佣人』）」，但已具有形式上的身分自由）」關係，給予一定的評價，但對於這些「新地主階級」，仍然認為他們「一方面受（日本帝國主義）國家的保護與支配」，二方面仍然對佃農進行「封建．半封建的剝削」從而並不具備現代「農村布爾喬亞」的身分，而「保持封建地主性」。

因此，如同「兩個綱領」一樣，《殖民政策》沒有為台灣依照其對外規定性與對內規定性給予社會性質上的定位。但縱觀全書，李友邦對台灣殖民地社會性質的結論，比較類似戰後「殖民地・資本主義社會論」，或「殖民地・半封建社會論」，或前述「周邊部資本主義社會構造體論」的概念。這一派的論說，在實證上強調殖民地經濟與殖民母國——連帶地與世界體系的深刻關聯性上有所貢獻，但卻很容易忽略殖民地社會與中心部資本主義社會構成體之間資本主義生產關係水平的不同；也容易忽略殖民地社會與取得形式上的政治獨立後的社會間的差異[四三]——雖然李友邦在寫作當時是無法預見戰後新殖民主義對形式上獨立的新殖民地社會的支配。

(二)李友邦關於殖民台灣革命的性質、戰略的看法

前文已經提到，李友邦在《殖民政策》中所要討論的，是「以經濟作出發點，分析在台灣之日本帝國主義的殖民地政策」，而不是「分析台灣的社會分化過程」。但探討殖民地台灣的社會性質、階級構成、革命性質、革命的對象、革命的主體力量和同盟力量……都離不開殖民地社會分解的過程與結果的討論。但是，不但除了《殖民政策》的第十節有「簡單地——述其大概」的社會和階級的分析，即全書之中，也不能不到處透露出李友邦對日本殖民政策下殖民地台灣社會

所包含的矛盾分析：

（1）日本帝國主義獨占資本在台灣取得了全面性支配。「殖民政策」的全面分析指出日本帝國主義的獨占資本，透過帝國主義國家權力的仗持，對台灣廣大土地山林進行掠奪，從而自農村釋出勞動力，使農民淪為現代農村工資勞動。此外，以生產手段的現代化更新，消滅台灣前資本主義作坊，完成日本獨占資本對農產品加工產業及其貿易的獨占。以台灣銀行為中心的日本金融資本對台灣各產業的發展與支配，以專賣體制達成日本獨占資本對台灣市場販路的壟斷，達成驅逐西方資本，壓抑土著資本制產業的目的……總之，日本獨占資本主義，是殖民地台灣民族壓迫和階級壓迫的根源，使「民族支配與階級支配統一」，[四四] 這就規定了殖民地台灣革命的「畢民族解放階級解放於一役」的性質。也就是民族鬥爭與階級鬥爭互相滲透、互為條件。

（2）對於殖民地台灣地主階級，李友邦沒有做進一步的劃分，分別其中不同的性質。他在基本上強調資本主義關係在殖民地台灣經濟中主導地位的基礎上，認定台灣地主階級的「封建・半封建」性。[四五] 他說道：「地主為日本資本勢力之一部分，不是現代農村的布爾喬亞，而保有封建地主性。」[四六] 地主以地租收奪的剩餘之一部分，作為產業資本，加入日本資本企業中潤日本資本來自台灣產業工人剝削而來的剩餘，但最初的經濟來源還是土地。

台灣的「地主—資本家」在殖民地歧視性經濟政策中完全沒有獨自發展的機會。為了鎮靜因此引起的不滿，「在文官總督的時代，日本誘致（台灣）地主階級（在政治上層建築）的合作，完成統治」。[四七]和「兩個綱領」一樣，對於大地主階級在台灣革命過程中的反動性，有批判的定位（（）為筆者所加）。

（3）李友邦認為，在殖民地台灣的生產關係中，台灣「新興資產階級」和「小資產階級」的革命性是「搖擺不定」的，其「反日態度」是「有限的」。[四八]這是由於在日本帝國資本的「獨占支配下，造成中產階級的沒落和對（日本）大資產階級的附從化」。因此，台灣的小資產階級，只能與（日本）獨占資本結合，同封建（地主）資產階級一樣，成為日本（獨占）資本的隸屬，追隨帝國主義，以及以小經營形式，（更為）苛酷地榨取台灣工農（階級）這兩者之間做選擇」[3]，因此，「台灣小市民（布爾喬亞）的反日態度是有其局限的」[四九]（（）為筆者所加）。和台共《新綱領》一樣，李友邦沒有對殖民地下台灣的資產階級做更為細分的分析，對於資產階級的一般在台灣革命的過程中的定性，李友邦採取比較消極的評價。這種分析，和他比較高地評價台灣的殖民地資本主義因素，適成反向的對比。或可以這樣理解：李友邦對殖民地台灣社會中的資本主義關係支配論，是側重在對（日）規定性的、日本獨占資本主義在殖民地台灣的循環—掠奪過程去理解的。這樣的理解（例如韓國的朴玄埰、日本的尾村秀樹），可能發展到在社會科學理論上否定完全殖民地之作為人類社會發展史的一階段，而以殖民地的全面顛覆和重組來解決。這也許就是李友邦的殖民地台灣社會論終於發展為「台灣反日民族革命—台灣收復—新民主主義革命」的獨特社會發展固形（schema）也未可知。

（4）對於台灣人受薪階級，李友邦雖然認為這小資產階級的下層，仍然在反日立場上有「容易動搖不定」的傾向，卻同時認為，他們「也可能靠攏到工農階級，參與民族鬥爭的事」，[五〇]從而對這些小資產階級的下層之反日革命性，予以積極性評價。

（5）台灣革命的核心領導力量是哪一階級呢？李友邦在《殖民政策》第十節〈社會分化與民族運動〉中，沒有正面提出，卻從反面指出了台灣地主階級和資產階級「無力負擔」領導民族革命的「歷史任務」，批評他們「瞻前顧後，動搖不定」。[五一]

但在整個「殖民政策」中，李友邦從日本獨占資本在台灣的擴張中，提到台灣社會底層的淪落。例如：日本在田野山林調查與收奪過程中貧困失依的農民淪為日本法律中的「匪徒」，[五二]並且將失去山林田野的農民驅出，使之淪為農村的工資勞動者；[五三]專賣體制使直接生產者貧困化；土地集中在三菱、三井等帝國主義獨占資本過程中，使農民淪為農村工業的僱工或日本私人地主的農奴，直接受到日本系糖、米、茶、樟腦等會社之掠奪；[五四]日本輕工產品對台灣傾銷，使台灣自然經濟摧折，農村破產。而日本獨占資本在台灣各生產部門之鯨吞支配，使台灣的工資工人直接受其剝削，[五五]資本之集中，造成工人失業與貧困，勞動條件每下愈況，大量女工、農工被推入工廠遭受殘酷剝削。

從這些分析來看，李友邦以殖民地台灣社會中的哪一個階級為革命的主體力量，哪一個階級為同盟，要團結和爭取哪一個階級，其實是十分明顯的。其所以未曾明說，也許不外乎因為（a）有關台灣「革命理論」的「系統之論述」不在這「殖民政策」的範圍；（b）以李友邦當時側身於國民黨內，環境、條件都不容許他暢所衷論吧。

（三）李友邦的日本對台殖民政策論和殖民地台灣社會之動態的把握

「台灣共產黨」在一九三一年日帝全面鎮壓覆滅，並且因為台灣之復歸於中國，在組織關係上屬於日共的原台共，自此成為歷史的陳跡。一九二八年建黨，在日帝鎮壓和內部激烈的鬥爭中度過僅僅三年壽命的台共，沒有更長的、必要的時間，發展出更為深刻的台灣社會性質的理論，是十分自然的。

雖然中國新民主主義革命的歷程中，中共在各方面的理論上有相當豐碩的收穫，在四〇年代初，戰爭結束前，即當開羅、波茨坦宣言中宣告台灣在戰後復歸中國之前，中共黨對台灣社會的分析理論，自然付之闕如。開羅、波茨坦宣言之後，中共黨將台灣社會的變革之理論依據和具體實踐，內包在全中國新民主主義革命中，也是順理成章之事。但也因為這樣，關於戰前台灣社會的性質、形態、分期，和期間移行的理論，便十分缺乏，留下一大片研究與發展的空間。

和比較上偏重於作為運動實踐的指導題綱的「兩個綱領」比較起來，李友邦的《殖民政策》比較上更側重於實證的研究與歷史的連續。《殖民政策》第二節〈資本主義前夜的台灣〉，雖然不免於簡單化，但也重點地指出了淪為完全殖民地前到台灣伴隨中國被列強強迫開港過程中，被迫向西方重商主義貿易金融資本敞開大門為止的台灣社會的特徵。從這一節的論述中，讀者不免揣度作為極少數台灣革命理論家之一的李友邦，似乎在孕育著對殖民地台灣社會的動態發展，即社會發展史的視野，以究明作為殖民地台灣社會生成—成立—否定的過程。

而這又不免使我們想到共同研究周邊部資本主義社會構造體的發展——即其生成—成立—否定過程——的學者丟布瑞（G. Dupré）和雷依（P. P. Ray）的「三階段」論。以最概括的方式來說，他們把邊陲社會由舊殖民地而新殖民地的移行過程，分為這三個階段[五六]：

•階段一

在這個階段中，社會大量殘存著邊陲傳統社會的政治的上層建築。但是在另一方面，中心部資本主義，透過商品交換的媒介，開始對古老的傳統社會起著滲透、鬆動等作用。此時這邊陲部傳統社會內部，因為商品的交換，因為貨幣流通的浸漬，發生著強制性的或自然的交易地區擴張運動，從而使傳統社會愈趨於鬆動和崩解。

從韓國殖民地社會史來看，這個階段符合一八七六年日本強迫李朝朝鮮開港到一九一〇年日本帝國主義兼併韓半島為止的社會。日本在朝鮮前資本主義社會，即李朝國家農奴制－私人農奴制－庶民地主的總合為生產關係，即「李朝國家－貴族地主階級－農奴」的人格隸屬基礎上的結合體下，透過提供貸款、日本商品的浸漬、日本銀行的設立，獨占朝鮮對外貿易販路，擴大日本商品和通貨在朝鮮的流通範圍，從而對李朝國家農奴封建制社會構造展開鬆解、侵蝕的作用。[五七]

從台灣來看，也正是一八四五年鴉片戰爭開港後到一八九五年日本占有台灣的這個社會階段，也就是李友邦所描述的「資本主義前夜的台灣」，「十九世紀以來，英法資本之大量流出……其於台灣，亦不啻使此一固定地存在於封建制度內的台灣，開始其初步的破殼作用」，李友邦寫道。[五八] 英美資本，對台灣砂糖、茶葉、樟腦之貿易，在各國銀行資本的掩護與支持下，大伸其擴張之手。英美金融、貿易資本向廣泛的台灣農村奔流，在商品與貨幣的流通和交易過程中，掠取重利，並在轉收、價格變動差、匯兌等過程中再占利潤。總而言之，在台灣的封建土地關係（即大租戶－小租戶－現耕佃戶；莊頭－佃戶；王公－莊丁等關係）和由內部萌生的初期性商業資本（農產品的剩餘和商品化－貨幣經濟的發展－行郊市的發展－糖廍作坊的發展）基本結構下，開港後外國金融資本的對台滲透，帶來了土著行郊的衰落、手工作坊的解體、茶葉、樟腦等作物加工商品被外國金融獨占、鴉片輸入與農產品加工商品的輸出循環的外資介入之擴大，最後使「資本主義前夜」的台灣傳統社會開始根本性動搖。

• 階段二

在外國商品交換和貨幣流通範圍擴大基礎上，中心部資本主義生產方式被殖民地統治機關向本地移植（在半殖民地、從屬國的場合，則被迫做出外交、經濟等之讓步）。殖民地上層建築的優越地位，以及受到此一優越支配地位所支持的資本制生產方式在殖民地獲至領導性地位及支配性影響力條件下，繼續有意識地維持乃至重編前資本主義的、傳統的生產方式。這樣一個階段，便是邊陲部資本主義社會構造的成立、確立期。

在朝鮮，此第二階段，可以自日本併有朝鮮的一九一〇年到完成田野山林調查，改革人格隸屬的國家農奴制封建關係為「現代寄生地主制」的一九二四年這一階段彷彿之。在這個時期中，李朝時代基於封建身分的土地權力者如「兩班」官僚階級的「科田」、「功臣田」、「官居田」，受到日帝現代民法的承認而再確立，原隸屬農奴則取得了形式上的身分自由。繼之，在田野山林調查的基礎上，確立了現代民法所保護的、「半封建的」土地關係。農民從傳統的封建身分的隸屬、變為新地主（日本會社地主、日本私人農場拓殖地主）的經濟性隸屬。[五九]「土地之半封建所有，是將前資本主義土地所有權在（現代資本主義）法律上、形式上置於現代（資本主義）諸關係之中……」。[六〇]也就是說經由殖民地上層建築重新「再版」過的封建關係，即「繼續有意識地維持，乃至重編前資本主義的、傳統的生產方式」之真髓所在。日本帝國主義在朝鮮的實踐，可以說是它在台灣之實踐在朝鮮的再版。套用這「丟布瑞－雷依」的公式，這「第二階段」之於台灣，也恰是一八九五年以迄完成土地調查（一八九八－一九〇四）及林野調查（一九一〇－一九一五）的階段。這些調查，將大租小租的「三級」所有關係，簡化為以小租戶為土地業主的主佃關係，使土地關係簡單明瞭，從而將經過調查而掌握於日本帝國主義權力所中的廣泛土地林野，用來誘致日本獨占資本在台灣的擴張，同時在山地林野的資本主義化基礎上，通過日本資本主義法律「有意識地」「繼續」「維持」乃至「重編」了以小租戶為業主的半封建的土地關係，從而確立了所謂台灣作為「邊陲部資本主義社會構造體」的確立階段，也就是李友邦在《殖民政策》中描述「收買大租戶、消除封建大租戶，確立私產的地主制」，「對田野山林的收奪，驅農民於貧困」（第三節），對「田野山林的掠奪，迫農民為『盜匪』」又加以鎮壓（第四節），專賣體制的確立（一九〇〇）及土地集中，確立半封建私產地主制條件下消滅家庭式農業作坊，使農民貧困化（第五節）的日本「殖民政策」在「邊陲部資本主義社會構成體」之形成過程中的意義。

・階段三

由於現代商品在殖民地社會進一步流通和浸透，促成土著資本主義的成長，並加強因殖民地掠奪而造成殖民地社會底層直接生產者的貧困化，終致使殖民地統治發生根本性動搖，導致殖民地體制最後的覆亡。而在這個舊殖民地覆亡的條件下，展開了從殖民地而新殖民地而國家之形式上的獨立的一連串移行演變過程。而且從新殖民地時期開始，進入了緩慢而實際地、向著資本制生產關係之「二元化傾向的」發展。

在朝鮮，這是完成土地山林調查的一九二四年到日本戰敗的一九四五年；在台灣，則是完成土地山林調查的一九一五年到一九四五年約三十年間。李友邦《殖民政策》中各節所述，事實上就是土著台灣在（1）被日本殖民主義歧視性壓制的基本政策下；（2）在併入日本資本而隸屬條件下，有相對性的成長。而這日本獨占資本和土著附屬、買辦資本的絕對性及相對性成長，同時也意味著殖民地台灣和朝鮮社會中底層工人和農民無產階級的嚴峻的貧困化，作為日本帝國主義獨占資本的「外地經濟」而「發展」的台灣和朝鮮殖民地資本制生產，基本上是日本資本主義對台灣、朝鮮的移植的發展。

朝鮮經濟到一九三七年日本發動對華侵略前的三〇年代，正式被編入日本經濟領域，在朝鮮建設大量現代化工業，作為侵華的後勤和工業基地，造成侵華戰爭景氣，使朝鮮工業取得巨大成長。[六一]這又類似日本為向太平洋擴張而建設台灣工業。在上層建築上，朝台兩地在三○年代後顯現日本軍部獨裁與戰時統制經濟相應地擴大以及皇國主義的強權性浸透，而工農人民進一步貧困化，在政治嚴苛化的同時，暗潮激動。正如李友邦指出：「作為民族差異的政治陣營，是很快地就成立起來了。以民族運動作為中心的革命運動，是無疑地蓬勃發展起來了。尤其在『九一八』以後，到七七抗戰以後，〔台灣〕各種力量在『民族運動』之口號下統一起來……」，「日本帝國主義者，以台灣人作為犧牲而建立了階級政治，現在他建立在台灣整個民族身上的統治，就〔要〕喪失在台灣人的手裡」[六二]（〔〕為筆者所加）。

六、結論

丟布瑞和雷依的「三階段論」，意在說明從舊殖民地而向新殖民地蛻變的、所謂「邊陲部資本主義社會構成體」（Peripheral Capitalist Social Formations）發生—成立—否定的「三階段」。如果說李友邦早在三○年代末四○年代初就有類似的殖民地社會性質論，當然是誇張的。因為當時李友邦不能像丟布瑞和雷依一樣，觀察到二次戰後舊殖民地在複雜的矛盾中向新殖民地推移的歷史。但他在《殖民政策》中的分析，雖然不能與日人矢內原忠雄《帝國主義下之台灣》相比擬，但以同時代投身於抗日民族解放運動的台籍人士理論工作成績看來，李友邦有令人驚訝、高人一籌的成績。而且，在比較上側重於運動的策略、路線的台共兩個綱領中的台灣殖民地社會性質規定的理論，較之《殖民政策》，頗遜在對台灣殖民地社會上層建築與生產關係的較為深入的、實證的、歷史的考察。當然，《殖民政策》有明顯的缺失，集中呈現在它的過於簡要。對於他的據說長可十餘萬字，在敵人的偵探攻擊下，與他的「數位同志」「同歸於盡」，就更令人感到重大的知識上的惋惜。

從弱冠之時起，李友邦就為台灣從日帝下解放與獨立而投入激動、火熱的鬥爭。他的曲折的一生，從他終竟在一九五二年以作為中國共黨人的「罪名」，橫死刑場的一端，可以知道他真正的、更完整的思想與他的生死一樣，遺留給後人許多等待補白的空間。我們僅僅能從外在的一些歷史的鱗爪，把他視作獻身在日帝下的台灣之解放與獨立的戰士，到他作為中國新民主主義革命的黨人在刑場上殞落的終點，勉強地劃上一條虛線。而就在他殞落於刑場的同時，台灣社會已進入一個新的階段，即在兩大陣營對立下，國共內戰固定化。李友邦一代台灣革命家夢魂所繫的統一的祖國，在陣營的邏輯下長期分斷。而台灣竟如丟布瑞和雷依等「邊陲部資本主義社會構成體論」者所見，從舊殖民地社會，向著美帝國主義支配下的新殖民地社會移行，迎來戰後台灣資本主義的獨特的發展的一個嶄新的時代。

然而，李友邦一代在台灣「反共・次法西斯帝・國家安全主義・美國附從國家」（anti-communist subfascist national security U. S. client state）[六三]成立過程中仆倒的同時，研究和分析社會形態・性質論的社會科學也被恐怖所埋葬。一九五〇年以降，美國反共・保守系社會科學和一切國際冷戰意識形態系統一道，牢牢地統治了台灣的學術、文化和其他意識形態機關。社會科學遠離了人民和生活；遠離了從戰後以來在獨特、複雜的外在規定性與內在規定性下，在生產關係和上層建築與階級關係——在整體的性質和形態、發展過程上湧現的新而深刻的真實；喪失了從物質根本的變化去認識人、認識生活和歷史的視野，更失去了從科學地把握潛藏在社會之物質構成中的具體矛盾，從而超越和揚棄這些矛盾，在人與生活的真實解放的事業上獻上台灣社會科學工作者的一份貢獻的這樣一個限界。

就在這個意義上，我們追本溯源，試著在台共新、舊兩個綱領和李友邦的《殖民政策》中，尋訪這一條從政治經濟學的觀點分析——從而認識自己社會的理論和實踐的傳統，並且從中汲取建設戰後台灣資本主義性質理論的力量和強烈的異象（visions）。[六四]

一九九二年三月

初刊二〇〇三年一月年世界綜合出版社《紀念李友邦先生論文集》（嚴秀

峰編）
收入二〇〇三年十二月成信文化《李友邦先生紀念文集》（嚴秀峰編）

一　台灣總督府警務局《台灣總督府警察沿革志・第二編・領台以後的治安狀況・中卷・台灣社會運動史》，第三冊《共產主義運動》（王乃信等譯），台北：創造出版社，一九八九年（原作於一九三九年）。

二　李友邦《日本在台灣之殖民地政策》，台北：世界翻譯社，一九九一年（初版於一九四一年）。

三　Richard Peet (1991). *Global Capitalism*. New York: Routledge. p. 81-83.

四　中共中央編譯局《馬克思恩格斯全集》卷二十五，北京：人民出版社，一九七四年，頁八九一–八九二。

五　陳先達主編《馬克思主義基本原理教程》，北京：中國人民大學出版社，一九八八年，頁一八五。

六　同註四。

七　同註五，頁一七九。

八　本多健吉『現代経済学叢書11・低開発経済論の構造』（新評論社、一九七〇年）第三章を参照。

九　アンドレ・グンダー・フランク著、吾郷健二訳『従属的蓄積と低開発』（岩波書店、一九八〇年）、十頁。Andre Gunder Frank (1978). *Dependent Accumulation and Underdevelopment*. London: Macmillan.

一〇　本多健吉編『韓国資本主義論争』（世界書院、一九九〇年）第八章を参照。

一一　同註一〇，第八章，頁三〇六。

一二　同註一，頁二六。

一三　同註一，頁一七四。

一四　同註一〇，頁三〇七。

一五　同註一，頁二六。

一六　同註一，頁一七六。
一七　同註一，頁二七。
一八　同註一，頁二七。
一九　豐田四郎『日本資本主義論　批判第1巻・資本蓄積と市場の理論』（東洋経済新報社、一九五八年）、七八—八九頁、一〇一—一〇二頁。
二〇　同註一，頁二七—二九。
二一　同註一，頁二七。
二二　同註一，頁一五五。
二三　同註二二。
二四　同註二二。
二五　如韓國朴玄埰，日本尾村秀樹等。
二六　同註二二。
二七　同註五，頁三三。
二八　王檜樹主編《中國現代史（上冊）》，北京：北京師範大學出版社，一九八三年，頁一〇七。
二九　同註一，頁二九。
三〇　同註一，頁二九。
三一　同註一，頁二五。
三二　同註一，頁二五。
三三　同註九，頁三〇三。
三四　同註二，頁六一。
三五　同註九，頁三〇三。
三六　同註二，頁四三—四五。

三七　同註二，頁三七—三八。

三八　同註二，頁三一—三六。

三九　同註二，頁二五—三〇。

四〇　同註二，頁二五—三〇。

四一　同註二，頁二二—二五。

四二　朴玄埰著、滝沢秀樹訳『韓国現代社会叢書1・韓国資本主義と民族運動』（御茶ノ水書房、一九八五年）第三章を参照。

四三　同註二，頁六一。

四四　同註二，頁六二。

四五　同註二，頁六二。

四六　同註二，頁六二。

四七　同註二，頁六三—六四。

四八　同註二，頁六三—六四。

四九　同註二，頁六四。

五〇　同註二，頁六四。

五一　同註二，頁六五—六六。

五二　同註二，頁一七—一八。

五三　同註二，頁二五—三〇。

五四　同註二，頁三二—三六。

五五　同註二，頁四四—五三。

五六　G. Dupré and P. P. Ray (1973). "Reflections on the Pertinence of a Theory of the History of Exchange," *Economy and Society.*2 (2): 131-163. 轉引自本多健吉『資本主義と南北問題』（新評論社、一九八六年）、五五—五六頁。

五七　同註一〇，第八章。

五八　同註二，頁六－七。
五九　同註一〇，頁三一六－三一七。
六〇　同註四二，頁九一。
六一　同註一〇，頁三一八－三二〇。
六二　同註二，頁六六。
六三　同註二，頁一。
六四　N. Chomsky and E. S. Itennan (1979). *The Washington Connection and Third World Fascism.* (chapter2-3) Boston: South End Press.

1　本篇發表於一九九二年三月二十九日「李友邦學術研討會」。本文依據初刊本《紀念李友邦先生論文集》校訂。由於原刊註釋多處有誤，本文重新校訂、補正，並將所引日文書目改為日文原文出處，以供參考。

2　原文未標示下引號，引文起訖不明，此處下引號為編輯所加。

3　原文未標示上引號，引文起訖不明。

沉疴難起的台灣電視

從《台灣風雲》胎死說起

如果大陸把一九八七年左右的電視敘述片《河殤》叫作「政論片」，則徐宗懋（秦原）導演的《台灣風雲》系列（目前僅僅拍了兩個單元就因為台視不接受而停擺了），也算是台灣版的「政論片」罷。

「台灣風雲」偏重於意見的「平衡」與「客觀」

「政論片」是什麼，似乎也沒有一個明晰的界定。但歸納地說，「政論片」應該是用影像去發展的歷史、社會或政治的概念（concepts）。當然，在它的背後，儼然有一個明確之指導思想或哲學。拿《河殤》來說，它有黃土中國和「蔚藍色」中國的兩個對立概念。前者代表停滯、黑暗、封建、落後甚至專制……的歷史傳統；後者則代表發展、開明、創新、擴張甚至「民主」、「自由」

的機會。它基本上對資本主義的西方表示謳歌，對在明代中國坐失重商主義對外擴張取得初期積累之機會(?!)表示惋惜甚至不屑……《河殤》固然充滿了歷史的、哲學的、政治經濟理論的、社會史的廣泛、明顯的錯誤，但它的立場和思想卻極為一貫、清晰和明確。而且在製作上，影像、敘述、採訪、剪接，也集中地為體現主題立場和思想服務。必須指出，《河殤》成功地以影像語言，影像的語句、段落而至於篇章，「藝術地」、具有影像說服力地表現了一定的立場和思想，具體反映了與「開放改革」後中國大陸巨大的政治經濟變化相應的資產階級意識形態。在具體的政治上，於今觀之，《河殤》確實代表了當時以趙紫陽中共中央總書記為核心的「改革」派的官方意識形態，殆無疑義。

相形之下，《台灣風雲》就比較缺乏《河殤》那樣充滿強力企圖心的思想和意識形態的明確性，而毋寧偏於意見的「平衡」與「客觀」這樣一個來自美國，被自由派宣傳了四十多年，卻在國家安全主義四十年思想檢查中未實踐過的新聞報導原則。第一單元〈在太陽旗下〉，親日和日本批判的殖民地經驗相提並論。事實上，我曾經帶反戰派日本人到台灣各地採訪台灣原日本兵，聽到一位生活窘困的老人，對著日本人興奮地用日本話說，「我是昭和天皇的赤子……」，甚至忽而立正，恭恭敬敬地唱日本國歌，弄得兩人都錯愕尷尬不已。

殖民地台灣的歷史中，存在著一股磅礴壯烈的反日、抗日傳統，已不待言。以「台灣文化協會」、「農民組合」、「台灣共產黨」為中心的廣泛反帝抗日民族運動，到了戰後，延長到中共在台灣的地下黨和台灣民主自治同盟，而終於在美國強大艦隊封禁海峽的支持下，全面摧折於一九五○年以迄一九五三年範圍廣泛的恐怖逮捕、拷問和刑殺、監錮之中。至此，從殖民地時代血與火的抵抗中凝煉的抗日（中華）民族意識，遭到毀滅性的打擊。而組織到一九五○年以降世界冷戰構造的台灣，反美和抗日，被等同於共諜嫌疑。美日資本、技術、商品和流行文化隨「美國—日本—台灣」國際「三環分工」的形成而廣泛支配了台灣的政治、經濟、社會和意識形態生活，於是有老人瞎說殖民地時代高度民族和人格歧視的教育制度「一律平等，沒有私心」。

從日本買回來接上去的殖民地台灣生活的片段，令人心神震撼。但我不禁想，像〈在太陽旗下〉這樣的作品，如果是韓國人解釋其殖民地經驗的作品，真不知要在韓國招來多大的忿怒的反應。對於一個具有長期殖民主義被害歷史的人民，殖民地史永遠沒有「持平」、「公平」、「平衡」的論述，卻有對於被害歷史的深刻社會科學分析的論述。

「持平」、「平衡」地讓親日人士就殖民地經驗發言，當然是可以的。但也要對於殖民主義的實體和台灣反帝抗日民族運動的生成、發展和潰滅，做出「平衡」、「持平」的交代吧。

一條台語歌從台北一直接唱到東南亞

第二單元〈阿母的話〉，是徐宗懋頗見眼界和創意的作品。在台灣，「台語」的問題，長年被放在政治的特寫鏡頭下處理。非閩南語系的權力集團，在一九四九年退守到以閩南語為日常語中心的台灣，施行在冷戰世界架構支持下的高度獨裁統治。但國際和島內的反共武力，卻無法消除統治集團對於幾百萬和自己說著不同語系的被統治人民的恐懼與不安。而這恐懼與不安恰恰來自語言的隔閡。於是權力集團藉推行共同語的名義，對於作為中國八大語系之一的閩南語，進行直接或間接的歧視和壓迫。

八〇年代中後，開始台灣的民族分裂主義也同樣在政治的特寫鏡頭下處理「台語」問題。他們把台語和中國共通語、和華語中的其他語系對立起來，有意或無知地忽視閩南語的深邃而典雅悠久的漢語語源，進行成效有限、錯誤百出和難於溝通的閩南語文的寫作試驗，把閩南語刻意稱為「台灣話」，讓人覺得「台灣話」就是新生而又長期受到壓迫的「台灣民族」神聖、唯一的語言。

但是當徐宗懋把鏡頭從政治的特寫拉遠，人們才知道，原來在台灣以外，世界上還有一片遼闊的閩南語使用地帶，包括福建閩南之外，「在廣東的東部，南中國海的呂宋，越南、馬來西亞和新加坡」以及菲律賓等「有福建(閩南系)人住的地方」,閩南語——即所謂「台語」——一向是活生生的生活中的語言。徐宗懋把一條台語歌從台北一直接唱到東南亞,便生動而形象地揭發了台語沙文主義的明顯錯誤,令人發噱。在菲律賓,「中國人」為了抵抗教育上的菲化主義壓力,在華裔小學中竟以教閩南語——在台灣叫「台灣話」——來教中文!這是台語沙文主義所匪夷所思了。

一九五〇年後,國際冷戰形勢使國共內戰形成的民族分裂歷史固定化和長期化。在大陸一場長期革命中撤守到台灣的權力集團,也藉冷戰世界形勢獨占了台灣的權力。這樣的政治生活在語言生活的反應,表現為漢語中非閩南語諸語系,對閩南系漢語的歧視性支配。這錯誤的語言歧視政策,是應當反對的。在一個多民族、多語言、多語系漢語的統一的中國,當然應該有一個共通語,作為民族和族群團結,創造和累積文化的工具。但是這絕不等於歧視不同民族的語言和歧視不同漢語語系的語言。恰好相反,應當推行這樣的語言政策:在更好的發展和繁榮中國共通語的條件下,同時發展和繁榮各民族人民的語言;發展和繁榮各漢語語系的語言,互相吸收和互相豐富,最後更好地發展和豐富共通語。這當然就要求反對漢語沙文主義,也要反對民族語和方言(漢族各語系)的地方主義。

探索更為開闊的思想出路

總地看來，《台灣風雲》中的這頭兩個單元是令人從頭到尾耳目一新，很能叫人思考問題，很能啟發人，有創意和思維的作品。如果能順利拍下去，必然是一個很受討論和廣泛收視的節目。但據說台視基本上對《台灣風雲》採取消極的、否定的態度。而這也是不難於理解的。

《河殤》能「風靡」大陸於一時，我以為有幾個原因。首先，它代表趙紫陽中共中央總書記為中心的「改革」派的意識形態，代表改革開放過程中中共官商資產階級的思想和社會觀及世界觀，是世界的資產階級價值，透過中共經濟「面向世界」資本主義市場的循環過程中反映在中國大陸生活的思維。六四以後，製作《河殤》的一切智囊、文膽流亡國外。在大陸內部，《河殤》也引起廣泛在世界資本主義意識形態衝擊下年輕一代知識分子的反響，它也在基本上反共、從不諱言「和平演變」大陸的港台西化知識分子中引起熱情的反響。但也不能忽視，在大陸、港、台內部，也有一股深刻批判《河殤》主義的反應。

徐宗懋的《台灣風雲》，哪怕有一些思想焦點的模糊：缺少一個體系性的關於台灣史的視點……但總地說來，它有基本上意欲超越當前獨台以至台獨思想型模，探索更為開闊的思想出路這樣一個意圖和抱負。這就首先不是當面權力階層的意識形態，甚至是與之相拮抗的。其次，《台灣風雲》的思想，也不是當下對中國冷漠、猜忌、嫌惡甚至歧視，甚至懷有深刻反共嫉視的思潮所喜。則上不獲寵於權力，下不隨反民族潮流之俗，《台灣風雲》的命運之不若《河殤》遠甚，殆已不言可喻了。台灣電視節目之永遠無法起自庸俗、愚蠢、市儈、粗鄙，從《台灣風雲》的胎死，思可過半。

初刊一九九二年五月十五日《中國時報・人間副刊》第二十七版

人類，生生不息

紀念王介安（菲林）[1]

頭一次認識介安，是我平生第一次到美國的一九八三年。那時他在洛杉磯學電影罷。一九八五年他回國。活潑、愛開玩笑，眼角上經常漾著善良、熱情、聰穎的笑意。這幾天，他要找一些「好朋友」，他要做一個幻燈報告。「會很有意思的，」他正經八百地說：「談一談怎樣較科學地理解台灣社會。」我把永和自己家小小的客廳裡的桌椅搬開，把磨石的老式地板擦乾淨，讓我的「好朋友」們全坐在地板上才容得下多出椅子所能容納的人數。

那時節的台灣，你家客廳忽然聚那麼多人「討論」事情，還是有些「敏感」的。那是鄰居偶然地以好奇的眼光從小院子的門縫瞥進來時，作為主人的我怎麼也不能滿不在乎的時代。

王介安卻一逕操作幻燈機，侃侃而談。銀幕上全是他從行政院審計部公開的幾個統計材料。他據以解說台灣在經濟發展過程中的幾個嚴峻的社會問題。他從人口學的統計資料，說明台灣女工如何犧牲了學業和青春，在六〇年代初以降低工資、勞力密集、出口輕工產品的產業中，馴良沉默地被吸乾血脂，去完成資本對積累的嗜欲，至今印象深刻。因為一直到今天，自由主義知識分子一般地長於以良心論、道德論針砭時事，卻鮮有從經濟和實證的統計資料分析社會問題。《人間》雜誌發行後不久，介安也成為我們充滿了創意和熱情的同人之一。他在社裡籌設了紀錄性錄影部門，想和編輯部同步到現場探訪，一展他在紀錄片製作、拍攝方面的專才，卻惜乎資金不足而作罷。後來，他掌握出版部，《卓別林傳》、《布萊希特傳》、《公害大輸出》三本年輕讀者歡迎的好書，便是在他手裡出版的。

他有極廣泛的才能和興趣。他的快樂而活潑的、經常留著短髮的腦袋，不時充滿著活蹦亂跳的idea。他極愛讀小說，熱情地相信自己能寫出好小說。這我同意。「我正在寫一個故事，」他以熱情的友愛，對我眨著眼說，「我一定要寫超過你才行，」他說。我說我等著讀，要他好好兒寫。半個月後，他來了。「小說真不好寫，」他苦惱地笑著，抓著他的頭皮說。

這樣一個永遠有那麼多計畫，那麼想做事，那麼多憧憬，充滿了青春、才華和活力的介安，當他知道，而且終於接受命運為他寫下的判決時，他是怎樣接受的呢？

但他竟安靜地接受了。

和一切接受煉獄一般的化療的腫痛病人一樣，介安據說變了一個模樣，已經不願見客。五月，我怎麼也無法就這樣睜睜地等著瞻望他的遺容，約了《人間》的幾個好友，執拗卻安靜地，不事先通知地直驅介安在外雙溪養病的家。

介安答應了見我們。

他看來比我想像的遠遠好得多。森黑的頭髮沒有掉。人瘦了，但骨架碩大的介安，看來也不那麼嶙峋。

我坐在他的床沿，始終緊抓著他的手。

「我想過了。」他說：「你們也別難過。」

沒有人能回答他的話。

「我想過了。人類，生生不息……」他說：「陳大哥，你還得寫……」明知道他已不久，可是當他走了的消息傳來，我還是感到錯愕。

是介安的朋友，我看都沒有權利偷懶，找一大堆理由為自己的頹唐和不生產搪塞了……

初刊一九九二年六月十七日《中時晚報・時代副刊》第十五版

1　本篇後與初刊於一九九三年四月十五日《島嶼邊緣》的〈飲恨與慰藉〉，合為一篇收入一九九三年六月一日克寧出版社《一曲未完電影夢：王菲林紀念文集》（簡媜等主編），題為〈飲恨與慰藉〉。本篇為該書〈飲恨與慰藉〉的前半部。

啊！那個時代，那些人……

《雙鄉記》譯後[1]

——今天，我們應該如何越過道德論和感情論，更縱深地看待「那個時代」和「那些人」，成為我們自那無條理的歷史倖活下來的一代人的重要功課。——

經一位素所尊敬的前輩介紹，我初次讀到了刊於日本岩波書店今年三月號《世界》月刊上楊威理先生的大作：《雙鄉記》。一口氣讀完，而幾度涕下。

《雙鄉記》是關於一位名叫葉盛吉、秉質秀異、認真探索真理、熱情而嚴肅地追求民族和社會出路的台灣青年的故事。他經歷了一段由混淆、苦悶、徬徨，而清晰、朗澈以至決起的歷程，而終至在一九五〇年展開的大恐怖中，以壯烈無悔的青春面向鋒鏑，以自身的破滅回答了當時荒蕪而非理的國家暴力。

這被強權噤抑、沉埋的一段歷史和其中一代人的證言，在台灣，首先在一九八三年以小說的形式(〈鈴璫花〉),出現在戒嚴的大忌中。一九八七年四月,《人間》雜誌上刊登了官鴻志關於在二二八事變中活躍,旋又在五〇年大恐怖中殞身的地下黨人蔡金城的報告。這以後,年輕作家藍博洲開始了他極有意義的五〇年白色恐怖時代民眾史的調查與報告。通過他的報告,人們開始得以初步窺見那久被湮滅的電雷風火的時代,和在那時代中壯懷激烈的一代青春。鍾浩東、郭琇琮、簡國賢、林如堉一輩黨人與現代人完全不同的生命樣式,才在解嚴後的歷史中初次出現在現代讀者驚訝的眼前。

葉盛吉是與他相交於少年而成畢生知交的作者楊威理先生,為我們在郭琇琮、林如堉等之後添上去的另一個令人難忘的名字。和同一個時代中懷抱著最純粹的烏托邦,對於生死之間做過最嚴峻的選擇;為面對就義之死經歷難言的煎熬;對於生有過最強烈的眷戀;對魂牽夢縈的父母、兄弟、姊妹、妻子和兒女懷著最深的愛戀和最美好祝願而仆倒在大肅清的刑場上的一代人一樣,葉盛吉感人而短暫的一生,源於他那表現在作為黨人的高度倫理力量和崇高的人格,以及作為學友、同志、女婿、丈夫和父親的熱情、真摯、醇厚的人間性之間,自然而豐富的結合。

無數像他們這樣善良而優秀的我們民族的兒女,不分省籍,在那無條理的、荒廢的年代,殞落在體制性恐怖(institutional terror)的槍尖下,四十年物換星移,時遷勢易。今天,我們應該如何越過道德論和感情論,更縱深地看待「那個時代」和「那個人」,成為我們自那無條理的歷史倖活下來的一代人的重要的功課。

從歷史的角度看來，一九五〇年五月國防部總政治公開對外宣告破獲中共組織八十餘單位而迅速擴大的逮捕行動，從而正式開展從一九五〇年到一九五三年的恐怖掃蕩，是國共兩黨內戰在台灣慘烈的延續。而國共內戰，則是分別代表中國當時不同階級利益的國共兩黨，在關於半殖民地、半封建中國的出路不同選擇的鬥爭。這鬥爭經歷了漫長而曲折的歷程，兩黨有過無間的合作（北伐和抗日戰爭），也有長期酷烈的相殘。從一九二七年寧漢分裂開始，大批大批像郭琇琮、葉盛吉、許強……一類的知識分子，橫死刑場甚至曝屍街頭。從這個意義上看，葉盛吉整個「學生工作委員會」案全案四十四人（十一人判處死刑）和當時關心中國前進的中國人民一樣，在表現為國共形式內戰的激烈的、全國性的階級戰爭中做出了自己的選擇，而在一九五〇年六月韓戰爆發，美國武裝介入台灣海峽，國民政府被選擇成為美國遠東地區反共包圍軍事前哨基地而轉危為安的形勢下，仆倒在蕭瑟的馬場町。

至此，台灣在一九五〇年展開的反共肅清（red purge）就有了現代世界史的意義。

第二次世界大戰之後，一時支配過世界人口七〇％以上的舊殖民地·半殖民地體制發生了根本性的動搖。包括中國在內的舊殖民地·半殖民地社會，由於深刻的民族與階級的矛盾，開展了反帝民族主義的激進的蜂起運動，深刻地威脅了傳統西方霸權和西方獨占資本的利益。在二次戰前的舊殖民主義列強因戰爭衰疲的條件下，美國「義無反顧」地出面鎮壓世界各地民族民主革命的狂瀾，和各前殖民地·半殖民地買辦精英、地主和軍閥等反對改革和民主化的勢力聯合，以美國政治、軍事、經濟和財政上的援助，鞏固代表上述反改革、反民主和親西方勢力的政權。

韓國的朴正熙、全斗煥政權；越南的吳廷琰、阮文紹政權；薩依的莫布杜政府；智利的皮諾契政權和印尼的蘇哈托政權，都是美國支持或親手炮製的「新法西斯蒂·國安體制對美扈從國家」(neofascist national security U.S. client state)之一。而這些二次戰後在美國戰略地圖上大量興起的「第三世界法西斯國家」，都以反共·國家安全的藉口，大肆進行秘密逮捕、拷問、審判和槍決、監禁政治異己的血腥鎮壓。著名的國際特赦協會(Amnesty International)有份報告：在一九七〇年到一九七五年間，瓜地馬拉這個小國中，總計槍決了一萬五千名政治犯。國際特赦協會一九七五年的年度人權報告中顯示了阿根廷、巴西、智利、烏拉圭、巴拉圭、瓜地馬拉、尼加拉瓜、印尼、越南這些美國扈從·法西斯國家悲慘而嚴重的人權蹂躪。成千上萬像葉盛吉、郭琇琮的新聞記者、演員、政治家、社會運動家、工人、農民……在刑場、監獄、荒野中被拷問、凌遲、槍決，有許多人甚至屍骨不存。國際特赦協會更駭人聽聞的報告指出，美國為這些國家訓練執行恐怖鎮壓的警察特工，不但供應拷問的技術和現代化拷問工具，美國情報人員甚至親自參與殘暴的拷訊過程(Report on Torture, A.I., 1974)。至今還沒有人問：當無數的葉盛吉們被秘密逮捕、拷訊和處決的時候，美國扮演了什麼角色？

對在台灣的事實與想像力中的中共地下黨恐怖掃蕩，集中、全面進行了三年（一九五〇—五三）。估計像葉盛吉一樣被槍決的有三千到四千人；長期監禁和有期監禁者八千人到一萬人。但在實際上，以「匪諜」罪遭到形形色色的羅織坐罪的政治性逮捕、拷問和處決、監禁，終三十數年戒嚴時代未嘗中斷。

如果從台灣戰後社會史的角度來看，一九五〇到一九六五年，正是美國給予台灣巨額軍經援助，協助改革匯率，進行土地改革，制定僑外投資條例，促成加工出口區，促進公民營企業發展，鼓勵跨國企業來台帶動「外資引導的成長」。總而言之，這一個時期是台灣戰後資本主義展開初始累積，並且為了一九六五年以後在「美國—日本—台灣」三角分工下，作為中心國美日加工產業基地而快速增長鋪路的時期。當我們把五〇年以降長期的「異端撲殺」（witch hunt）和美國援助、和資本投資（累積、擴大再生產）聯繫起來，深刻的研究已經發現，在廣泛對美扈從的國家中，民主越遭壓抑，非法拷問和處決越是普遍，政治犯監獄越是人滿為患，資本投資的氣候（investment climate：組織性勞動反抗低、利潤匯回本國比率高、保稅特惠高，等等）越好，美國軍、經援助的支配越深入……（N. Chomsky and E. S. Herman, 1979）[2]葉盛吉、郭琇琮們的亡身破家，新法西斯國安體制令人窒息的獨裁和外國勢力對軍、經、財、政的支配，其實是本地和外來資本擴大再生產和累積所不可少的條件！因此，當我們朝野和留美知識分子齊聲讚揚「台灣經驗」時，葉盛吉、郭琇琮一代人苦難的靈魂，不啻又受到另一次殘忍的拷打了。

四十年白色的歲月，為台灣的集體人格帶來了深刻的被害。怯懦、說謊、思想和創造的窒息，民族虛無主義，對外來勢力的媚骨和羞恥心的荒廢……相因成風，習以為常，和葉盛吉，郭琇琮一代人的生命樣式，判若天壤。

一九五〇年到一九五三年，以及其後的一段長時間，是台灣現代史最幽渺陰闇的一段時期。在這歷史的黑洞中，隱藏著多少殘暴、罪惡、酷刑和對人性最深的羞辱與絕望，也掩藏著多少人性最純粹的理想，對真理最摯拗的堅信，對生死選擇最嚴峻的思索，對親人最深的懷思，對於生之最熱烈的眷戀，以及對於人類的幸福與光明最為不移的信念……它是埋藏著多少有待揭發和結算的世界範圍的、組織化、結構性的謊言、湮滅罪證和霸權的犯罪。對於這歷史的暗部，如若一天不做深刻的社會科學的清算，我們就一天不能做好真實的自我認識，也就一天不能解放自己，向前發展。

我懷著最深的感謝和激動，譯完楊威理先生用血淚寫成的，他對他半生至交動人的輓歌。我感謝一切使《雙鄉記》以及今天的面貌發表在葉盛吉、楊威理所熱愛的故鄉台灣的一切朋友和先輩。我也特別感謝葉盛吉可敬的遺族慷慨提供了極為珍貴的照片，使版面增加逼人的歷史力

一九九二年六月

量。我也不願掩飾乍接的這些照片時因不可抑壓的激動而淚落吞聲的體驗。台灣異端撲殺的民眾史的復權，像那著名的秦陵一般，只挖掘了一個小小的角落。而它將成為呼喚我以餘息致力於把「那個時代，那些人」以文字或報告的方式，一點一滴地把那一大片磅礡宏偉的，被湮沒的歷史壁畫，重新補修起來以重見於天日的動人而又執拗的力量。

初刊一九九二年六月二十一、二十二日《中國時報・人間副刊》第三十五、二十七版

1 本篇乃作者譯、楊威理著《雙鄉記——葉盛吉傳：一台灣知識分子之青春・徬徨・探索・實踐與悲劇》（台北：人間，一九九五年三月）一書之譯後，未收入書中。本篇分二日刊載於《中國時報・人間副刊》，在此合為一篇。

2 N. Chomsky and E. S. Itennan (1979). *The Washington Connection and Third World Fascism*. Boston: South End Press.

人間台灣政治經濟叢刊・出版贅言

1

生活在一定社會發展階段中的社會科學工作者的責任之一，應該是透過正確掌握該社會所以構成和發展的一般原理，以及為該社會獨特的歷史和外在（國際）環境所規定的條件，從而解明該社會全體的性質和形態。社會科學家的這樣一種對自己所處的社會之自我認識或者再認識的營為——即經由對當面階段社會生產力發展的獨特性質或水平的把握，去探討當面社會相應的生產關係的獨特性質，從而自一定生產關係中的下層建築與上層建築的性質、內容、特質和相互關係，科學地、全面地理解我們自己社會之整體的性質、形態和發展階段，並且明確地把握我們社會在一定歷史發展階段中所存在的各種矛盾的核心和性質，從而進一步找到克服和揚棄這些矛盾，使我們的社會取得進一步發展的理論和實踐的方向與力量。

因此，現代各國家和民族的社會科學家以及革命，變革運動的理論家，都會在一段比較長的時間內，以比較廣泛的共同討論和爭論的方式，進行過或者正在進行著圍繞著上述諸問題之自我認識的理論與學術探索。一九三〇年代在中國北伐革命受挫後發生的「中國社會史論戰」；分別在二〇年代末和六〇年代初先後兩次、日本學界與社會運動界進行過「日本資本主義（性質）論爭」；一九八〇年五月光州慘案後不久，從韓國民主化鬥爭運動圈展開，而向韓國社會科學界擴大，至今爭論的深度、廣度不斷深化、理論收穫豐碩的「韓國社會構造體論爭」，都是著名的例子。

但是，在一九五〇年以降受到美國反共、保守系社會科學高度支配的台灣社會科學界，一般地只能對戰後台灣資本主義做平面的、零細的和局部的考察和分析，而長期缺少對於台灣社會性質之結構性的、整體的、全面的研究；缺少把台灣戰後社會從其物質的、經濟的構成與相應的政治、文化、思維的構成所結合的整體，去究明其性質，探索其構造矛盾的本質與內容，更從而把握揚棄這矛盾，使社會和生活向前發展的歷史運動與趨勢——這樣一個視野。

八〇年代以後，台灣的歷史和社會，一時頗成為讀書界關心的焦點。而坊間關於台灣史、台灣社會、台灣文化的出版物，受到探索思想出路的讀者所關注。然而，一般而言，這些出版物大凡都停留在感情論和道德論的水平，對台灣戰後資本主義的發生、發展、性質、特點、物質與人（即階級）的矛盾，變革運動的歷史規定，變革的主體力量，同盟者以及被變革的對象之物質（社會）與人（階級）的屬性……都不曾做出科學的、理性的分析。這是一九二〇年代末以迄三〇年代初台共兩個綱領中關於台灣社會性質規定理論，和四〇年代初蘆洲人李友邦對日本殖民地台灣社會性質分析論的提起以後，台灣社會科學界長期重大退嬰和空白。

所幸，由於各別優秀的省籍社會科學家的自覺，在一九七〇年代中期和八〇年代初，在比較不受反共法西斯主義對學術研究橫加干涉的海外，不約而同地完成了殖民地時代和戰後時期台灣資本主義的研究。在方法上，有馬克思主義經濟學、政治經濟學、實證調查，也有依附理論。劉進慶、涂照彥、陳玉璽三位博士的相關著作，遂成為《人間台灣政治經濟叢刊》系列最初、最基本的形成要素。後來，編輯部又以段承璞（廈門大學台研所）、谷浦孝雄（日本亞洲經濟研究所）的相關著作豐富了這個系列。之後，我們又取得了日本東京大學出版會出版，隅谷三喜男、劉進慶、涂照彥共著的《台灣之經濟》一書的版權。這些研究，在方法上雖然不盡從政治經濟學的角度著手，卻都有整體的、結構性的、深刻實證的展開，對於台灣社會之科學的自我認識，有重要貢獻，也使這個叢刊更為豐盛。

我們深切希望，《人間台灣政治經濟叢刊》系列的公刊，有助於台灣社會和歷史研究早日離開道德論和感情論的幼稚期，從而進入對台灣社會與歷史展開科學的自我認識的時代，並且經由對台灣戰後資本主義的深刻、百家爭鳴的探索與爭論的過程，對戰後白色的台灣社會科學歷史，做好結算和批判的工作，以利迎接台灣社會科學界的一個劃期性的時代。

一九九二年六月

人間出版社編輯部

初刊一九九二年六月人間出版社《人間台灣政治經濟叢刊1．日本帝國主義下的台灣》（涂照彥著，李明峻譯，于閨閑校訂），署名人間出版社編輯部

1 本篇為《人間台灣政治經濟叢刊》第一－七冊之共同序言。初刊《人間台灣政治經濟叢刊1．日本帝國主義下的台灣》版權頁無出版時間，故依據同系列《人間台灣政治經濟叢刊2．台灣戰後經濟分析》之出版時間排在一九九二年六月。

「抗日在台灣」

紀念七七抗戰五十五週年學術講演會[1]

主席、各位女士、各位先生：

接著上面幾位傑出的演講人，我想談談割台、復台以後幾個歷史階段民族主義在台灣消長的過程。

民族主義這個詞，有複雜的學術上的定義。但我們今天在這裡說的民族主義是世界進入帝國主義時代之後，世界各民族被分成壓迫、侵略的民族，和被壓迫、被侵略的民族。壓迫、侵略的民族有它們的民族主義，那就是擴張侵略和民族沙文主義。被壓迫侵略民族的民族主義，就是反侵略、反帝、求自己民族的解放和獨立。中國在歷史上長期是被侵略和壓迫的民族，所以我們的民族主義不論在大陸和台灣，都屬於被壓迫民族的民族主義。大陸八年抗日民族戰爭，台灣五十年抗日民族解放運動都生動體現了這種民族主義的偉大精神。

先說割台時代，即日帝統治下的民族主義

割台之初的民族主義首先表現為清前朝官僚、地主、士紳階級以爭取台灣獨立來抗拒日本據台，維持台灣對祖國的歸屬關係。當時許多文件上說獨立之後，要供奉清朝正朔，「遙作屏障」，說「據為島國，遙戴皇靈，為南洋屏蔽」，說「省者為國，民為自主，仍隸清朝」，所以這「台灣民主國」實際上是抵抗日本割台的素樸的民族主義。官吏、地主、士紳階級的抵抗迅速瓦解紛紛西渡中國。但台灣貧困農民的反抗，在日軍登陸以迄帝國統治初定可以說英勇壯烈，堅強不屈。他們為了保鄉衛土，為了反抗日本惡政，蜂起頻仍，近兩萬人在日本官實慘酷鎮壓下被殺。

一九一五年以後，由於殖民地資本主義改造，台灣抗日民族主義有新的發展。相對於上述前期民族主義之不免帶有封建性、地方性甚至宗教迷信的性質，一九一五年的民族主義運動，就有現代民族主義的特質：有思想、有組織、有理論、有全島性，甚至和中國、朝鮮的反帝反封建運動、和民族民主運動發生密切聯繫。

日本對台帝國主義統治，以米糖單一種植（monoculture）經濟為基礎。在總督府強權支持下，日本獨占資本壓制傳統台灣糖廍資本，獨占發展製糖產業加工流通部門，並將廣泛台灣農

民收編為現代農業勞動者，強占土地，在原料收購和勞動過程中對台灣農民進行殘酷的剝削。一九二五年到一九三一年，台灣兩萬農民組成堅強的農民組合，和日帝進行勇敢而有力的鬥爭。

一九二一年，以林獻堂為中心，台灣現代地主士紳和廣泛知識分子、市民、農民，在「台灣文化協會」旗幟下結成廣泛的抗日民族統一戰線，經由文化講演，指導縣農工學生運動展開影響深遠的思想啟蒙和抗日文化運動及社會運動。雖然這個統一戰線到了一九二七年，因抗日各階級的內在矛盾而有複雜的左右鬥爭與分裂，但總地說來，不論台灣民眾黨、後期文協、台灣共產黨（日共台灣民族支部）基本上都給予日本帝國主義有力的打擊。

殖民地台灣抗日民族解放運動，是台灣的民族主義最輝煌的時代。

其次談復台後的民族主義

一九四五到一九五〇是一個時期。日本帝國主義敗走，台灣在政治、經濟、財政上組織到當時所謂半封建・半殖民地的中國。這一時期在台灣的民族主義表現為和當時全中國一樣的反對帝國主義，反對封建主義和反對官僚資本主義，要求停止內戰，要求民族團結，要求民主化改革的各種政治和社會運動。

一九四六年春，台北集結了一萬名學生，忿怒聲討美軍強奸北大女學生沈崇事件。一九四七年二月，以台北市為中心爆發了反貪腐，要求廉潔政治，要求全面民主自治，要求經濟社會改革的市民運動，稱為二二八事件，遭到悲慘的鎮壓。

一九四八年，在二二八鎮壓時逃到香港的台灣精英，組織「台灣民主自治同盟」，一直到一九四九年，迭次集中、深入揭發和批判美帝國主義意圖干涉中國內政，占領台灣，唆使台灣獨立，鼓動「反蔣而不反美」的政治陰謀。

一九四九年元月，著名作家楊逵團結其他外省、本省文化人和作家發表《和平宣言》，開宗明義反對台灣託管和獨立，要求徹底全面的民主自治改革，要求不介入內戰，振興社會經濟，遭到逮捕坐了十二年牢。

這些政治、社會運動，具體體現了一九四五–五〇年歷史條件下台灣的愛國主義和民族主義。

第二個階段是一九五〇以後。

在這個階段中，台灣的政治經濟和社會都發生巨大的變化。首先是韓戰爆發，中共參戰，國民政府於早年退據台灣。韓戰役戰後世界局勢一轉，美蘇兩大陣營的對峙尖銳化，使台灣被組織到美國遠東反共軍事戰略，成為美軍基地之一環。

美國第七艦隊介入台灣海峽，國共內戰因世界冷戰而固定化。中國大陸與台灣的分裂狀態因而長期化。中國分裂構造形成。

一九四九年展開端緒的清共整肅，到一九五〇年韓戰爆發，美國對國府軍事、政治、財政支持轉為積極，清共整肅迅速推上了高峰。到一九五四年，估計被殺害的人有四千人，長期監禁者萬餘人。台灣自日帝時代以來愛國、反帝、民族主義幾代精華，在這肅清中屠殺淨盡。台灣反帝愛國主義的人的傳統，遭到一次空前的浩劫。

在反共肅清過程中，有一些日據時代的台灣和外省漢奸分子，藉肅清強舉昔日的政敵而至今得到榮華富貴。在民族問題上鮮明的忠奸顛倒，是民族主義在戰後台灣受到重挫的另一個原因。

為了所謂「反共陣營」的團結、國民黨長年對美國無原則的阿諛屈從，對日本戰犯官僚如岡村寧次、岸信介、藤尾正行百般奉承，在政治上嚴酷鎮壓對美對日批判的學術與思想，也是戕害戰後民族主義的重大要素。

一九五〇年以後，美國意識形態、社會科學、哲學、價值體系和大眾文化深入台灣社會、經濟、政治、軍事、情報、財政和高教領域。長期留學政策、獎學金、人員交換、教科書使用、基金會……培訓大量受到美國深入影響的黨、政、軍、特、言論、教育、商貿、文化、科技各界的精英，台灣精英知識階層，政不論朝野，籍不分外省本省，幾乎全面非民族化和反民族化，成為八〇年代台灣反民族，反統一逆流的重要基礎。

再者，一九五〇年後長期、極端的反共宣傳，在思想上形成因反共而反中國，而反民族而反統一的根深蒂固的思想。

總地說來，一九五〇年以後，是民族主義在台灣遭到摧毀性打擊的歷史時代。坦白地說，四十年來國民黨在民族問題上所犯嚴重錯誤，要負起大半的責任。當然，一九六三年以後以迄今日，台灣被組織到美日分工體系對美日經濟造成深度依賴而取得自己的經濟發展。經濟、物質上對外力屈附，當然也造成精神上對外來勢力的屈從。不過，我們也要提一下一九七〇年代一次民族主義的短暫復興。

一九七〇年保釣愛國運動，把愛國主義、民族主義與反抗美日霸權問題的關聯提出來了。運動很快分裂成左右，但中國統一的課題也在這個運動中，第一次提到今日的課程。在文化上，保釣運動引發了對於現代詩的批判引發了本土文學論戰。這個批判和論戰是戰後新一代人提出文學為民眾、為民族，文學應有中國民族形式和風格，反對文學惡質西化的重要論戰，但卻遭到國民黨愚蠢的圍剿鎮壓。講到這兒，我要特別感念胡秋原先生和今日已經作古的徐復觀、鄭學稼先生，在當年拯救和保護了台灣鄉土文學。

昨天，我們為了一人一黨的私利，摧殘了台灣寶貴的民族主義傳統。今天，我們對凶狠瘋狂的反民族、反統一逆流輕聲細語，敢怒而不敢言。我們很有一些廟堂之士，還在搞反共拒和，搞僥倖偏安，搞依恃外勢以自保，在經濟、外交上搞寧予外人不予「家人」。

但因著世界經濟、區域經濟、華人經濟獨立的邏輯正在推動著強大的民族整合，一些國民黨人圖螳臂擋車的想法，是無法成功的。

女士先生們，拋棄歷史前嫌，從全民族千秋萬世的利益出發，順從歷史和經濟發展的潮流，進一步開放兩岸間民族對等、對向、健康的來往，增進民族理解與團結，為兩岸兩黨、多黨的統一談判準備條件——這才是正確的道路，才是復興在台灣的民族主義的不二法門！

初刊一九九二年八月《中華雜誌》第三十卷總三四九期

1 本篇為一九九二年七月四日在師範大學所舉辦的「紀念七七抗戰五十五週年學術演講會」發言與討論紀錄，本文僅摘錄陳映真發言部分。

取媚權顯令天下斯文長嘆

《自立晚報》駁正函 1

《自立晚報》編按：

本報八月二日第二版刊登〈五文化界人士致力中國統一／中共滿意〉報導，其中有關《人間》雜誌部分，刊登前數度聯繫陳映真先生未果，致其意見與說明未能隨同上項報導同時刊出。頃接獲陳映真先生從中國北京間接轉來一文，對上項報導提出辯駁與說明，特予刊出。本報處理該項報導，編輯作業不盡周全，特向陳映真及相關當事人致歉。

頃閱讀家人傳來貴報八月二日刊〈五文化界人士致力中國統一／中共滿意〉一文，其中涉及本人及廣受尊重之《人間》雜誌部分，依《出版法》提出必要的辯駁，請予刊出。

（一）文章託稱「了解人士」、「消息管道」放膽造謠，說是「有關方面」「懷疑」，《人間》雜誌中若干報告五〇年代台灣白色恐怖下犧牲者生平的文章，是「彼岸來稿」，即中共寫稿，在《人間》發表。理由是文章用「新民主主義者」來指涉中共地下黨人，用「台灣官、商、軍、經綜合體」來指謂國民黨權力。

查使用「新民主主義」來表述台灣五〇年代黨人的思想與活動，早在《人間》使用之前，即由台灣一位素負名望的前輩文學評論家所使用，有資料可以覆按。事實證明這位評論家根本不是什麼「彼岸」的人，而且是比較同情台灣本土文化，反對中共「併吞」台灣的人。我們的記者使用「台灣官、商、軍、經綜合體」一詞，絕對是新造之詞，來源是英語的「軍經複合體」（military industrial conglomeration），而加以發展的。「軍經複合體」也不是左派發明的，而恰恰是美國反共右派軍人和政治家艾森豪頭一個使用。中共在指涉國民黨時，絕不會用一個我們記者自己造的新詞，至為明顯，「了解人士」若能拿出證據，我們願意見識見識。

（二）該文並引述所謂「消息人士」揣測、聯想《人間》雜誌和中共領導人趙紫陽有關。一九八九年九月《人間》因財務困難停刊，報導竟「推測」是由於趙紫陽因六四垮台，《人間》也因而停刊。這真是想像力驚人的公然造謠。

如果趙紫陽因「六四」垮台，說明趙同情、支持搞「六四」的學生和知識分子而失勢。如果《人間》是趙紫陽「支援境外刊物」，那麼《人間》也應該同情、支持六四事件的思想和知識分子。

但實際上，本人在六四事件前夕，即一九八九年四月，在美國加州波麗那斯和一群在六四後滯留美國的大陸「不滿」知識分子開過一個國際會議。回來就寫一篇〈悲傷中的悲傷／寫給大陸學潮中的愛國學生們〉(《人間》，一九八九年六月號)，對他們的思想提出沉痛的批評。六四事件發生後，我寫〈等待總結的血債／寫給天安門事件中已死和倖活的學生們〉(《人間》，一九八九年七月號)，對積累種種深刻矛盾引發六四的大陸政治、經濟、歷史等問題的體制，提出了深入的批判，文章皆在，可以查證，可以有力揭發和否定所謂「消息管道」所散布的謠言。

(三)含沙射影，誣構一個雜誌受中共領導人「支援」、「支持」，刊登中共潛寄來台的稿子，是戒嚴時代國民黨白色恐怖、文字血獄的殘酷手段。不料，時至今日，在解除戒嚴之後，尚有不可告人的「消息人士」、「有關方面」，放膽散播這類謠言，企圖製造猜忌、猜疑的歇斯底里，來打壓現實上日益增進的兩岸人民、知識分子的往來和相互理解，破壞逐漸開展中的民族和解，以遂其反民族、反統一的目的。然而，時移勢易，這種愚昧而不得人心的計謀，既不值識者一笑，也永難得逞。

(四)貴報素以言論獨立和自由，捍衛民主、自由與基本人權，獎掖及建設本土社會之文化與文明為旨。如今，不察援用所謂「消息管道」懷疑、揣測、聯想之詞，對一本秉持對台灣生活、社會和廣泛弱小人民深刻關愛，而至今廣受各界各派人士深所推重之《人間》雜誌造成傷害，本人及歷任總編輯高信疆、楊憲宏等先生，和過去《人間》攝影及文字報導全體同仁，對此深表遺憾。

（五）實則，最近趙耀東先生及吳大猷先生訪問大陸回台後，所發表大陸經濟及科技成就之評價，在台灣社會引起的反響，對「中國統一路途」較《人間》更具「有效助力」，更「有利於『制衡』日漸高漲的台獨氣燄」。而今日台灣大報及諸雜誌，直接全文刊載中共文稿甚至其中央文件（如鄧小平《南巡講話》）者，所在多有，卻未見有關方面「懷疑」、「揣測」和「聯想」這些人和報刊是否拿了中共的金錢，成了中共的工具，其欺弱小而取媚權顯，實令天下斯文長嘆。

陳映真　一九九二年八月六日

初刊一九九二年八月十六日《自立晚報》
另載一九九二年九月《海峽評論》第二十一期
本文按《海峽評論》版校訂

1　根據《海峽評論》版篇末說明，本篇原載一九九二年八月十六日《自立晚報》，但於當月《自立晚報》未得尋見，故依《海峽評論》版校訂。

對當前兩岸事務的兩點呼籲

在八月六日北京「海峽兩岸關係學術研討會」上的聲明[1]

我們是來自海外、台、港的學者和知識分子，藉第二屆「海峽兩岸關係學術研討會」在北京會聚一堂，我們素來關心中國前途和兩岸關係，而希望藉此機會向全國同胞和兩岸當局提出以下兩點意見和呼籲：

（一）自從北京當局呼籲「和平統一」和台灣當局開放大陸探親後，兩岸人民基於「血濃於水」的民族親情，交流日趨活絡。但是，定居大陸之台胞二萬九千人，尚有許多因人為障礙而無法返台探親，基於人道的理由，我們呼籲兩岸當局應排除一切人為障礙，促使所有的大陸台胞得以返鄉探親以盡人倫。

（二）由於兩岸不能直航，自開放探親以來，台灣同胞所損失之人力、物力姑且不計，僅就金錢方面損失，據估計已達四百億台幣以上，且為兩岸人民交流和祖國和平統一帶來難以估計的損害。所以，為促進兩岸直航，我們呼籲兩岸當局，應由台灣當局提出決不實行「台灣獨立」、「一中一台」、「兩個中國」、「一國兩府」政策及排除外力干預之保證。由於大陸當局曾一再聲明武力之使用僅在於防止台獨之產生，我們希望大陸當局亦發表相應聲明：如果台灣當局能遵守其保證，則大陸保證決不使用武力統一台灣。然後在雙方的保證下，進行兩岸直航，以紓民困，並促進祖國之和平統一。

初刊一九九二年九月《海峽評論》第二十一期

---

1 此聲明由以下成員集體簽署：陳映真、王吉林、謝正一、劉文超、翁啟元、李哲夫、賴尚龍、陳志奇、范光陵、呂正惠、周天瑞、曾祥鐸、杜繼平、馬康莊、李瞻、魏元珪、王曉波、陳玉璽、林書揚、繆全吉、何偉康、張曉春。

期待《人間》精神的再出發[1]

一九八九年十月，《人間》雜誌因為財務的壓力宣布休刊。一九九一年的春天，三件和《人間》雜誌有密切關聯的出版，不約而同地匯集起來。首先是大半在《人間》雜誌發表過的、關曉榮的報告攝影作品專題《尊嚴與屈辱：國境邊陲——蘭嶼》一套三冊積極策畫到出版中；其次是《人間》雜誌共四十七期分裝十二巨冊的《典藏版人間雜誌合訂本》預計在三、四月之後出版；再次是一九八六年先後加盟《人間》雜誌的報告攝影家廖嘉展和顏新珠夫婦將他們在《人間》共同創作、發表的作品的結集。

休刊以後的《人間》雜誌受到至今不衰的懷念和惋惜。久而久之，我才知道至今不絕的「《人間》會不會復刊？」許多當面詢問，已經確實不是應酬或場面話。上述的三件出版計畫本身，說明在財政上不曾成功的《人間》，它的「人民的攝影」和「人民的報導」，的確在當前媒介極端庸俗化和商品化的社會中，受到人民的深摯懷念。然而，《人間》這樣一個雜誌史上罕見的成就和光榮，恰恰就是由像廖嘉展夫婦這樣，把攝影機鏡頭由七情六欲的商品轉向和攝影者等身高，在生活與勞動的現場裡的人民，從而光復了攝影最原初的本質——凝視人、關心人，並以這樣凝視和關心記錄人和他的生活的年輕的台灣攝影青年所創造的。

一九八六年，廖嘉展的業師，當時領導《人間》編務的高信疆先生把剛剛大學畢業、服完兵役的廖嘉展帶到編輯部來。他的第一篇作品，是《人間》雜誌上幾個特別膾炙人口的報導之一：〈「豬師傅」阿旭〉。他用他的對於人民永遠懷著最熱切敬意和關懷的相機和筆管，記錄了一個遭逢不可置信的噩運的男子阿旭，以同樣不可置信的性格上的達觀，和他身邊勇敢而善良的親人共同克服了噩運的故事。

從這以後，他和他的志同道合，在紀錄攝影上有公認的優秀水平與成績的妻子顏新珠共同採訪、攝影和寫作。

嘉展夫妻把他們的關心逐漸從生活中的個別的人，轉向在廣泛的社會問題中掙扎的人們。他們開始把調查和報告的眼光投向因某種「殘障」而受盡歧視的人們。〈別讓那孩子失去希望〉、〈月光的小孩〉，報告了因天生「白化症」的異形，而從小受盡社會歧視和壓迫的白化症者和家屬掙扎、挫折、得勝……的故事，引起很大的社會反響，並促成一個白化症患者和家屬的聯誼自救組織。

一樣在台灣的中、南部農村中生長的廖嘉展夫婦，對於台灣廣泛疲憊、勤勞、困扼和解體中的農村，一貫挹注著濃郁的情感和最深沉的關懷。他們都有志於系統地報告為戰後台灣資本主義累積運動全面犧牲，並且行將在血盡脂乾之後，被社會拋棄的台灣農村中存在的廣泛而複雜的問題。〈劫後的口湖鄉〉報告了一場颱風之後暴露出來的台灣農村普遍存在的問題：濱海農村海水倒灌、土地鹽化、堤岸、灌溉工程的薄弱、地層下陷、資金不足、戒嚴體制對捕撈活動的干涉和工業汙染。〈從亞洲進口的媳婦們〉，報告了農村經濟衰疲條件下，廣泛農村產生嚴重的男性失去結婚對象的問題。在亞洲人口追求「高工資」運動中，人口販子默默地給台灣農村販運了亞洲新娘……。

嘉展夫婦和《人間》大部分的作者一樣，對於掙扎在存亡之間的台灣少數民族的命運和文化，懷抱著充滿焦慮和敬重所混和的關懷。〈次高山下，一個民族衰落〉報告了梨山和環山部落如何在三十多年前因商品水果的生產而暴富，由部落民族共同體社會向現代資本主義貨幣和商品突然躍進，立刻招致傳統社會和倫理的崩潰、文化的解體、環境的崩潰、高利貸資本的侵蝕，而留下一片精神物質的廢墟。〈喔，請唱香楠之韻〉、〈我們的家，我們的部落，我們的命運〉，分別在報告賽夏族平埔族和傳統祭典過程中，敘述了今日台灣少數民族傳統和文化尊嚴與屈辱的辯證的存在。

重新翻閱這些豐碩的成績，不禁想起顏新珠毅然放棄她原來待遇優渥的工作，到《人間》來和廖嘉展過苦日子的往事。當相機把焦點往達觀富貴、俊男美女和琳瑯的現代商品移開，而轉向廣大勤勞、善良、困扼卻不失尊嚴的倫理力量的人民，廖嘉展夫婦和《人間》的每一個同人，把攝影機從作為現代資本主義的貪欲和腐敗中，解放了出來，使攝影重新發出人文的香味，重新恢復了關懷；記錄廣泛人民，為人民所深信不疑的正義服務。這個解放和這個復權，形成了充滿意義、充滿信仰、充滿希望和充滿愛的能量的無比強大的魅力，不但吸引了讀者，也吸引了像嘉展和新珠這樣熱愛鄉土大地，熱愛勤勞人民的報告攝影家。

《人間》雜誌的重新印刊合訂本，和關曉榮、廖嘉展夫婦之出版作品集都不應該是純然的偶合。我祝願這是又一次新的反省，即將形成以「人民的攝影」和「人民的報告（導）」為主導思想的，更廣義的《人間》精神的一個新的發展。

我祝賀作者夫婦新書的出版。我也和讀者一樣像他們過去美好的工作道謝，並以喜悅的心序他們的第一本作品集。

一九九二年八月

初刊一九九二年八月時報文化出版社《月亮的小孩》（廖嘉展著，廖嘉展、顏新珠攝影）

1 本篇為《月亮的小孩》書序之一。

為和平團結起來！

楊逵《和平宣言》箋註

在台灣光復後一段充滿深刻巨大矛盾的歷史中，楊逵不憚於為「消滅省內外的隔閡」；為努力填平二二八事變所造成的民族裂痕和「鴻溝」；為了增進民族內部「彼此的理解、溝通與交誼……展開民族團結」，想到做到，立刻起草這千古著名的《和平宣言》，卻為他換來十二年囹圄歲月。

一九四九年一月二十四日，楊逵發表了終於為他招來十二年牢獄之災的《和平宣言》。對這件往事，他有這回憶：

（民國）三十六年二月，就發生了「二二八」事變。對台灣社會造成了極大損害。

這不幸的事件造成了很大的傷亡。當年四月我和我的牽手葉陶，被捕入獄，同年八月才放了出來。出來以後，我看到本省籍的人和外省籍的人之間，時常發生摩擦。許多外省籍的文化界的人（教授、記者、文化人），大家談到這件事時，大家都非常擔心，建議組織文化界聯誼會要我寫一篇《和平宣言》。

我認為文化界人士對國家的前途都很關心，也很守信，誠懇。以本省籍和外省籍文化界人士的合作，很可能打消人們的怨憤。……所以，我馬上起草，油印寄出去……。

——楊逵〈我的卅年〉，一九八一[1]

一、長年被湮埋而顯得神祕的《和平宣言》，近年來，被人從上海《文匯報》找出來

這極關重要，卻因長年被湮埋而顯得神秘的《和平宣言》，在近幾年前從它原先發表的《文匯報》（上海）上被人找出來了。《和平宣言》的原文是這樣的：

陳誠主席在就任當日的記者招待會宣布，以人民的意志為意志，以人民的利益為利益，這是我們認為正確的。但是人民的意志是什麼呢？需要從人心坎找出的，不能憑主觀

決定。據吾人所悉，現在國內戰亂已經臨到和平的重要關頭，台灣雖然比任何省分安定，沒有戰，也沒有亂，但誰都在關心著這局面的發展。究其原因，就是深恐戰亂蔓延到這塊乾淨土，使其不被捲入戰亂，好好的保持元氣，從事復興。我們相信台灣可能成為一個和平建設的示範區，可是和平建設不是輕易可以獲致的，須要大家協力推進。[2]第一，請社會各方面一致協力消滅所謂獨立以及託管的一切企圖，避免類似「二二八」事件的重演。第二，請政府從速準備還政於民，確切保障人民的言論集會結社出版思想信仰的自由。第三，請政府釋放一切政治犯，停止政治性的捕人，保證各黨派隨政黨政治的常軌公開活動，共謀和平建設，不要逼他們走上梁山。第四，增加生產，合理分配，打破經濟上不平的畸形現象。第五，遵照國父遺教，由下而上實施地方自治。為使人民意志不被包辦，各地公正人士須要從速組織地方自治促進會，人權保障委員會等，動員廣大人民，監視不法行為與整肅不法分子。

我們相信以台灣文化界的理性結合，人民的愛國熱情就可以泯滅省內省外無謂的隔閡。我們更相信，省內省外文化界的開誠合作，才得保持這片乾淨土，使台灣建設上軌，成個樂園。因此我們希望，不要再用武裝來刺激台灣民心，造成威懼局面，把此比較安定的乾淨土以戰亂而毀滅。我們的口號是：•清白的文化工作者一致團結起來。•呼籲社會各方為人民的利益共同奮鬥。• 防止任何戰亂波及本省。• 監督政府還政於民，和平建國。

——刊於上海《文匯報》，一九四九年一月二十四日

一九四九年十二月，國府在大陸國共內戰中全面失利，撤守台灣。推定是在一九四八年底、一九四九年元月初，寫成這《和平宣言》時，大陸局勢已經明顯逆轉了。在一九四八年九月十二日到十一月的「瀋遼戰役」和同年十一月六日到一九四九年一月十日的「淮海戰役」，國民黨軍隊都打下決定性的敗戰，內部又有蔣和李（宗仁）白（崇禧）之間激烈的矛盾。一九四九年元旦，蔣總統發表《元旦文告》，提出國共和談的「五原則」。元月十四日，中共中央發表了《關於時局的聲明》，提出以中國社會全結構的徹底變革，成立「民主聯合政府」的條件上，與國府進行和平談判，重建和平。一月二十一日，楊逵《和平宣言》發表的元月二十四日的三天前，蔣總統被迫宣告下野。

《和平宣言》上所說「現在國內戰亂已經臨到和平的重要關頭」，指的就是在內戰的末期，國共雙方都提出「和平」條件，要求終止內戰這樣一個背景而言。當時台灣人民「誰都在關心著這個局面的發展」，熱切希望和局快快實現，使台灣得以避免一場內戰的浩劫。歷史地看來，在當時整個形勢下，中共《關於時局的聲明》自然起著主導和平的壓倒性作用。楊逵和他的「教授、

記者、文化人」確實在當時是深深「相信台灣可能成為一個和平建設的示範區」的。因為和平已經在望，內戰終結在即，剩下來的是台灣內部的民族團結，協同建設的問題了。

二、從已解密的美國外交機密文書，我們才理解《和平宣言》第一條指涉的具體歷史文脈

楊逵要大家「協力推進」的第一條，開宗明義，竟然是「一致協力消滅所謂獨立及託管的一切企圖」。對於現代的讀者，一些歷史背景的補充，對於理解楊逵先生的民族和平思想，應該有所助益。

第二次世界大戰結束，法西斯軸心國家德、意、日戰敗了。但在美、蘇、英、中反法西斯軸心的同盟國家中，美蘇所分別代表世界資本主義體系的國家和世界社會主義的營壘之間的對峙關係日益高漲。美國以二戰過程中壯大的國力，代替在二戰中衰疲的舊殖民主義國家，廣泛干涉世界各地的反帝·民族·民主運動，自然也就深刻地涉入在戰後於大陸迅速擴大的國共內戰。

隨著戰後國共內戰的展開和國際冷戰對峙的加溫，美國在大陸、香港和台北的使領館，美國陸、海軍情報部和白宮，一直忙著將台灣從中國分離出去。箇中一個重要的指導思想，是預

見到國府在內戰中的失敗命運，為了不使具有高度遠東反共戰略價值的台灣淪入共黨之手，應當及早想方設法，讓台灣先納入聯合國「託管」體制，然後進行「公民投票」，在台灣成立一個「對美國極端友好」、「反共」、「與中國分離的台灣」。

為了達成這樣一個美國對台政策目標，美國軍系情報系統，在南京、香港和台北的使領館、美國國家安全會議和白宮、國務院，從一九四六年起，就不斷地忙碌工作。

一九四八年，美國駐港總領事館透過新加坡《南僑日報》，以炮製的「台灣民主聯盟」名義向聯合國通電，要求在台成立一個獨立於中國的「自治政府，直接接受聯合國組織監督的權利」。這件事經美國新聞機關擴大渲染為「台灣人向聯合國要求聯合國託管」。

一九四七年二月慘變後，美國魏德邁將軍訪華。當時任職台北領事館的柯喬治在大陸把廖文毅引薦給魏德邁，面呈《處理台灣意見書》。其中就有一條要求美國促成聯合國「託管」台灣兩年後，在台灣進行「公民投票」，決定台灣前途。

一九四八年，廖文毅又以「台灣再解放同盟」領導人的名義主張國際干涉，先讓台灣脫離中國，再經「公民投票」決定其地位。

一九四九年元月十九日，楊逵《和平宣言》發表前四日，美國代理國務卿R・羅威特有一件致當時杜魯門總統的一份備忘錄，提到如果「中共犯台，美國應以聯合國之名，以局勢已對和平造成威脅，或以台灣實質地位未定的問題，透過菲律賓、澳洲向聯合國要求加以干涉，再徐圖在台灣進行公民投票，脫離中國」。

從這些今日已經解密之美國外交機密文書，我們才能真正理解楊逵《和平宣言》第一條所指涉政治情況的具體歷史文脈。楊逵，為了保持台灣的和平，不但要防止國共內戰的火焰延燒到台灣，他也要極力防止由國際力量干涉台灣事務，干涉中國內政所引起的「類似二二八事件的重演」。

三、楊逵對包括敵人在內的人的善良，懷抱著近於宗教的信念

人們要問，一九四九年元月的國民黨，在國內戰爭中已經面臨全面崩潰的命運，早已不是一九四七年二月當時，可以意恣心驕地鎮壓一個要求民主自治蜂起的國府了，為什麼說「所謂獨立以及（聯合國）託管的一切企圖」會招來「類似『二二八』事件的重演」？

這個答案，也應該在這個時期美國有關對台政策的外交密件中去找。舉一件例子。一九四九年一月九日，美國國務院遠東司司長巴特沃思致當時副國務卿魯斯克的一份備忘錄上，指出以當時的形勢看，台灣陷共，只是時間問題。為抵抗此一形勢的政策選擇之一，是美國直接武裝干涉，占領台灣，「在很大程度上擔負政府管理和經濟活動的責任」。但「不言而喻，

（這）……將被大陸中國人民」和遍亞洲與世界「看作是美國的一項侵略行為」。換言之，美國一方面需要為它的國家利益和全球反共戰略占領台灣，但以其強大的國力，猶深忌因而激起中國人一致的仇外情緒，使這仇恨落到我們（美國）自己身上（當時美國國務卿艾奇遜談話紀錄，一九四九年十二月二九日）。因此，楊逵在《和平宣言》所說的「類似『二二八』事變」，當然就不是指國民黨對「所謂獨立以及託管」的鎮壓，而是指當時全中國人民反對以國府為代表的封建權利和它背後的美國勢力的革命中，「所謂獨立以及託管的一切企圖」，勢必被包括台胞在內的全中國人民「看作是美國的一種項侵略行為」，從而「激起中國人一致的仇外情緒」，造成民族主義、愛國主義對反民族運動間的矛盾與鬥爭所引起同族相殘的悲劇。

在充滿了激烈的民族矛盾和階級矛盾的日本殖民地時代的台灣，楊逵毫不含糊地實踐和鬥爭回答了歷史交給一個殖民地的革命知識分子的課題。然而，這樣一個楊逵，卻同時是一個徹頭徹尾的和平主義者。他在不幸的二二八事變後，痛感到民族內部應當展開「彼此的理解，溝通與交誼」，來促進和「展開民族團結」。他說道：

民國三十八年，我同一些外省籍文化人常常討論：二二八事變所造成的本省人、外省人之間的鴻溝，應該填平起來。我於是寫了一篇《和平宣言》主張先從台灣文化界做起，把

> 當時台灣文化界，不論省籍，用「台灣文化聯誼會」的組織，開始彼此的理解、溝通和交誼，先由文化界展開民族團結，一步步彌補二二八事變所造成的民族創傷。
>
> 不料，我卻因此被政府逮捕，判了十二年徒刑，被送到火燒島去。其實，我只是延續我青年時代所信守的和平主義罷了。
>
> 在火燒島，囚舍背後的山腹，寫著「信義和平」四個大字。每天，我看見「和平」兩個斗大的字，我就想：我竟是為了中國人中間的和平與團結來這兒的！我曾經為了使台灣從日帝支配下解放，奔波半生，雖然並不是了不起的事，但總也是為了人類的和平。為了人的相愛，相互間的和平，卻有艱難的遭遇，這成為我心中無從解開的疑結。
>
> ——〈悼念老友徐復觀先生〉，一九八二

但「疑結」歸「疑結」，楊逵卻是一個對於和平和人的善良懷抱著近乎不可救藥的信心的人。他堅決相信人有本然之善，即使是敵人，只要我精誠所至，金石必開。他確實也親自體驗過他的至誠至善感化了日本特務，甚至使特務為他工作，為他自殺的事。他發表《和平宣言》前，竟然先去「向台中軍官區的參謀長」商議，據說也得了「參謀長」的「贊成」。如果楊逵一直不疑這參謀長和三個月後他和他的「牽手葉陶和一個五歲的女兒」「一塊被捕」有關，我們也不必驚訝。因

為楊逵一方面是對於不義最執拗的反抗者，但另一方面，他卻對包括敵人在內的人的善良，懷抱著近於宗教的理念。這使楊逵和另外一些被迫在暴力中不得不以陰謀、冷酷和暴力回答制度的陰謀、冷酷與暴力的職業革命家區別開來，發出熠人的人間性。

在台灣光復一段充滿深刻巨大矛盾的歷史中，楊逵不憚於為「消滅省內外的隔閡」（〈如何建立台灣新文學〉，一九四八）；為努力填平二二八事變所造成的民族裂痕和「鴻溝」；為了增進民族內部「彼此的理解、溝通與交誼……展開民族團結」，想到做到，立刻起草這千古著名的《和平宣言》，卻為他換來十二年囹圄歲月。思昔而撫今，今天的「教授、記者、文化人」，在對待我們當面民族分斷的歷史所表現的言行，和四十年前這一位畢生不憚於為民族與階級的解放，哪怕是在最不利的時機都不放過鬥爭的機會，不放棄任何一個可以團結的力量，永不斷念於堅信即使是敵人的人性中本源之善的台灣進步作家楊逵先生相比較，感慨就極為深長而複雜了……。

初刊一九九二年九月十二日《時報・人間周刊》第二十九號第二十七版

1 此一引文根據收入一九八五年四月前衛出版社《壓不扁的玫瑰》之〈我的卅年〉校訂。

2 原刊於「須要大家協力推進」後之「第一」、「第二」等分項，各成一段，本文據一九九一年十二月國立文化資產保存研究中心《楊逵全集》版本校訂，全文無分段。

先一時代之灼見

讀楊逵一九三七年〈報告文學問答〉的隨想

報告文學在台灣獨特的侏儒化，說明了許多亟待總結的台灣戰後政治和社會的歷史。但讀楊逵〈問答〉於五十五年之後，對台灣文學的某種慘痛的外鑠而來的「頹廢」與「去勢」，有徹骨的痛心，而對楊逵先生的先一時代之灼見，更添一層敬意了。

早在一九三七年夏天，楊逵在《台灣新文學》雜誌上，發表了一篇介紹和鼓吹報告文學的文章：〈報告文學問答〉[1]。

對當代生活的各種問題提出分析和批判[2]

報告文學是一種獨特的文學形式。它基本上是一個歷史和社會發生激烈變革時期的產物。

當社會、階級的矛盾尖銳化，當帝國主義時代中帝國主義和殖民地、半殖民地的矛盾不斷擴大，當侵略與反侵略、革命與反革命的矛盾不斷高張，人民對當代生活和歷史中各種問題、事件和事變中急迫的癥結與事項要求回答的時代，報導文學從形象的側面，對當面諸問題提出及時、快速、深刻而又生動的分析、報告和批判，讓廣泛的人民通過高度形象的報告，認識一個變革時代中生活和歷史的本質和發展，選擇的方向。

例如楊逵在上述〈問答〉中提到的捷克著名報告文學家基希（Egon Erwin Kisch），在一九二〇年代，他以記者的身分遍歷世界各地，進行採訪考察，並參與各地的革命，在激烈的現場中，寫出大量轟動歐洲的報告文學作品。〈盛怒的記者〉（一九二五）、〈追逐時代〉（一九二六）、〈沙皇．波佩．布爾什維克〉（一九二七）、〈天堂美國〉（一九二九）、〈激變中的亞洲〉（一九三二）等，都是當時影響深廣的報告文學作品。

一九三二年，基希來到中國，會見過魯迅，並旅遊當時中國各地，報導了在激烈民族和階級矛盾下的中國。這些報告文學作品後來結集成書，書名《秘密的中國》，收有〈吳淞廢墟〉、〈一個罪人的喪禮〉、〈死刑〉、〈黃包車！黃包車〉、〈紗廠童工〉等三十二篇，震動了中國讀者，對中國報告文學的進一步提高與發展，起了很重要的作用。

再如以《紅星照耀下的中國》（The Red Star Over China，另譯《西行漫記》）為廣大中國讀者所熟悉的美國著名記者埃・斯諾（E. Snow），也在一九二八年到了上海，親身經歷了一九三二年淞滬之戰和一九三三年熱河戰役。一九三六年，斯諾深入陝甘寧邊區，對當時的中共進行深入採訪，寫成了震撼世界與中國的優秀報告文學，即上述《紅星照耀下的中國》。

就是在報告文學這樣一個國際文學背景下的一九三七年，楊逵發表了他的〈問答〉。在〈問答〉中，楊逵回答了關於報告文學的若干問題，今日讀來，有些意見還是很發人深省的。

報告文學是文學的一種　但又不能是虛構

為什麼提倡報告文學呢？

楊逵指出，在當時的台灣文壇有一種廣泛的主張，要求作家努力鍛鍊寫作技巧，「認為雕蟲式的表現技巧就是一切」。楊逵對此深不以為然。他認為技巧至上論是「導致文學頹廢的危險迷信。文學是一種藝術，但不是雕蟲的技巧。文學的生命是內容，是思想」。「技巧是為了更完全地表現內容和思想的一種千變萬化的容器」，而不是千篇一律的、定型的泥偶。「對於技巧問題的抽象的思考，只能使表現窒息罷了，」楊逵說道。

因此，對於楊逵而言，報告文學，是解放這「瀕於窒息的表現技巧」和開創一種「即物性和即實性」的文學表現方法的文學形式。此外，楊逵也認為，為了清算當時日本「私小說」（以描寫身邊精巧細微瑣事為尚的小說）和當時日本「作家的畸形的社會生活」，報告文學是一種很切中時弊的文學形式。

楊逵沒有提到報告文學的戰鬥的、革命的性質在當時殖民地台灣的重要性。但是，如果我們知道一九三一年日本對台灣一切民族運動和階級運動全面鎮壓，皇國主義等法西斯、軍國主義思潮在右翼軍部的鼓動下急速上升，而更反動的皇民化運動正隨著七七事變的迫近而如箭在弦的一九三七年，一生不憚於尋找任何哪怕是再微小的隙縫從事鬥爭的楊逵，在〈問答〉中所說的話，所傳達的訊息，已經是當時的極限了。

報告文學和新聞報導有什麼區別？

楊逵對於這個問題的認識是相當明確的。「新聞報導僅僅只是事實的羅列。但因為報導文學是文學的一種，所以就需要某種程度的形象表現。」報告文學是文學諸多表現形式中的一種，因此和其他的文學一樣，是一種形象的思維、表現、敘說和描寫。但除了文學的要素，報告文學與其他形式的文學之不同，在於有「報告的要素」，於是「報告的要素與文學要素渾然結合為一體」。

在一個激盪的歷史時代，報告文學的中心任務，是迅速、準確、深刻地向廣泛的人民報知生活和事件的真相。這是「報告性」的一面。但報告文學的文學性，又要求以文學藝術的條件去報知——寫人物；寫人物的心理、感情與思想；寫環境；寫環境與人的交互作用，並且從這些形象的思維與表現，去傳達作者對歷史和生活最深刻的分析和批評。

報告文學，像其他文學一樣，要求作家對題材做好選擇和剪裁，既要有形象的寫作方法，又要求正確、客觀、如實地記錄與報告。那麼，報告文學與文學——就說小說吧——要如何區別呢？

「沒有結構的文章，就沒有文學，」楊逵說道，「報告文學既是文學的一種，就當然也要講結構。」但他強調報告文學講的結構不是「虛構」，尤其不是只為娛悅讀者的荒唐的、架空的結構。相對於小說虛構的情節，報告文學以真實的人、事、物、時、地為表現的內容，抓住事物、生活和事件的本質與核心。在形象的思維過程中，相對於小說的來自生活的綜合形象，報告文學以實人實事、具體真實的形象展開。因此，楊逵主張，報告文學的這種「即物．即實」的形象的思維，足以振起「因為把想像等同於虛構與架空」而日趨於「頹廢、去勢而走向架空」的當時文學頹勢。

思想、觀察和生活　形成互相啟迪的循環

作為一個報告文學家，需要具備什麼條件呢？

楊逵在問答中明確指出，報告文學有三項「必要條件」，即「思想、觀察和生活」。因此，依楊逵的要求，報告文學家首先要有一定的對於人、生活、歷史和社會的看法。在三〇年代的中國，報告文學的理論家主張「報告文學最大的力點，是在事實的報告。但這決不是和照相機攝取物像一樣地，機械地將現實用文字來表現」，而「必然地」具有一定的目的「社會主義的目的」（阿英〈從上海事變說到報告文學〉，一九三二）。對於今日的報告文學家，報告文學是衝破被市場和商品文化所宰制的現代資本主義傳播工業，直接報告生活和勞動現場中動人心魄的遭遇、被害和改變生活的可能性。這都需要對人、生活、歷史和社會有一定的知識、觀點和思想。有了比較體系的、批判的思維，報告文學家才能從表面的繁榮和富裕中看到貧困；從外在的和平中看到戰爭的危機；從「民主」的口號中看透潛藏的法西斯傾向；從罪犯中觀察到社會的善良如何遭到不可宣說的冤屈……報告文學家總是最先來到充滿矛盾的現場，總是最後一個離開這現場的觀察者和記錄者。因此，他的生活體驗越來越廣，越來越豐富。生活—觀察—思想，形成了互相豐富、互相啟迪的循環。

以批判的、改變生活與變革歷史的思想作為觀察、分析、批評和前瞻的工具，去深入到廣泛、無限豐富的生活現場中的人、環境和事物——這樣才能更為深刻而準確地掌握歷史與社會中的真實。楊逵對於安．紀德的《蘇聯紀行》的評價，因此很值得我們加以仔細體會。楊逵說：

對於同一事物與事件，會因（報告文學）作者的思想、生活環境而有不同的看法。

紀德生於先進國法國，並且在那兒過著相當好的生活。這樣一位奢侈的法國紳士，期待蘇聯是一個人間天堂，而終於失望，是理所當然的。蘇聯的誕生才僅僅二十年。光是從後進國趕上先進國，這二十年已經相當艱難。但紀德沒想到這一點。他不去把今日的蘇聯與帝俄時代的俄國做比較，也不與世界的殖民地．半殖民地去比較，而要同他的法國高尚的（？）上層階級去比較……他在蘇聯的每一個角落去揀取各種缺點。僅僅在二十年間要求蘇聯有新造之人，去向一家機器人工廠下訂單都不見得辦得到吧。紀德對蘇聯寄予這樣的潛望，就無怪乎他要失望了。

把蘇聯想成人間天堂是錯誤的。為了真正地理解蘇聯，紀德應該將今天的蘇聯與二十年前的蘇聯去比較。他應該去考察這二十年來蘇聯的人所完成的事功，以及這二十年間在蘇聯推展起來的文化。即使指責紀德是個「變節者」並不恰當，但是紀德確實及存在他的《蘇聯紀行》中表現蘇聯真正的面貌；《蘇聯紀行》不是一部優秀的報告文學，亦殆無疑義……作為報告文學的紀行文，不能光看表面，也不能光看裡面……為了把握事物的真相，（報告文學家）不但要看到外表和裡面，連帶地也得考慮到歷史的推移和演變。

冷戰和內戰的高壓恐怖使得報告文學窒息

如果我們想到這一段話，包括他對美國的約．瑞德（J. Reed，其《震撼歷史的十天》〔Ten Days That Shook the World〕記錄新俄誕生）以及一些西歐進步的報告文學家的高度評價，是在日本右翼的、反動的、極端反共法西斯思潮迅速漲潮的一九三七年這樣一個背景下發表的，我們不但能在五十五年前的〈問答〉中讀到更多楊逵沒有說出，卻再明白不過的話語，對於今天的台灣文學家，怕也有更值得深入體會的地方吧。

楊逵所指謂的報告文學，在大陸的一九二七到一九三七年間成長，在一九三七到一九四九進一步茁壯。但在台灣，一九三七年日本法西斯主義以皇民化運動窒息和鎮壓了台灣報告文學的成長與發展。光復以後，語言的一時不濟，時局的動亂……還來不及培養出台灣的報告文學。一九五〇年以後，冷戰和內戰的高壓和恐怖，終於使報告文學窒息。八五年到八九年《人間》雜誌的文字和攝影的報告，或者庶幾與楊逵當年所鼓舞的報告相似，但也還有待於發展。

報告文學在台灣獨特的侏儒化，說明了許多急待總結的台灣戰後政治和社會的歷史。但讀楊逵〈問答〉於五十五年之後，對台灣文學的某種慘痛的外鑠而來的「頹廢」，與「去勢」，有徹骨的痛心，而對楊逵先生的先一時代之灼見，更添一層敬意了。

初刊一九九二年九月二十日《聯合報・副刊》第二十五版

1 〈報告文學問答〉原篇以日文寫作，一九三七年六月（昭和十二年）發表於《台灣新文學》第二卷第五號，另有邱慎中譯，增田政廣、彭小妍校訂版本，收於二〇〇一年十二月國立文化資產保存研究中心《楊逵全集・第九卷・詩文卷（上）》頁五二七－五二八。

2 本文小標為原編者所加。

祖國：追求·喪失與再發現

戰後台灣資本主義各階段的民族主義

一、前言

「民族主義」一詞，在理論和學理上有複雜的界定。但我們在此小論中所使用的「民族主義」一詞，指的是世界進入帝國主義時代，即各民族被分別為壓迫民族和被壓迫民族的時代中被壓迫民族的民族主義。壓迫民族的民族主義，表現為擴張主義、侵略主義、霸權主義和民族沙文主義；而被壓迫民族的民族主義，則表現為反對帝國主義、霸權主義；反對擴張主義與侵略主義，具體地實踐為爭取自己民族解放、國家獨立的民族·民主運動。

小論企圖就台灣社會在戰後各階級的社會性質，對外關係和階級結構的變化，來分析這民族主義的消長。

然而在探索台灣戰後資本主義諸階段之前，勢必對戰後台灣資本主義歷史的前史，即日帝殖民地時代的台灣社會之分析著手。更何況現代意義的民族主義之發軔，實發端於日帝下殖民地的社會矛盾與相應於此一矛盾之社會的、階級的，以及民族的鬥爭。

二、殖民地・半封建社會階段（一八九五—一九四五）的民族主義

甲午戰敗，台灣依日清《馬關條約》割日，淪為日本帝國主義的殖民地，一八九五—一九四五。透過慘酷的軍事壓服而將台灣從中國割讓於日本，並且建立了以台灣總督府為中心的殖民地統治機關。日本帝國主義直接從日本派遣軍、警和官僚，對台灣施行殖民地統治。而日本帝國主義獨占資本，便依靠日本現代帝國主義國家上層建築的強大權力和優越地位，將現代資本主義生產方式向台灣移植，進行對台灣經濟剩餘的殖民地性收奪。

然而，在日本帝國主義經濟圈內的分工體制中，台灣被日本獨占資本規定在作為工業原料供給基地的地位。而且，在總督府強權百般翼助下，使以三井、三菱等為中心的日本獨占資本在台灣全面擴展，一方面又以民族差別和政治（法律）歧視壓抑台灣本地資本的發展，並以總督府權力支持的日本帝國主義資本制生產在台灣取得支配性地位和影響力條件下，繼續有意識地再編和維續台灣本地前資本主義的、半封建的、地主—佃農體制的傳統生產關係。日本獨占資本與這傳

統的、前資本主義的、勢力根深蒂固的台灣地主—佃農體制相溫存，並進一步加以巧妙利用，去發展米、糖之以向日本市場輸出為目標的兩大商品性農作物的「單一種植」(monoculture)經濟。因此以米、糖為核心的單一種植經濟，成為日本帝國主義支配台灣的、台灣殖民地經濟的主軸。

而在製糖產業中，總督府以國家權力之介入，使日本糖業帝國主義資本享有資金融通，以警察權力保證蔗農原料蔗供應和市場獨占等特權，在台灣發展現代化大規模資本主義製糖工業，藉以摧毀歷史悠久的台灣本地傳統糖廍作坊工業，甚至以民族與政治歧視，限制台灣本地製糖資本的發展(設廠)與現代化，來壓抑本地資本，使日本製糖資本輕易獨占殖民地台灣的製糖工業。

在蓬萊米生產的行程中，日本當局開放種植栽培、加工(碾米)和島內流通過程各領域給台灣地主階級，而由日本商業資本獨占台米對日本的輸出貿易過程，進行其資本的積累並藉此溫存台灣(經過現代民法制約的)傳統地主—佃農制度，籠絡台灣大地主、富農和以地主—佃農體制為基地的、附屬於日本獨占資本的地主—資產階級。

日本獨占資本及其商品進一步在台灣的擴張與流通，促成本地資本主義即使在被百般壓抑條件下的曲扭的、外鑠式的發展，而使台灣社會從鴉片戰爭後的半殖民地・半封建社會，向著殖民地・半封建社會移行，從而發生了重大的社會階級構成上的轉變。

依據矢內原忠雄的分析，日帝下台灣社會的資產階級，依民族面分成日本人資產階級與本地、台灣人資產階級，前者又分為代表帝國主義日本大獨占資產階級，將其資本向台灣擴張，生活在日本本國，擁有和管理日本獨占資本產業的「不在資本家」，和生活在台灣，分別代表日本大獨占資本和中小日本籍資本的在地資產階級。後者又分為兩系。一為被日本當局所使用，依恃日帝特權累積其資本，又兼有半封建地主身分的親日資產階級（如辜顯榮與林熊徵家），以及依附（例如通過投資日籍產業的形式）日本資本，分潤日本資本自台灣勤勞階級收集之剩餘的也身兼地主的資本階級。另外一系，是直接受日本獨占資本的壓抑（如台灣籍現代製糖資本、和日本資本關係較遠的放利性資本，以及與農民階級一樣，在向日本製糖資本供應原料蔗的地位上與農民階級利益重疊的中小地主，等等）。日籍資產階級的全部和台籍資產階級的頭一個系統，在利害上比較一致，而與台灣資產階級的後一系在利害上相對立。

米、糖單一種植的帝國主義經濟在台灣的擴大和發展，在傳統的農民中產生顯著的階級分化。矢內原的傑出研究指出：（一）以某種現代契約的形式組織到各現代製糖會社的台灣農民，轉變為農業勞動者。而直接充當製糖會社所有的蔗作農場之佃農的農民，其經濟的本質，更近乎現代資本主義「會社」的（農業性）工資勞動者。更由於對製糖「會社」（公司）長期債務的束縛，加強其對「會社」的庸屬化。遂成為「會社」資本的長期僱工而淪為農業無產階級。至於隸屬於少數日本人在台拓殖農場下的台灣佃農，在資本主義關係之下，更帶有現代農業勞動者的性質。

台灣的大地主階級基本上和鞏固的地主－佃農體制一道，受到日本帝國主義的溫存。日本帝國主義沒有以現代資本主義大農場機械生產去摧毀和取代傳統的台灣地主－佃農制，反而刻意「再編和持續」半封建的地主－佃農制，並以之支撐日本帝國主義的台灣米、糖單一種植為基軸的殖民經濟結構。因此，台灣地主階級，尤其是附從於日本權力和資本的大地主階級，和日本帝國主義有比較接近的利益。但中小地主，一方面在日本權力所鞏固的地主制下收奪農民，另一方面，在作為製糖會社的原料蔗供應者的立場上則與日本製糖獨占資本有一定的矛盾，而在利益上，又與貧困廣泛的佃農有一致的地方，已見前述。

至於以中小地主的經濟地位轉變為力量微弱的中小企業主和「自由職業」者（主要如醫師）、小職員和教師等小資產階級，則因處於被日本中小企業、自由業者等壓抑、歧視的地位，從而和日本帝國主義有一定的矛盾。

在這樣一個殖民地·半封建社會，社會階級的矛盾和民族間的矛盾，就有一定的關聯性。以日本帝國主義國家權力即以其在台灣表現為總督府、日本獨占資本系統為靠山的日本人資本家、官吏、警憲和企業管理人為殖民地台灣政治、經濟上的統治者階級。而廣泛農業、工業領域中的直接生產者，則率皆為台灣人，是政治經濟上的被剝削、被統治的階級。在中小企業工商中產階級中，則日人與台人互相對立競爭。因此，大體而言，殖民地台灣中日本人與台灣人的民族對立，同時也是社會經濟上的收奪者與被收奪者的對立，而其表現在政治上，則為殖民者鎮壓被殖民者，即殖民地人民反抗帝國主義和封建主義，追求光譜廣闊的民族解放，復歸祖國的民族民主革命，與日帝權力的反革命的鬥爭。

一八五八年的鴉片戰爭，使中國成為帝國主義刀俎下的魚肉。地處中國南疆要衝，同時被迫開港的台灣，更是集中地受到帝國主義蠻橫的侵辱，而在台灣紳民中發展了比祖國其他內地者尤高的反帝意識。在理論上，這反帝抗倭的意識，在「資本主義前夜」的台灣，不免還帶有濃厚的封建主義、宗教迷信，和種族意識高於民族意識的特性，但是在日本帝國主義直接威暴之下，也帶有素樸的現代反帝民族主義的性質。

這素樸的反帝民族抵抗運動，表現為前朝文武官僚、地主和士紳階級為中心的「台灣民主國運動」，和貧困農民的保鄉抗倭的民族抵抗運動。官僚士紳階級的「獨立」運動，其實是反抗日本帝國主義割併台灣，以獨立之名「供奉正朔，遙作(中國)屏藩」，實則意欲與中國「氣脈相通」，使台灣得以「無異中土」。而農民的抗日蜂起，目的多在「恢復桑梓」，「誅滅倭奴」，另「開台灣」，意在「助清國」，反抗日帝之「任意肆虐」，「唯嗜殺戮」，及「苦害生靈，刻剝膏脂……貧婪無厭」，擁立「中國……明聖之君」。民國成立之後，台灣農民的民族抵抗公言「將日本人由台灣逐出，仍舊歸向中國」；「將日本人全部逐出，將台灣復歸為中國民族之領有」。

一八九五年以迄一九〇二年，貧困農民的階級蜂起，多帶有民族抵抗性質，直接面向日本帝國主義暴力的鋒鏑，而被以「土匪」之名，遭日人屠殺者可達一萬兩千之眾。嗣後，迨一九一五年止，即日本國家權力經台灣邊陲部資本主義構造體的形成過程而確立時期，台灣農民則因日本獨占資本的擴張與壓迫而蜂起。如著名的林圯埔事件（一九一二）起於三菱資本對竹林占有、撥發事件；北埔事件（一九〇二）導因日本強行保甲民參與「討番」而起，等等。而此期間中國（北伐）革命的進展，亦在台灣引發抗日復國的漣漪，許多農民蜂起，有以「中國援兵必至」，蜂起事件受「中國冊封」和「承認」為言。

一九一五年以後，上述多少帶有封建性、地方性，甚至宗教迷信等「前．現代」性的民族抵抗，隨著台灣邊陲部資本主義社會結構的進一步發展，逐漸演變為帝國主義下現代民族反抗運動。

一九二一年，以林獻堂為中心的，由上述與日本獨占資本關係較疏，有一定利益衝突的地主士紳階級為基礎之「台灣議會設置運動」，以請願方式熱烈展開，要求士紳階級參與部分台政，使台灣取得一定限度內的自治權，受到日本當局的鎮壓。

同年十月，林獻堂、蔡培火和蔣渭水等組成「台灣文化協會」，集中了當時台灣各派抗日民族運動和社會運動的勢力，形成深具活力的反帝民族統一陣線。

但是，潛藏在民族運動內部的階級矛盾，在理論和戰略上比較幼稚的時期，不可避免地帶來這統一陣線的破裂。階級運動「終究以打破民族資產階級的地主所有制」為目標，終不能不顯露了台灣「民族運動與階級運動相剋」性質，而引發了左右分裂。一九二七年，以連溫卿、鄭明祿、王敏川為中心的左派，解除了地主士紳階級的代表林獻堂、蔡培火、蔣渭水、陳逢源和蔡式穀等人的領導權。後者退出協會，另組「台灣民眾黨」。

而地主出身的中產階級自由業（執業醫師）者蔣渭水，隨著殖民地歷史發展而逐步左傾，在民眾黨內與右翼的蔡培火發生矛盾而分裂。蔡培火離開民眾黨，和右翼地主士紳階級林獻堂、楊肇嘉另組純為保護地主士紳階級利益，淡化民族反日抵抗色彩的「台灣地方自治聯盟」，民眾黨則在蔣渭水領導下繼續左傾，並廣泛插手台灣工人運動，並與大陸中國國民黨左派發生政治上的聯繫。

在第三國際、日本共產黨和勞農黨，以及中國共產黨交錯的影響下，一九二八年「日本共產黨台灣民族支部」通稱「台共」成立，並積極介入文化協會展開活動。於是文化協會又產生王敏川一派對連溫卿一派的鬥爭，後者被除名而離開「文協」。台共內部在此時也發生宗派主義的鬥爭。迨一九三一年日本當局全面鎮壓反帝民族運動的局面下，台灣反帝民族運動全面潰敗。

前文已經側重提起殖民地台灣經濟的基軸，在以米、糖為中心的「單一種植」經濟。故殖民地台灣的產業，以農業為主。糖、米、茶葉和樟腦等主要工業，亦以與其連結的農業栽培及生產過程為重要，而使農業部門下的農業勞動者成為殖民地獨占資本直接壓迫與剝削的對象。如前所述，在糖業帝國主義下淪為現代農業工資勞動的台灣農民，在關於甘蔗收購方式與價格的爭議、土地徵收和土地撥放予日本退職官吏關鍵性鬥爭中，在一九二五年，因二林事件鬥爭宣告成立了第一個農民工會（「農民組合」）。同一年，鳳山新興製糖廠土地徵購爭議事件，組成「大甲農民組合」。二六年，全島性農業勞動者的工會「台灣農民組合」成立，並且迅速在全島相繼成立各地方分會。迨一九二七年，這個農民無產者的戰鬥組織已集結了兩萬餘農民，而成為殖民地台灣最具活力、旗幟鮮明的反帝民族運動組織，以農民為基礎，在以台共為中心的領導下，團結了抗日的中小地主、中產階級和知識分子而形成一個抗日民族統一戰線，一直到一九三一年的大鎮壓之前，留下了許多光輝的抗日民族運動史跡。

總而言之，日帝下的台灣，即殖民地．半封建社會苛酷的民族與階級的矛盾，成為這一時期民族主義的基礎。從中國割讓出去的殖民地台灣與其它殖民地如朝鮮的不同，在於朝鮮之殖民地化，為全朝鮮之淪亡與殖民地化，而台灣之殖民地化，係台灣一地自中國被割讓予日本而殖民地化。而朝鮮之反日帝民族解放運動，即全韓民族之民族解放運動，而台灣之抗日民族解放運動，自然具有強烈的以復歸中國、振興中國的「中國指向性」，以漢民族為自我認同，以打倒日本帝國主義，從日本帝國主義之轄制與壓迫下求得解放與獨立的精神與思想內涵。這不但為日本在台權力當局總督府最高警憲機關所不得不承認，亦為當年抗日志士大量的文獻所證實。而此時台灣抗日民族運動陣營內部，則因代表殖民地·半封建社會內被壓迫人民不同階級立場與利益而有自右翼以至左翼；自地主士紳以至農工階級不同的目標與戰略，而形成抗日運動的統一陣線時期（一九二一－一九二七）和分裂重組的時代（一九二七－一九三一）。

三、半殖民地·半封建社會階段（一九四五－一九五〇）的民族主義

一九四五年，日本在第二次世界大戰中戰敗，日本帝國主義在台灣之殖民支配全面瓦解，台灣在《波茨坦宣言》和《開羅宣言》下復歸於中國。

從社會性質上看來，台灣社會隨著台灣之在政治與經濟上重歸於中國而進行根本性的重組。日帝下台灣殖民地·半封建社會，至此而被吸納到當時中國半殖民地·半封建的社會。

光復後不久，代表當時中國半殖民地·半封建社會的統治階級——即中國官僚資產階級、大買辦資產階級、大地主階級和大資產階級的國家權力的陳儀接收集團，以「台灣行政長官公署」取代了台灣總督府而為光復後台灣的統治機關。

陳儀當局隨即進行對台灣日產・敵產的國家沒收，而將總督府轄下統制基幹產業全面收編為國民黨官營企業，形成了一個以台灣銀行為頂點，將台灣金融、保險、電子、製鋁、肥料、造船、機械、水泥、造紙、農林和工礦，依「國營」、「省營」和「國・省合營」而收歸國府經營。於是，日帝台灣殖民地體制下的日本獨占資本，一舉而整編為國府統治下官業獨占資本，即國家資本的獨占系統，包攬了一切台灣基幹性產業、主要的金融機關、商貿機關、運輸產業和通信產業，形成具有高度統治力的經濟系統。

而經過國民黨統治集團再編的台灣官業獨占資本，在一九四五年以迄土地改革尚未完全告成的一九五〇年（即傳統地主—佃農體制尚未完全解體之時），在性質上，是二〇年代後半以降，以「四大家族」為核心，在大陸社會的基礎上生成與成長的中國官僚資本的一個組成部分。這個官僚資本，依恃國家權力，以對外借款、財稅徵收和投機及通貨膨脹的手段，進行超額累積而肥大，成為半殖民地・半封建中國社會的壓迫機制。

經陳儀集團再編的在台灣官業獨占資本，以財政金融權力將社會資本向官僚資本轉化，助長其累積、積聚與集中，並且也以關稅等國家權力的干涉，保障官僚資本的獨占性，並以價格、市場的獨占，政策性價格補貼以保證其超額累積。一九五〇年後美帝經濟援助，基本上鞏固了官僚資本主義。

而光復後的台灣，也在將日本獨占資本全面改編成國民黨官業獨占資本過程中，從物質上組織到當時中國半殖民地·半封建社會構造件之中。從一九四五年到五〇年間，雖然農業上快速復興，但因為陳誠當局以官業獨占體制為國共內戰的財政服務，濫發紙幣，強行大陸和台灣間掠奪性貿易，瘋狂剝奪台灣經濟的剩餘以挹注內戰的財政耗費，加上在新民主主義革命的迅速擴大條件下，舊的半殖民地·半封建中國社會的末期的、崩潰、腐朽和混亂也感染到台灣來，造成深刻的社會和政治的矛盾，而成為一九四七年二月蜂起的原因。

在階級關係上，陳儀集團代表了當時中國官僚資產階級、地主階級、買辦階級和大資產階級而為台灣的統治集團。從日據時代延續下來的台灣本地地主士紳階級，在此一時期中和這統治集團有良好的關係。日據時代受盡在經濟上的民族歧視的台灣本地資產階級和中小企業民族資本家，由於陳儀集團全面沒收了敵產基幹產業，使他們光復後興業發達的美夢成空，對國府有一定抵觸情緒。市民、知識分子，則對陳儀集團為支援國共內戰竭澤而漁、腐敗貪汙，對人民作威作福的政治和財政崩潰後生活的貧困化深為不滿。廣大工農民眾亦因不斷的貧窮化而不平。

一九四六年元月，美軍駐華人員強姦北大女學生沈崇的事件引發了全中國反美·反蔣·愛國·民主運動，波及全國，也波及台灣，在台北集結了萬名各級學校愛國學生聲討美軍暴行，在台北喊出了「美帝國主義滾回去！」、「中華兒女不可侮」、「停止內戰」和政治民主化的口號。這是日本敗走，台灣光復，在全中國要求反帝·反封建·民族和平與政治民主化的變革運動時代背景下，台灣的民族主義的新發展。

一九四七年二月二十八日，以台北市民蜂起為中心向全島漫延的二月事件，要求高度地方自治；要求全面民主改革；要求停止內戰，也要求振興經濟，公平分配。從當時全國局面去看，台灣二月事件，也是當時國內無數人民要求廉潔政治，要求地方的民主自治和反對內戰的反蔣·反內戰·反民生凋弊的群眾蜂起事件之一，是當時歷史條件下的一愛國主義運動的一環。

一九四七年十一月，以台灣《新生報》副刊《橋》為論壇，展開了近一年的台灣文字性質與方向的重要論戰。在論戰中，主張在日帝下發展起來的台灣新文學高舉科學、民主的精神，以反帝·反封建為思想內容，與中國革命有一致之處，「是中國新文學戰鬥的分支」；作家楊逵認為在台灣新文學主流上，「未曾脫離民族觀點」。駱駝英進一步從半殖民地·半封建中國社會與日帝下殖民地·半封建台灣社會異同之矛盾的統一，確立了兩地文學在反帝·反封建·民主與科學等思想內容的理論基礎，從而論證當時包含台灣文學在內的中國文學的總方向，應該統一在「新現實主義」，即「立腳在辯證唯物論和歷史唯物論上，且站在與歷史發展的方向一致的階級立場上」的藝術思想與表現方法。

一九四七年二月事件以後，中共地下黨在中共「台灣省工作委員會」的指導下，有較為快速和廣泛的發展。新民主主義的變革運動，高舉了反帝・反封建・反官僚資本主義大旗，吸引了經過二月事變大鎮壓後的苦悶而覺醒的台灣青年、知識分子和工農民眾，而與當時全中國新民主主義革命的總的路線匯流起來。

一九四九年，以中共地下「學生工作委員會」為核心而展開的學生反內戰、要求民主改革和經濟改革的學生愛國運動不斷高漲。同年四月六日，陳誠當局出手逮捕愛國學生，是為著名的「四六學運」事件。同年元月，台灣著名作家楊逵團結其他本省和外省籍文化・文藝工作者，發表《和平宣言》，主張堅決反對帝國主義炮製的「台灣託管」和「台灣獨立運動」，要求徹底的政治民主化改革，反對內戰，振興產業，建設台灣，終遭逮捕入獄。

一九四八年，在台北、台中等地，領導過二月蜂起的前台共人員和中共地下黨人士，在二月事件後的大鎮壓中，潛退香港，組織了「台灣民主自治同盟」。從一九四八年到四九年間，該同盟迭次發表聲明，揭發和批判美帝國主義陰謀霸占台灣，炮製聯合國託管台灣和台灣獨立的行徑，聲稱人民「不但要反蔣，也要反對美帝國主義」。當時「台盟」主席，台灣著名的革命家謝雪紅，更曾以專文深入揭發美帝國主義干涉中國內政，分裂中國的陰謀。

以上所舉，自一九四五年以迄五〇年的台灣重要的社會運動和政治運動，具體表現了在當時台灣半殖民地．半封建社會條件下，台灣的愛國主義和民族主義之發展。

四、新殖民地．半封建社會階段（一九五〇—一九六三）的民族主義

在這時期中，台灣發生了重大的政治經濟上的變化。先看經濟方面。

台灣農地改革，在一九五二年結束。在台灣有數百年歷史的地主、佃農制解體，創造了大量小資產階級性獨立自耕農構成的農村社會，台灣社會的半封建性質因此大為降低。廣泛的「翻身農民」，儘管受到接踵而來的「肥料換穀」、「分糖」制等工農業間不等價交換和國家強權的收奪，仍然成為也支持國民政府的農村力量，農業生產迅速恢復到一九三九年的高紀錄。

韓戰後，第七艦隊封禁海峽。中國隔海峽對峙分裂，同時在美國軍經援助下展開第一次四年經濟發展計畫。在美國深入台灣經濟、財政、軍事各部門的「援助經濟」下，台灣開始形成了與中國民族經濟圈完全斷絕條件下的國民經濟單位，進一步強化了民族分裂的物質構造。

在美國為冷戰戰略服務而強力在台促成私人資本主義發展的政策下，一九五〇年後，台灣工業以巨大的官僚資本主義公業部門與私人集團資本及中小企業的雙重構造而展開。而在發展「進口替代產業」的策略下，以紡織、造紙、水泥、食品產業為中心的台灣外省籍．本省籍民

間企業資本有蓬勃的發展，形成至今與官僚資本公業體系共同獨占島內市場的民間家族集團資本。至此，國民黨官僚資本發生性格上的轉變：它為了圖存與發展，不再如過去一味壓抑民間資本，強取豪奪而自肥。在繼續維持其「相對自主性」的權威條件下，以及在美國壓力之下，它轉而扶持和挹注而不是收奪與壓服民間資本的發展。台灣前地主士紳階級向產業資本階級轉化以興業發家的宿願得償，因而也成為四十年間支持國民黨的階級。

另外，從一九五〇年到一九六五年，美國在台挹注每年約一億美援的經援，並藉此取得對台灣政、軍、經、財各領域深入的影響力在一九五三年—六五年期間美資獨霸台灣。美援資金對台灣戰後資本主義公業與私業部門，都介入極深中，使公營企業和私人財團企業帶上複雜的買辦性，並使它們在原料、資本、技術、市場和投資經營方向上對美造成深度依附。

這一時期，台灣輸出品仍以米、糖為大宗，而輸出增長率，年平均可達百分之二四·六，而輸入品則以美援物質為基軸。大米的輸出，一方面以國家權力壓低米價，制度性的徵收，並以肥料不等價交換米穀，再加上對農村的各種捐稅，對農地改革後的農業高額剩餘進行掠奪。而美援糧食的大量進口，也使過剩大米轉為出口，換取外匯，挹注於工業資本的發展，並以之支撐反共軍事財政。在這一點上、國民黨國家對農村的地主性掠奪和沉重的軍事性財政，規定了它一定的半封建性格。

台灣戰後資本主義，是美國和國府當局同時政策性地協助台灣公營企業和民間私人財團企業而發展，已見前述。美國這種援助，帶有明顯的政治意義。支持公營企業，是為了穩定撤守台灣不久驚魂未定的國民黨社會基礎；支持民間企業，則是為了美國深信一個親美、私人資本主義企業的台灣，才能從它的內在發展強固的反共動力，阻扼共產主義的擴張。

從這個觀點來看，美國默許國民黨在美第七艦隊干涉海峽條件下，讓國府進行慘絕人寰的反共肅清（red purge），屠殺、槍決四、五千人；拷問、監禁了近一萬人，徹底消滅無產階級革命勢力和意識形態，從政治經濟學的角度說，其實便是為台灣戰後資本主義之反共戰略性的發展劃平道路的殘酷工事。

美國在韓戰後大力鞏固和確立國民黨「壓迫性國家」（repressive state）的過程，亦可作如是觀。為了塑造有利於美（外）國資本在台的「投資氣氛」（investment climate），即工人階級組織性爭議力量的有無，民主的程度，思想檢查，特務恐怖、非法逮捕與拷問的有無，法律上對外資的各種優惠、特惠之有無等等。這些指標越是負面和穩定性，即工人階級的組織力量越弱，民主越遭蹂躪，人權越遭破壞，非法拷問、逮捕、處決越普遍，外資利潤越能自由匯回本國，對外資特惠法律越多，則「投資氣候」的評級越高，美國在「自由世界」範圍的不發達國家炮製了大量「第三世界法西斯國家」（the Third World fascist state）。而台灣高度的反共・國家安全主義・

對美扈從國家(anti-communist national security U. S. client state)的形成，其實便是為了使這具有高度「相對自主性」的國民黨國家，以其高度法西斯獨裁，去促進台灣戰後資本主義進行高度、超額、超經濟性的累積、擴大再生產與集聚。

政治肅清所造成的長久而強烈的恐怖和國民黨「壓迫性國家」形成的過程中，自日帝時代以來艱苦發展的、台灣愛國主義和民族主義傳統——即其人的、組織的、思想意識形態的、社會科學和哲學的激進傳統，遭到徹底的、毀滅性的打擊。

內戰和國際冷戰的交疊構造，在台灣形成長期嚴酷的思想檢查，不但嚴重破壞學術、思想和創作的自由，而且大量製造極端右翼的、反共的冷戰思想。久而久之，這極端的反共主義發展為反民族和反華主義，成為日後「獨台」和「台獨」等反民族逆流的思想根柢。

其次，在政治肅清過程中，日據時代親日派漢奸地主和士紳階級，藉著在政治上檢舉昔日的政敵——台灣左翼的民族民主運動家——來交換免於漢奸罪的追訴，也進一步交換其生涯後世在國府權力下的榮華富貴。這種鮮明的忠奸顛倒，對戰後在台灣的民族主義是另一個重大的打擊。

一九五〇年以後，台灣成為美國遠東反共戰略上的一個基地。在一九五〇迄六五年期間，美國在台設有「協防司令部」，武裝駐兵於台灣。美國在台使領館、情報機關和軍經援助機關在台灣享有治外法權，有凌駕國府的權威。台灣在政治、國際外交、軍事、情報、財政上完全庸屬於美國。國民黨放棄孫中山的民族主義原則，為一人一黨之私，甘心淪為美帝國主義「扈從國家」。因而，一九五〇年以後，國府的對美斜肩諂笑固不必論，即對日本前戰犯軍人和官僚如岡村寧次、岸信介、藤尾正行，莫不待若國賓，曲意逢迎，並壓制一切反美反日言論，也間接抑制了台灣的民族主義。

一九五〇年以後，美國影響力深入台灣各個領域。在台灣高等教育、文化、意識形態分野，美國透過留學政策、基金會、人員交流交換、獎學金和廣泛直接使用美國高教教科書，四十年來培訓了大量經過美國化改造的買辦精英知識分子，由他們逐步占領了上至總統府以迄民間商貿機關的領導工作，在朝野兩黨、在廣泛政、軍、經、財、商、學、大眾傳播、科技等領域，這些「美國製造」的博士、碩士皆位居要津。美國中心的文化、思想、意識形態和知識、學說，便經由這些人在台灣不斷地再生產，形成台灣反民族(anti-national)、非民族(de-national)、親美和分離主義的思想根源。

總之，在國際冷戰體制的邏輯下，美國以經濟和軍事武裝默許和支持從一九五〇年展開的反共肅清，造成巨大持久的政治恐怖，並在這恐怖的氛圍中，美國以具體的金錢、物資、武器、政治和外交，支持成立和強化國民黨「壓迫性」、「次法西斯蒂」(subfascist)國家。這一殘暴過程，在經濟上有重要意義。即以恐怖與獨裁刻意製造一個非民族、反民族條件，以利外國資本和本地資金恣意、高額的累積與集聚。而在另一方面，美國和國民黨也同時設計好了一種「安慰裝置」（placebo apparatus）：廣泛的台灣佃農、貧農在農地改革中分得土地，轉變成小資產階級的獨立自耕農；日據時長期渴望興業立業的地主士紳資產階級，因美國政策性援助、國民黨權力的掖助，在發展進口替代產業政策下快速巨額累積，中小企業亦開始發展，部分前大地主階級亦經由「四大公司」的開放而順利轉化為產業資本家。而這一時期經濟的相對的、總的發展，也相對、總地改善了生活。這些「安慰裝置」在很大程度內造成了對於政治恐怖和政治獨裁造成的痛苦之鎮靜、鎮痛作用。

然而，戰後台灣的民族主義，也正是在這樣的機制下，遭到了空前未有的浩劫。日據以來台灣光榮的民族民主運動和愛國主義進步傳統之人脈、組織、思想、學術、文學藝術等巨大傳統，毀於一旦。

五、新殖民地・半資本主義階段（一九六三—）的民族主義

此一時期台灣社會的新殖民地性，除了因上一時期形成美國對台灣政治、軍事、經濟、文

化各方面深刻支配的延續，更具體表現為：（一）一九六五年後，由於一個深度依賴美國而發展的台灣已經形成，美國「終止」對台援助，而以其十五年台灣經營的特殊地位，通過金融資本、投資的方式在國府超優惠條件下來台加工輸出，利用台灣超低工資，收取大量經濟剩餘；（二）美國資金利用過去十五年間與台灣公業資本、財團資本複雜、主從的關係，交叉投資深刻地滲透到台灣公私業資本而使其買辦化、依附化；（三）一九七九年美台斷交後，仍然接受依宗主關係的《台灣關係法》維持美國對中國內政、台灣事務的干涉，等等。

但隨著台灣戰後資本主義快速的、依附性的發展，台灣社會的半封建性格解體。但另一方面，在「依附型發展」(dependent development)的結構性限制下，台灣戰後資本主義和中心國資本主義在發展水平、構造和性質上仍有巨大落差，內包著諸多複雜的問題所造成的後進性，因此而規定為「半資本主義」。

台灣社會半封建性的崩解，首先來自經由農地改革而根本性地消滅了地主–佃農經濟體制，而且進一步輔導了大地主士紳階級轉變成現代產業資本家，創造了大量小資產階級自耕農。另一方面，台灣官僚資產階級，即國民黨統治權力，亦伴隨美國主導下的台灣資本主義發展過程而產生重大的性格改變。例如其從金融、商業資本轉向工業資本，甚至投資能源產業和基幹工業；以政治權力扶助民間資本等等，都是大陸時代官僚資本所沒有的性格。

在一九六三年以後穩定發展起來的戰後台灣資本主義，有這些特點：

(一)以高度獨裁的國家權力，在長期壓低米價，以強權恐怖政策下壓抑勞動階級組織性的爭議權等條件下，形成超低工資體制。利用這穩定的、馴良的低工資勞動，大舉吸引美日資本，投向勞力密集、低附加值加工出口產業，從而被組織到美日國際分工體系中，而取得經濟的成長。台灣乃成為中心國的低工資，勞力密集產業的國際加工基地。

(二)在結構上，台灣戰後資本主義分為官僚資本的公營企業部門、家族財團系資本和中小企業資本部門。前兩者關係比較密切，享受著國家權力各種特惠和翼護而獨占島內市場，因此官僚資本和家族財團資本在政治上比較一致。後者比較沒有受到國家權力的扶助，國內市場又無其容身之地，而專在以美日為中心的國際分工中，即其向外循環而成累積，故而對國民黨權力有抵觸情緒。

然而，正是這些零細、大量的中小企業，肩負起一九六三年以降台灣對外輸出貿易經濟的主力，層層相因，不斷帶動私人資本部門的增殖，也不斷推動經濟的發展。

(三)在國民經濟中仍占基幹地位的公業部門，仍為官僚資產階級所控制與管理，仍然有一定私產性，而且由於官僚主義，績效不彰、貪腐、虧損等落後現象早已構造化，卻又長期依恃其國家強權，以價格、市場上的特權和獨占，繼續收穫其積累。

（四）在家族財團資本方面，由於長年依恃權力的翼護而享受融通、價格市場保護，仍然存在著研發部門嚴重落後、家族式管理、資本社會化的躊躇等落後現象。此外，對外國資本和官僚資本的依附，使其獨立性和民族性模糊化。

（五）在這種畸型化的國民經濟構造下，台灣經濟顯出缺乏最上層的國民產業的生產財產業部門。而其與外向性中小企業加工出口工業之間，因後者乃作為中心國國際加工基地而形成，故與島內產業（以消費財產業為主）沒有結構上的關聯性。而外國資本，即國際市場的意志、利益、需要，對於台灣資本的公業部門和私業部門都有過強規定性和指導性。這是正常高度發展的資本主義系統所無的現象。

以上諸特質，使台灣戰後資本主義雖然在積累的數量和經濟生活上已逐漸接近先進國，但離開真正高度發展的資本主義甚遠。而這一新殖民地的「半資本主義」特質，也表現在台灣資產階級的性格上。

前已論及，五〇年代崛起的民間財團資本，其發生與成長過程，皆受到國家權力和美國經援的政策性扶助。正是在台灣社會新殖民地化的過程中，民間財團資本依附官僚資本和美帝國主義權力和物資，在政治恐怖和高度獨裁政治下，以特權與優惠而迅速達成積累。因此，民間財團資產階級的血液中，滲流著官僚資本與外國資本的血液，失去其獨立性和民族性，不具民族資產階級的性質，對國民黨權力和帝國主義，不但沒有拮抗的性質，反有深度馴從的性質。

崛起於一九六三年以後的中小企業資本，雖然受到官僚資本與財團資本相對的壓迫，無法分享島內市場；無法得到銀行在資本融通上的便利，無法獲致國家權力強有力的、政策性質的保護，而有改變當前體制、拮抗當前權力的性質。但是，由於具有利用次法西斯體制更苛酷地剝削勞動階級的一面，又由於(一)其資本循環過程與中國民族經濟圈無涉，而外向地在美日為基軸的國際分工體系底部完成累積，即深度依附外國市場、通路、技術、半成品而累積，以及(二)具有高度國際性(即非民族性)與長於金融流通的「商人性」(此一性格與其依附性聯結而有買辦性)，台灣中小企業小資產階級，雖然有反國民黨的性質，但也不具有民族資產階級的性格，即它的累積過程與資本主義世界體系的關係是統一性多於矛盾性；依附性多於拮抗性，所以不若其他第三世界的中小企業小資產階級那樣，成為民族民主運動的支持者。相反，這個階級成了「反蔣而不反美」的右翼民主改革派的核心，在七〇年代中期以「黨外」民主運動的形式，登上政治舞台。一九七九年末的美麗島事件，因國民黨的鐵腕鎮壓，使這個階級欲在體制內改革，在台灣連串外交挫折的暴風雨中，欲促成國民黨民主化改革而圖「革新(反共)保台」的希望幻滅，其「反蔣·反共·不反美」的保守性民主化運動，至此逐步步向台灣獨立運動，即資產階級右派反民族、反統一的方向傾斜了。

在一九五〇年以降民族主義挫折的社會和歷史發展中，我們要特別提到一九七〇年代十年間新生代民族主義的復興。

隨著六〇年代中期後台灣資本主義的全面發展，不但創造了大量的資產階級與中產階層，也更廣泛地把台灣現代勞動階級推上了社會舞台。在反共戒嚴體制下完全喪失團結和爭議權的台灣工人階級，在沉默中遭受苛烈的盤剝。社會矛盾在壓抑下激盪。

六〇年代末，以美國為中心的資本主義社會產生了廣泛的反思運動，造成一世代知識分子的「反叛」。反越戰運動、黑人民權運動、「民主社會學生」（ＳＤＳ）運動、言論自由化運動，對中國、越南、古巴革命的再評價……席捲美國知識界，醞釀著「新左翼」思想體系。就在這個環境下，來自港台的北美留學生受到無法避免的衝擊。再加上此時美國也正值轉換對中國政策，在大眾媒介中，大量出現文革前期中國的影像。一九七〇年，美國石油資本任意將中國領土，蘊藏豐富石油的釣魚台「行政權」劃歸日本，引起留學北美的港台中國學生忿怒抗議。而國民黨當局對留學生的愛國運動橫加干涉，使運動的熱度陡增，迅速發展為「認同（社會主義中國）運動」，並旋即向「統一運動」飛躍。

保釣運動雖然很快地分裂為左右對峙，雖然運動隨著「四人幫」的崩頹而逐漸消退，但運動的左翼卻留下深遠而重要的影響。一九五〇年以被冷戰政治湮滅和禁斷的關於中國革命的歷史和各種左翼社會科學，在這次運動的過程中重新和新一代知識分子的思想生活和行動產生了密切聯繫。中國愛國主義、民族主義、反帝主義的傳統，重新在成長於冷戰歷史中的一代知識分子當中點燃。在一九五〇年反共肅清中遭到摧殘的民族主義重新復興與發展。

保釣愛國運動的左翼思潮，在一九七〇年引發了集中批判台灣西化文藝的代表形式——現代詩——的運動。一九七〇年到七四年的現代詩批判，提出了文學為人民，文學語言的大眾性，主張文學的民族形式和民族風格，反對文學的惡質西化。一九七七年，在現代詩論爭的延長線上，在國民黨御用文人彭歌和余光中的發難下，爆發了鄉土文學論戰。官方指控鄉土文學是「工農兵」文學，必欲置之死地。鄉土文學一派，則力言文學的民族性，力言台灣社會經濟的殖民地化，力言文學為勞動人民的向上服務。

受到保釣運動洗禮的島內外年輕一代，成為因五〇年白色恐怖而斷絕的激進傳統的新的傳薪人。他們有些人在七〇年代從北美陸續奔赴大陸中國，拋棄在北美的個人較為優渥的前途，參加在大陸各領域的建設。在當前情勢下，他們在台灣社會有典範意義。在台灣，保釣一代以雜誌《夏潮》為中心，形成台灣年輕一代進步的、愛國主義的、民族主義的論壇。

一九八八年，台灣在戒嚴令解除後，代表台灣中產階級和中產階層政治要求的「黨外運動」迅速宣布成立政黨。有感於台灣工人階級急需有一個自己的政黨，夏潮系知識分子結合了在台灣於五〇年代政治牢獄倖活的老一代運動家，支持創立了工黨及工黨解體後的勞動黨，在主觀和客觀複雜的局限性和困難下，至今堅決地為支持和發展鮮明高舉左派統一旗幟的勞動黨而努力。

一九八七年，蔣經國宣告開放大陸探親政策，使早在一九七九年大陸宣告兩岸和平統一政策之後展開的兩岸經濟往來在台公開化。從那時到現在，台灣對大陸的旅遊、探親、投資、設廠的活動迅速增長，兩岸經濟關係的深刻化和密切化，正以更強大的勢頭不斷發展。

從台灣戰後經濟史的角度來看，這是一個極關重要的構造性改變。一八九五年到一九四五年，台灣基本上被迫與中華民族經濟圈剝離，而納入日本帝國主義經濟圈進行資本循環。一九四五年，台灣光復，台灣重又編入日趨崩潰的、半殖民地・半封建的民族經濟。一九五〇年韓戰爆發，美帝國主義軍事干涉海峽，台灣經濟再度與中華民族經濟斷絕而依附在美日資本體系「單獨」發展。一九八八年以降，台灣與大陸重又在一個民族經濟下整合。而此一整合，勢必將在台灣的經濟、政治和文化上產生重大的變化。

而促成這一變化的內部原因，正是上述台灣戰後資本主義依附性發展所帶來的矛盾所促成。工資上漲，使台灣喪失了低工資的優勢。長期研究發展上的落後，使台灣產業無法自主和向上升級。加上兩岸關係的無法明朗，使再生產和擴大再生產躊躇不前，投資趨緩。正於此時，面臨市場末日的台灣中小企業資本在兩岸恢復單向往來的時機，資本按自己的邏輯，奔向大陸這個龐大的低工資地帶，吸吮高額的剩餘而延命。

隨著台灣中小企業資本愈益深入地組織到在大陸開放改革過程中不斷膨脹的中國民族經濟中進行其循環，原本帶有買辦性、依附性——甚至非民族性和反民族性——的台灣中小企業資本，勢將逐漸改變其性質，即逐漸增加資本的民族性。一九九一年底，原本代表了中小企業政治願望的民進黨，在將台獨條款正式列入黨綱的黨內爭議中，就具體出現過部分中小企業資本的躊躇與反對意見。

另一方面，蔣氏兩代總統去世之後，一九五〇年為台灣戰後資本主義累積與擴大再生產而設立的高度個人獨裁的反共、波拿帕國(anti-communist Bonapartist state)崩解。國家的相對自主性向下調整，使之更洽當地代表台灣官僚資產階級，大財團資產階級和買辦階級的利益。這些階級，迄今猶基本上獨占島內市場；基本上還享有從五〇年代延續下來的特權以增進其積累與集聚。因此，雖然在權力和利益分配上已經更多以階級而不是省籍的邏輯進行，但李登輝體制基本上也依照官僚資產階級、大財團資產階級和各買辦資產階級的利益，主張維續現狀，主張反共拒和，在宣傳上，仍然主張「反共統一」和「勝共統一」、「和平演變統一」，依然主張依恃外國勢力偏安，主張台灣為「政治實體」，搞實質上的「一中一台」、「兩個中國」。

在一九七九年「美麗島事件」中，代表台灣中小企業資產階級和龐大的資產階層利益的「黨外」運動所主張體制內改革以「保台」的希望落空，在「反蔣・反共・親美」的政治要求中，逐漸突顯其親美・反共・反蔣的階級立場而走向民族分裂主義。

八〇年代末葉以後，雖然部分台灣中小企業資本服從資本的邏輯而逐漸組織到大陸的中國民族經濟圈而逐漸增加資本的民族性，但尚未反映到政治和思想等上層建築。台灣小資產階級和中產階級的民族分裂主義，到一九九一年將台獨條款列入民進黨黨綱時達到高潮。這民族分裂主義，在當前李登輝「獨台」政權直接和間接溫存、姑息、鼓勵和利用之下，獨台與台獨的利益逐漸趨於一致，形成朝野一致的反民族、反統一勢力。

然而，一九九一年底的選舉，激進台獨主張宣告失敗。逐漸深入的兩岸經濟關係，使部分中小企業資產階級撤銷了對台獨的支持，應是這失敗的重要原因之一。時至今日，國民黨和民進黨諷刺性地為阻止兩岸三通和民族統一問題上愈來愈接近，和台灣民間，特別是中小企業資產階級要求直航、三通以至漸進的民族統合願望針鋒相對。

建設和實踐並統合以中華民族共同體為基礎的再生產體系，超越暫時被分裂的祖國兩個不同體制的限制，是建設兩岸互補經濟關係，把兩岸經濟利害統攝在一個民族共同體之下，實現兩岸——全中國在互相補充基礎上的統一的民族經濟的重要條件。一九八〇年中後逐漸增強而於今尤為勢不可當的兩岸經濟整合，無疑是兩岸統一的重大物質條件。而與這物質變化相應的、新時期的民族主義，勢將在不久未來在台灣政界、文化界和思想、社會科學界有所發展，殆無疑義。

六、結語

民族，是人類所創造最高的人種共同體。它不僅僅是經由自然的過程形成，也是經由民族共同體構成員，即作為社會性而存在的人之不斷的社會實踐之產物。中國現代民族意識的形成，包括在台灣中國人民之現代民族意識的形成，是帝國主義侵侮歷史中，在反侵侮、反民族壓迫的廣泛長久的抵抗——特別是抗日民族解放運動——實踐中形成與成熟的。

一九五〇年以後，中國在內戰與冷戰雙結構中陷於分裂。台灣在新殖民地體制中經由對外依附的機制下取得獨自的經濟增長，形成特殊的台灣戰後資本主義體制。而民族主義便相應於戰後資本主義各階段不同的物質構造而消長，已見前文拙論。

一九八八年以降展開的兩岸經濟的整合，能否朝向重建一個中華民族獨立自主的民族經濟，還得看今後的發展能否達成這三個基本條件：

(一)建立民族經濟再生產體系。即建立一個由民族資本——而不是買辦資本、外國資本和官僚資本——所支配、管理和擘畫，在自己民族所支配的地理的範圍內進行再生產行程，滿足民族構成員的生活需要。

（二）自我圓滿和自我控制及管理的再生產機制的形成。即不使外國資本的邏輯和需求擴大而成為再生產的主導條件。建立一個由農漁礦業為基層，生產消費財的國民工業為中堅，而以製造生產財的國民工業為頂端的，健全的經濟結構，使對內對外分工合理化。

（三）要使經濟成果向民族構成體內的國民和人民擴散，以公平、正義的分配，消除經濟上的不正與腐敗，消除階級間收入的格差。

一九四九年的革命，在帝國主義軍事和經濟封鎖包圍下，中國大陸採取了與資本主義世界市場基本上隔絕，獨立自主地在國家計畫經濟體制下，基本上拒絕商品和市場經濟，注重為需要生產，為公平分配，為保衛革命而優先發展國防工業等的發展路線。「開放改革」以後，中國決定投入國際市場，推行「計畫經濟與市場經濟相結合」的累積政策。十多年來，雖然經濟上有了十分明顯的增長，但也累積了不少嚴肅而險峻的問題。外來資本為大陸超低工資而依其自己的需要與邏輯湧入；隨市場、貨幣、商品經濟的空前膨脹而誘發社會對商品、現款的高度飢餓，從而引起四九年以後一度被消滅的貪腐、敗德等消極現象的復活；在鼓舞某種資本主義的積累下，公私關係的矛盾，所有制問題的矛盾日益明顯；在勞動力的商品化日趨深刻化的過程中，末端的直接生產者，即作為國家、社會領導地位的工人階級的現代工資無產階級化問題：對女工、童工的剝削問題；開放的沿海特區與古老的內陸貧困地區的經濟格差問題；工農業產品價格巨大落差驅使龐大內地農業人口湧向沿海城市，投入超低工資勞動的巨大隊伍問題和分配、收入的不均；新的階級分化問題……不但引起有識者深刻的關心，也深刻考驗著上述自立民族經濟建設的三項指標，也最終將影響在民族經濟重建過程中的兩岸間民族團結與統一的進程。

在七〇年代因保釣運動而重新點燃的，基本上擁護中國革命和社會主義建設的在北美的新一代民族主義者，有一部分早在七〇年代末因認為文革後中國從社會主義原則後退而進入苦悶，近年來，開放改革的展開及深化所浮現的大量消極現象，以及各種倒退和背離社會主義原則的生活情況，也使台灣的新生代進步的民族主義一系的人們產生複雜的焦慮和苦悶心情。事實上，當前的開放改革運動，實際上也在大陸內部引起即使隔著海峽、從台灣看來也不失明顯而激烈的認識上、思想上、理論上和實踐上的矛盾。正確地、科學地、民主地、深入地面對這個矛盾，認真做出理論和實踐上的解決，是重建包攝兩岸經濟的中華民族經濟體，完成民族團結與和平，勝利達成民族統一的偉大事業所必不可逃避的工作。

初刊一九九二年九月《海峽評論》第二十一期

團結亞洲・太平洋和日本全地區的公民
堅決制止日本假ＰＫＯ之名再次向海外進行軍事擴張！

一九九二年六月十五日，日本當局完全無視日本廣泛公民的強烈反對，強行通過了以派遣日本「自衛隊」至海外為主要目的的《協助聯合國維持和平行動（ＰＫＯ）法案》。

日本曾經假借「大東亞共榮」之名在廣泛的亞洲・太平洋地區發動了侵略戰爭，殺害二千萬人以上的生命，摧毀了無法估算的財產，極盡搶掠燒殺之能事。但是，對於這些滔天的戰爭罪行，日本當局至今對亞太地區廣泛被害的各民族和人民，不但沒有進行任何賠償和謝罪，而且還在有計畫地企圖湮滅種種戰爭罪行。

最近，在中國、朝鮮、印尼、菲律賓等地，人民正在揭發和聲討日本在戰時所犯強虜人伕和強徵「從軍慰安婦」的罪行，日本在戰爭中驚人的新罪證，正在不斷地敗露出來。全亞洲太平洋地帶無數日本戰爭罪行的被害人及其家族，正在發展一個要求明確謝罪與補賠的運動。

二次大戰後，日本為了決心不再成為侵略國家，制訂了一個永不備軍、建軍的憲法。但是，日本當局在戰後不久即以「自衛隊」之名復活了軍隊，至今已發展為保有世界有數的軍事力的國家。今天，日本「自衛隊」由於日本當局公然宣說要經由參與聯合國軍隊和多國籍軍隊行使武力，而向著危險的方向發展著。

戰後的日本獨占資本，早已向著廣泛的亞太地區侵透。為了捍衛日本資本的利益，日本「自衛隊」在日本資本向柬埔寨、印支半島全境擴張的同時，積極圖謀向亞太地區派兵，終將構成對亞太地區各族人民莫大的威脅。

我台灣自一八九五年至一九四五年間經歷了恥辱和痛苦的日本殖民地歷史。二戰期間，台民被徵為士兵、軍伕、慰安婦，被害尤深且鉅。二戰以後，國府附從美國冷戰利益，挫殺日帝時代以降抗日反帝運動歷史的傳統、人物、思想和組織，拔擢親日台人為權貴，五〇年代起，台灣經濟即形成對日本的新殖民地依附關係，愈演愈烈，讓日本在台灣對日本構造性貿易逆差中掠取大量的剩餘。

但是由於國府在五〇年代白色恐怖中以刑殺摧殘台灣抗日反帝激進傳統於先，戰後台灣知識文化界接受冷戰和內戰邏輯於後，台灣戰後民主主義歷史中，較諸亞洲其他地區的反帝·民族·民主運動，顯著缺乏對美和對日批判，很值得我們加以總結與反省。

這一次，從菲律賓而日本而南韓的民間各進步·和平組織展開的「亞太公民反對日本向海外派遣自衛隊共同簽名運動」，正式向台灣為進步・和平・正義而工作的團體、機關和個人提出共同簽名的要求。作為日本新老軍國主義深刻被害者的台灣進步與和平力量，自然不容袖手。為了工作的方便，我們先成立了「阻止日本向海外派遣自衛隊亞洲公民會議・台灣分會」，為此一共同簽名工作提供超黨派、共同反對日本藉UN・PKO對外軍事擴張的共同陣線服務。

耑此，並致

敬意與問候

反對日本海外派兵同盟・台灣發起：

張曉春（台大社會系教授）

呂正惠（清大中國文學系教授）

林正杰（現任立法委員）

黃春明（作家）

高信疆（文化工作者）

陳映真（作家）

王曉波（世界新聞傳播學院教授）[1]

初刊一九九二年十月《海峽評論》第二十二期

1 本篇文末附有「阻止日本向海外派遣自衛隊亞洲公民會議・台灣分會」通訊處：台北市潮州街九一－九號五樓；電話：（〇二）三四一八二六五；電傳：（〇二）三九四六四〇八。

台灣現代文學思潮之演變[1]

前言

小論要從台灣社會各階段的構造與性質的嬗變，探討與之相應的台灣現、當代文學思潮的流變。

促成這一嘗試的原因，是此一小論的作者長年來有感於當前台灣文學理論界至今缺乏對於台灣社會做科學的自我認識的營為。由於戰後台灣社會科學和文學理論完全受到美國反共、保守系學界的深刻影響，使台灣朝野社會科學和文學理論界不知道透過正確把握一個社會所以構成和發展的一般原理；正確理解台灣社會具體的內在和外在（國際經濟）規定性，解明台灣社會各階段社會性質和形態，從而探討相應的社會生產關係性質，並且從這一定的生產關係中的下層建築與上層建築內容與性質及其相互關聯，去說明台灣文學思潮的推移。

以下，我們將台灣自日帝占領期以降的社會，分為：(一)殖民地．半封建社會(一八九五—一九四五)，(二)半殖民地．半封建社會(一九四五—一九五〇)，(三)新殖民地．半封建社會(一九五〇—一九六三)，(四)新殖民地．半資本主義社會(一九六三—)等四個階段，先概括地分析每一階段的社會構造性質，從而把握與各階段社會之生產關係相應的，作為上層建築之一部分的文藝思潮。當然，這必須從每個階段社會中個別作家的作品，主要文學刊物，主要文學問題的爭論等材料中，加以印證。

其次，小論中有關台灣各階段社會性質的分析，與作者〈祖國：追求．喪失與再發現——戰後台灣資本主義各階段的民族主義〉(一九九二年七月)一文中的分析相同，應該聲明。

此外，小論以萌芽期迄台灣光復(一九四五)的文學為「現代文學」；光復後迄今的文學為「當代文學」。

一、殖民地．半封建社會階段(一八九五—一九四五)的台灣文學思潮

(一)社會性質

甲午戰敗，台灣依日清《馬關條約》割讓而淪為日本帝國主義的殖民地（一八九五—一九四五）。

透過慘酷的軍事壓服而將台灣從中國割讓於日本，並且建立了以台灣總督府為中心的殖民地統治機關，日本帝國主義直接從日本派遣軍、警和官僚，對台灣施行殖民地統治。而日本帝國主義獨占資本便依靠日本現代帝國主義國家上層建築的強大權力和優越地位，將現代資本主義生產方式向台灣移植，進行對台灣經濟剩餘的殖民地性掠奪。

然而在日本帝國主義經濟圈內的分工體制中，台灣被日本獨占資本規定作為工業原料供給基地的地位。而且，在總督府強權百般翼助下，使以三井、三菱等為中心的日本獨占資本在台灣全面擴展，一方面又以民族差別和政治（法律）歧視，壓抑台灣本地資本的發展，並以總督府權力支持的日本帝國主義資本制生產在台灣取得支配性地位和影響力條件下，繼續有意識地再編和維續台灣本地前資本主義的、半封建的、地主—佃農體制的傳統生產關係。日本獨占資本與這傳統的、前資本主義的、勢力根深柢固的台灣地主—佃農體制相溫存，並進一步加以巧妙利用，去發展米、糖之以向日本市場輸出為目標的兩大商品性農作物的「單一種植」（monoculture）經濟。因此以米、糖為核心的單一種植，成為日本帝國主義支配台灣的殖民地經濟的主軸。

日本當局在一八九八年到一九〇四年的「土地調查」和一九一〇年至一九一五年的「林野調

查」，將「大租」、「小租」的三級所有關係簡化為以小租戶為土地業主的主佃關係，使土地關係簡單明瞭，從而將經過調查而掌握於日本帝國主義權力手中的廣泛土地林野，用來誘致日本獨占資本在台灣的擴張，同時在土地林野的資本主義化基礎上，通過日本資本主義法律有意識地繼續維持乃至重編了以小租戶為業主的半封建的土地關係，從而確立了台灣作為「邊陲部資本主義社會構造體」的確立階段。於是「土地的半封建所有，乃將前資本主義土地所有權在法律上、形式上置於現代諸關係之中……」，確立了半封建私產地主－佃農體制，消滅了家庭式農業作坊，使農民貧困化而形成了台灣的「邊陲部資本主義社會構造體」。

而在製糖產業中，總督府以國家權力之介入，使日本糖業帝國主義資本享有資金融通，以警察權力保證蔗農原料供應和市場獨占等特權，在台灣發展現代化大規模資本主義製糖工業，藉以摧毀歷史悠久的台灣本地傳統糖業作坊工業，甚至以民族與政治歧視，限制台灣本地製糖資本的發展（設廠）與現代化，來壓抑本地資本，日本製糖資本輕易獨占殖民地台灣的製糖工業。

在蓬萊米生產的行程中，日本商業資本獨占台灣稻米對日本的輸出貿易過程，進行其資本的積累並藉此溫存台灣（經過現代民法制約的）傳統地主－佃農制度，籠絡台灣大地主、富農和以地主－佃農體制為基地的、附屬於日本獨占資本的地主資產階級。

日本獨占資本及其商品進一步在台灣的擴張與流通，促成本地資本主義即使在被百般壓抑條件下的扭曲、外鑠式的發展，而使台灣社會從鴉片戰爭後的半殖民地・半封建社會，向著殖民地・半封建社會移行，從而發生了重大的社會階級構成上的轉變。

依據矢內原忠雄的分析，日帝下台灣社會的資產階級，依民族而分成日本人資產階級與本地（台灣）人資產階級。前者又分為代表帝國主義日本大獨占資產階級，將其資本向台灣擴張，生活在日本本國，擁有和管理日本獨占資本產業的「不在資本家」，和生活在台灣，分別代表日本大獨占資本和中小日本籍資本的在地資產階級。後者即台灣籍資產階級，又分為兩系。一為被日本當局使用，依恃日帝特權累積其資本，又兼有半封建地主身分的親日資產階級（如辜顯榮與林熊徵家），以及依附（例如通過投資日籍產業的形式）日本資本，分潤日本資本自台灣勤勞階級收奪之剩餘的也身兼地主的資本階級。另外一系，是直接受日本獨占資本的壓抑（如台灣籍現代製糖資本、和日本資本關係較遠的放利性資本，以及與農民階級一樣，在向日本製糖資本供應原料蔗時的地位與農民階級利益重疊）的中小地主，等等。日籍資產階級的全部和台灣資產階段的頭一個系統，在利害上比較一致，而與台灣資產階級的後一系在利害上相對立。

米、糖單一種植的帝國主義經濟在台灣的擴大與發展，在傳統的農民中產生顯著的階級分化。矢內原的傑出研究指出：以某種現代契約的形式組織到各現代製糖會社的台灣農民，轉變為農業勞動者。而直接充當製糖會社所有的蔗作農場之佃農的農民，其經濟的本質，更近乎現代資本主義「會社」的（農業性）工資勞動者。更由於對製糖「會社」（公司）長期債務的束縛、加強其對「會社」的庸屬化，遂成為「會社」資本的長期僱工而淪為農業無產階級。至於隸屬於少數日本人在台拓殖農場下的台灣佃農，在資本主義關係之下，更帶有現代農業勞動者的性質。

台灣的大地主階級基本上和鞏固的地主─佃農體制一道，受到日本帝國主義的溫存。日本帝國主義沒有以現代資本主義大農場機械生產去摧毀和取代傳統的台灣地主─佃農制，反而刻意「再編和持續」半封建的地主─佃農制，並以之支撐日本帝國主義的台灣米、糖單一種植為基軸的殖民經濟結構。因此，台灣地主階級，尤其是附從於日本權力和資本的大地主階級，和日本帝國主義有比較接近的利益。但小地主則一方面在日本權力所鞏固的地主制下收奪農民，另一方面，在作為製糖會社的原料供應者的立場上則與日本製糖獨占資本有一定的矛盾，在利益上，又與貧困廣泛的佃農有一致的地方，已見前述。

至於中小地主的經濟地位轉變為力量微弱的中小企業主和「自由職業」者（主要如醫師、小職員和教師等），則因處於被日本籍中小企業、自由業者等壓抑、歧視的地位，從而和日本帝國主義有一定的矛盾。

(二)民族與階級矛盾

在這樣一個殖民地、半封建社會，社會階級的矛盾和民族間的矛盾，就有一定的關聯性。以日本帝國主義國家權力，即以其在台灣表現為總督府、日本獨占資本系統為靠山的日本人資本家、官吏、警憲和企業管理人為殖民地台灣政治、經濟上的統治者階級。而廣泛農業、工業領域中的直接生產者，則率皆為台灣人，是政治經濟上的被剝削與統治的階級。在中小企業工商中產階級中，則日人與台人相對立競爭。因此，大體而言，殖民地台灣中日本人與台灣人的民族對立，同時也是社會經濟上的收奪者與被收奪者的對立，而其表現在政治上，則為殖民者鎮壓被殖民者，即殖民地人民反抗帝國主義和與之勾結的封建地主，追求光譜廣闊的民族解放和復歸祖國的民族民主革命，與日霸權力的反革命的鬥爭。

一八五六年鴉片戰爭，使中國成為帝國主義刀俎下的魚肉。地處中國南疆要衝，同時被迫開港的台灣，更是集中地受到帝國主義蠻橫的侵辱，而在台灣紳民中發展了比祖國其他內地者尤高的反帝意識。在理論上，這反帝抗倭的意識，在「資本主義前夜」的台灣，不免還帶有濃厚的封建主義、宗教迷信，和種族意識高於民族意識的特性，但是在日本帝國主義直接威暴之下，也帶有素樸的現代反帝民族主義的性質。

一九一五年以後，上述多少帶有封建性、地方性，甚至宗教迷信性質的「前現代」性的民族抵抗，隨著台灣邊陲部資本主義社會結構的進一步發展，逐漸演變為帝國主義下現代民族反抗運動。

一九二一年，以林獻堂為中心的，由上述與日本獨占資本關係較疏，有一定利益衝突的地主士紳階級為基礎之「台灣議會設置運動」，以請願方式熱烈展開，要求士紳階級參與部分台政，使台灣取得一定限度內的自治權，受到日本當局的鎮壓。

同年十月，林獻堂、蔡培火和蔣渭水等組成「台灣文化協會」，集中了當時台灣各派抗日民族運動和社會運動的勢力，形成深具活力的反帝民族統一陣線。

但是，潛藏在民族運動內部的階級矛盾，在理論和戰略上比較幼稚的時期，不可避免帶來這一陣線的破裂。階級運動「終究以打破民族資產階級的地主所有制」為目標，終不能不顯露了台灣「民族運動與階級運動相剋」性質，而引發了左右分裂。一九二七年，以連溫卿、鄭明祿、王敏川為中心的左派，解除了地主士紳階級的代表林獻堂、蔡培火和蔣渭水、陳逢源和蔡式穀等人的領導權。後者退出協會，另組「台灣民眾黨」。

而地主出身的中產階級自由業（執業醫師）者蔣渭水，隨著殖民地歷史發展而逐步左傾，在民眾黨內與右翼的蔡培火發生矛盾而分裂。蔡培火離開民眾黨，和右翼地主士紳階級林獻堂、楊肇嘉另組純為保護地主士紳階級利益，淡化民族反日抵抗色彩的「台灣地方自治聯盟」。民眾黨則在蔣渭水領導下繼續左傾，並廣泛插手台灣工人運動，且與大陸中國國民黨左派發生政治上的聯繫。

在第三國際、日本共產黨和勞農黨，以及中國共產黨交錯的影響下，一九二八年，「日本共產黨台灣民族支部」（通稱「台共」）成立，並積極介入文化協會展開活動。於是文化協會又產生王敏川一派對連溫卿一派的鬥爭，後者被除名而離開「文協」。台共內部在此時也發生宗派主義的鬥爭。迨一九三一年日本當局全面鎮壓反帝民族運動的局面下，台灣反帝民族運動全面潰敗。

前文已經側重提起殖民地台灣經濟的基軸，在以米、糖為中心的「單一種植」經濟。故殖民地台灣的產業，以農業為主。米、糖、茶葉和樟腦等主要工業，亦以與其連結的農業栽培及生產過程為重要，而使農業部門的農業勞動者成為殖民地獨占資本直接壓迫與剝削的對象。如前所述，在糖業帝國主義下淪為現代農業工資勞動的台灣農民，在關於甘蔗收購方式與價格上的爭議，以及土地徵收和土地撥放予日本退職官吏關鍵性鬥爭中，在一九二五年，因二林事件鬥爭宣告成立了第一個農民工會（「農民組合」）。同一年，經由鳳山新興製糖廠土地徵購爭議事件，組成「大甲農民組合」。二六年，全島性農業勞動者的工會即「台灣農民組合」成立，並且迅速在全島相繼成立各地方分會。迨一九二七年，這個農民無產者的戰鬥組織已經集結了兩萬餘農民，而成為殖民地台灣最具活力，旗幟鮮明的反帝民族運動組織，以農民為基礎，在以台共為中心中領導下，團結了抗日的中小地主、中產階級和知識分子而形成一個抗日民族統一戰線，一直到一九三一年的大鎮壓之前，留下了許多光輝的抗日民族運動史跡。

總而言之，日帝下的台灣，即殖民地·半封建社會苛酷的民族與階級的矛盾，成為這一時期政治、社會、文化領域中的民族·民主運動的基礎。從中國割讓出去的殖民地台灣與其他殖民地如朝鮮的不同，在於如朝鮮之殖民地化，為全朝鮮之淪亡與殖民地化，而台灣之殖民地化，係台灣一地自中國被割讓予日本而殖民地化。而朝鮮之反帝民族解放，即全韓民族之民族解放運動，而台灣之抗日民族解放運動，自然具有強烈的以復歸中國、振興中國的「中國指向性」，以漢民族為自我認同，打倒日本帝國主義，從日本民族主義之轄制與壓迫下求得與獨立的精神與思想內涵。這不但為日本在台權力當局總督府最高治警機關所不得不承認，亦為當年抗日志士大量的文獻所證實。而此時台灣抗日民族運動陣營內部，則因代表殖民地·半封建社會內被壓迫人民不同階級立場與利益，有自右翼以至左翼；自地主士紳以至農工階級不同的目標與戰略，而形成抗日運動的統一陣線時期（一九二一—一九二七）和分裂重組的時代（一九二七—一九三一）。

(三)文學思潮

台灣新文學的發展,從外部環境說,受到一九一七年蘇聯社會主義國家的誕生、歐戰後「民族自決」主義對廣泛殖民地・半殖民地反帝獨立運動的激勵;一九一九年朝鮮「三一」抗日獨立運動震動東北亞洲,和同年中國反帝・愛國主義之思想和文化啟蒙運動(「五四」運動)深刻的影響,基本上是以現代反帝民族主義展開台灣民族・民主運動當中文化運動的一個主要環節而展開,不待贅論。

但從台灣內部說,日帝當局在一八九八至一九〇四年在台灣推動著名的土地調查和林野調查(一九一〇至一九一五),以日帝現代民法整頓了當時封建的、複雜的土地關係,使日本獨占資本得以進一步對台灣土地的現代資本主義擴張與掠奪,並且使台灣本地資本在(1)日本殖民主義的歧視和壓制條件下,以及(2)併入日本資本而隸屬化條件下,有了相對性的成長,造成和日本在台獨占資本的成長相應的本地隸屬資本及買辦資本相對性的成長,從而意味著台灣本地中小資產階級的發展和現代工、農無產階級的增長。台灣社會史上此一階級關係的重大變化,即殖民地台灣之「邊陲部資本主義社會構造體」的形成期中,日本獨占資本和本地大地主士紳階級的勾結;本地新興資產階級與日本獨占資本又隸屬又鬥爭的關係;中小地主資產階級在日本糖業帝國主義下和日本糖業資本之間，因自身淪為形同蔗農的地位而產生對抗關係而傾向於同情和支持文化協會和農民組合的反日運動；小資產階級知識分子在殖民地台灣的民族與階級矛盾下崛起……為這一時期台灣新文化運動和新文學運動整備了物質的階級的條件。以下，就殖民地條件下台灣邊陲資本主義社會的形成和發展過程，表現在台灣新文學各種論戰和文學作品中的思潮，分別加以概括的介紹：

1. 白話文運動

和半殖民地的中國大陸一樣，台灣現代文學也是提倡白話文，即以市井市民的漢語，來取代中國傳統封建士大夫階級所習用的古代漢語作為表記的工具，而展開了從語言工具的革命到文學內容與形式的變革。究其原因，一方面是在殖民地台灣的邊陲資本主義社會結構的形成過程中新生的本地資產階級，面對島內外全新形勢和嚴苛的民族與階級的矛盾，深感台灣傳統地主・士紳階級和遺老知識分子的思想、知識和語言早已不敷使用，加上受到祖國中國的文學革命與白話文運動深刻的影響，在一九一七年大陸《新青年》雜誌提倡白話文之後三年的一九二〇年，在東京留學生所創辦的《台灣青年》雜誌上第一次出現了批判中國古文「矯揉造作，抱殘守缺」的文章（陳炘〈文學與職務〉），拉開了一直持續到一九二五年的反對古文、提倡白話文的豐富、廣泛的論爭與議論。

其次，反對古文，提倡白話文的運動，和半殖民地的中國一樣，是基於當時殖民地台灣廣泛展開的民族・民主運動為救亡，為民族與階級的解放而向廣泛民眾進行教育、鼓動、宣傳和現實需要所推動的運動。早在一九二〇年陳炘攻擊古文時，就說「文學應有傳播新思想、改造社會的使命」（陳炘〈文學與職務〉）。甘文芳認為古文已不適合當時「迫切的時勢要求和現實生活」（甘文芳，〈實社會與文學〉，《台灣青年》第三卷第三期）。黃呈聰主張以白話文作文化普及於民眾的「急先鋒」，結束「群眾愚昧」的現況（黃呈聰〈論普及白話文的新使命〉，《台灣》，一九二三）。黃朝琴主張為「提高文化水準、造福民眾」而改造漢文。凡此，都足見白話文運動基本上是要為台灣的反日民族・民主運動、喚起民眾而展開。

最後，台灣的白話文運動反映了殖民地台灣社會的這樣一個特質：台灣是從中國「割讓」出去的殖民地。這不同於一般全民族淪為殖民地的社會。韓半島的日本殖民地化，使韓民族在其民族獨立鬥爭中成為唯一的主體。但因被「割讓」而殖民地化的台灣，從民族關係上說，半殖民地化的中國並未全部淪亡，台灣是處在日本併占下與祖國分斷的狀態。因此，日帝下台灣的反日民族・民主運動中，「祖國中國」的概念一直是一個主要的驅動力。因此，日帝當局台灣總督府所編《台灣警察沿革誌》中卷《領台以後的治安狀況》的〈序論〉中有這記載：「關於本島人的民族意識問題，關鍵在其屬於漢民族系統。漢民族向來以五千年的傳統民族文化為榮，民族意識牢不可破……雖已改隸四十餘年，至今風俗、習慣、語言、信仰等各方面卻仍沿襲舊貌……故其以支那為祖國的情感難於拂拭，乃不爭之事實」。同〈序論〉又說，日本領台後，對台灣「新附之民眾一視同仁、平等對待，使其沐浴浩大之皇恩」，無奈台灣人民一仍「頻頻發出不滿之聲，以至引起許多不祥事件」。其原因，「除歸咎其固陋之民族意識外，別無原因」。

因此，在台灣的白話文運動中，祖國中國的語文革命影響至為深刻。陳端明高度評價了中國的白話文運動，激勵台灣知識分子起而效法。黃呈聰主張以中國白話文在台灣的普及來「保存我們的文字」，把漢語言文字的改革同發揚中華民族文化反對日本同化政策和殖民政策密切聯繫起來。和祖國分斷而殖民地化之台灣的社會、政治、文化運動，與祖國中國半殖民地·半封建社會的社會、政治和文化運動互通聲息。這樣一種「中國指向性」，是日帝下台灣新文學精神和思想的一個組織部分。

2. 新舊文學的鬥爭

前文已經說過，殖民地·半殖民地的語文改革運動，肇因於在殖民地·半殖民地條件下新起的資產階級和知識分子，深感與殖民者獨占資本相互溫存的本地封建地主、士紳舊知識分子的思想、知識、語言和文學，不但無法適應當前嚴峻的民族／階級矛盾的形勢之需要，而且反而成了為殖民主子作倀，反對變革與解放的工具。因此，傳統的、封建主義的舊文學成了民族·民主運動中前進的知識分子猛烈批判的標的。張我軍批判舊體文學為「陳腐頹喪」，喻之為「骷髏」、「墳墓」，為「臭泥窟」（張我軍〈糟糕的台灣文學〉，《台灣民報》第二卷第二十四期）。

一九二四年，著名的傳統文人連雅堂譏諷新文學提倡著「口未讀六藝之書，目未接百家之論……粃糠故籍，自命時髦……」，展開了一場新舊文學的鬥爭，雙方壁壘分明，至一九二六、一九二九年，尚有微波蕩漾不絕。

由於擁護舊文學一派的知識不足，思想迂闊；再由於擁舊派在台灣殖民地被代表日本獨占資本權力的總督府收買，體現了與日本獨占資本相勾結之台灣大地主士紳階級的投降自保、魚肉同胞的思想感情，在論爭中全面敗北，受到台灣民族·民主運動圈知識分子的唾棄。

新舊文學在台灣的激烈鬥爭有這些思想的結果：

（1）舊文學因遠離殖民地台灣生活中的民族階級矛盾而全面沒落。

（2）在爭論中大量從大陸介紹了新文學的理論與創作，擴大了影響，提升了水平。

（3）為其後萌芽期台灣文學的展開，整備了語言、文學形式、文學內容和理論指導的條件。

3.台灣無產階級文化運動與第一次「鄉土文學論爭」

一九二三年以後，隨著新俄成立和第三國際的形成，馬克思主義的思潮在日本知識界迅速擴散，殖民地台灣青年留學東瀛者也很快地受到影響，學習馬克思主義的社會科學之風氣，成為台灣留日學生中的一股熱潮，為尋求殖民地台灣解放之道的台灣青年提供了銳利有力的思想武裝。

一九二八年，台灣共產黨(「日共台灣民族支部」)成立於上海，台灣之共產主義運動有了進一步發展，自然促成台灣無產階級文化運動的開展。同一年，「全日本無產者藝術聯盟」(NAP)成立；一九三一年，「日本無產階級文化聯盟」(COP)成立，其次，在COP下設置朝鮮和台灣兩個「協議會」，作為日共在其被鎮壓之後對日本殖民地解放運動的指導機關，在朝、台兩地發展殖民地無產階級的文化和文學運動。

在這樣的背景下，島內台共的工作也有顯著成長。一九三〇年，台共黨人王萬得和外圍人士共同創辦《伍人報》，推展左翼的文化運動。

島內共產義文化運動的急務之一，是如何迅速有效地以進步和變革的文化、知識和思想，宣傳和教育於台灣廣泛的文盲無產階級大眾。早在一九二四年，台灣早期傑出的馬克思主義理論家之一的連溫卿，就從保衛被壓迫民族的語言立場出發，主張「保存台灣話語」(連溫卿〈言語之社會的性質〉，《台灣民報》第二卷第十九期，一九二四）。

一九三〇年八月，無產階級啟蒙運動成為當時台灣左翼民族運動家關切的焦點。在這樣一個背景下，上述《伍人報》刊出了黃石輝的〈怎樣不提倡鄉土文學〉，主張從廣泛人民日常實際生活的實踐中，「建立台灣獨自的文化」。而為了建設能感動「廣大人民的文藝……應以勞苦群眾為對象」，就應提倡「鄉土文學」，即以廣泛台灣勤勞人民能懂的台灣方言，去寫台灣的事物與生活，以台語「寫小說，做文章，寫歌謠」。

一九三一年，郭秋生發表〈建設台灣白話文一提案〉和〈建設台灣白話文〉，主張在台灣當時條件下，台灣方言是唯一可能發展為「文言一致」的語言，主張在現行漢字系統基礎上，按照中國六書的原理，為台語中有音無字的部分創構新字，提出「台灣話文—鄉土文學—民間的文學」「三位一體」的主張。

對於這些突出了殖民地台灣與大陸一時分斷的現實，急於推展一島之內的階級啟蒙運動的「台灣話文」、「鄉土文學」運動的反論，來自廖毓文、林克夫、朱點人、賴和和吳坤煌等人。反論的思想，也是從台灣無產階級文化運動的立場去展開的：（1）所謂「鄉土文學」，依其在德國的實踐，只是強調地方色彩地方情調的文學，沒有階級性，不宜提倡；（2）台灣話文要發展成文學語書，尚需漫長的時日。且島內閩南語與客家話有一定差別，難統一於一時；（3）主張援用大陸白話文而加以普及；（4）從無產階級之立場看，若不能一時普及世界語以發展世界無產階級的超國界團結的文化與文學，也不應只提倡局限於台灣、漳、泉兩州和廈門的話言和文學，而起碼也應推展全中國無產者能相溝通的中國共同語——白話文。

這所謂「台灣話文」、「鄉土文學」的爭論，基本上是從當時台灣勞動階級的啟蒙運動出發，其最終的針對性是日本殖民主義之民族與階級的統治。對內而言，不論右翼之提倡古代漢語，中間、左翼之提倡白話或「台灣話文」，基本上都是為了保衛被壓迫民族的語文，即中華民族的語文。在此，我們又看到殖民地台灣文化、政治、社會鬥爭的一個特質，即其祖國中國的指向性。這和近一兩年來台灣反民族、反統一的分離運動所推行的「台灣話」、「台灣話文學」，在階級、思想上的意識是截然不同的。

（四）萌芽期台灣新文學的思想內容（一九二五—一九三〇）

孕育了台灣現代文學萌芽期的台灣社會（一九二〇—一九三〇），正是日本帝國主義當局以國家強權的介入，在台灣擴展日本現代化大規模製糖獨占資本，抑壓和消滅台灣傳統的民族糖廍作坊資本，使部分土著現代製糖資本對日本獨占資本從屬化，並且造成製糖工業的農業過程中使台灣中小地主與蔗作農民對日本資本從屬化，而使廣泛農民貧困化的時代。

二〇年代中期以後，蓬萊米逐次登場，使米・糖「單一種植」（monoculture）成為台灣殖民經濟主軸。在日本獨占資本與作為米糖經濟之基礎的地主・佃農體制的勾結、妥協而進行殖民地資本累積的基礎上，形成了日本獨占資本、本地大地主資本、本地附庸性資本對廣泛本地農民、工人、市民和知識分子的壓迫構造。而這一時期的台灣文學，正是表現了這一突出的民族與階級的矛盾。

1. 表現對日本警察橫行鄉里，魚肉台民的抨擊

日本警察是日帝在台灣統治與壓迫的最形象化的象徵。它代表日帝國家權力，廣泛地干預台灣經濟、文化、政治與社會生活。描寫日警的殘暴，對殖民地人民的拷問、勒索、侮辱民女，成為日帝下台灣小說重要的主題。

賴和的〈一杆稱仔〉、〈不如意的過年〉、〈惹事〉；楊守愚的〈十字街頭〉；陳虛谷的〈他發財了〉、〈無處申冤〉等，都是以日警對殖民地台灣人民施加橫暴，指控日本帝國主義的嚴酷加害的作品。有許多其他作品，雖然不以日警的凶暴為主題，但小說中出現日警欺壓百姓的場景，尤不可勝計。

2. 對日本帝國主義在台灣的經濟壓榨，迫使農民、工人之貧困化的控訴

日本獨占資本在台灣的擴張，土著資本、地主資本在台灣的從屬下的發展與積累，無不以台灣廣泛工農無產階級破產和貧困化為代價。許多作家表現了殖民地台灣人民貧窮悲慘的生活。賴和的〈豐作〉，楊華的〈一個勞動者之死〉，楊守愚的〈升租〉、〈一群失業的人〉，楊雲萍的〈黃昏的蔗園〉，都描繪了日本獨占資本搶掠下台灣人民悲慘貧困的生活。

3. 抨擊依附日帝．刻毒同胞的地主、士紳和漢奸人物

台灣殖民地化的過程，是日本獨占資本與半封建私產地主制相勾結的過程。因此，地主、士紳階級，附屬於日本資本的本地地主性資產階級和買辦階級，勢必為日帝作倀，仗勢欺壓同胞。文學家對這些人發出了忿怒的批判。楊雲萍的〈光臨〉、賴和的〈善訟的人的故事〉、陳虛谷的一些小說中，都對這種漢奸分子加以撻伐。

4. 對於敢於為民族與階級的解放而鬥爭的正面人物的歌頌

楊逵的〈送報伕〉表現了一個台灣被壓迫階級的人物在鍛鍊和生活中覺醒為具有無產階級國際主義視野的戰士，對未來的歷史充滿著信心。他的〈萌芽〉，寫一個理解和支持丈夫從事反帝

解放鬥爭的婦女的典型。賴和的〈善訟的人的故事〉中有一位勇於為民申冤的知識分子。楊守愚的〈決裂〉，更是深入描寫了一個參加「農組」的革命知識分子的組織生活、生涯、心理和情感的歷程，塑造了堅持鬥爭，仆而再起的革命者光輝形象。

5. 為殖民主義和封建主義下台灣婦女遭受的多重壓迫力申冤抑

殖民地台灣的女性，在封建神權迷信、封建宗法男權和帝國主義的多重壓迫下，命運至為悲慘。相當多的台灣作家從生活中認識了這個慘酷的現實，在文學作品中帶著深刻的同情與正義的忿怒為她們大聲控訴。楊守愚的〈誰害了她？〉、〈鴛鴦〉和〈女丐〉更是寄情深婉地描寫了受盡侮辱的、殖民地下不幸的台灣女性的坎坷。陳虛谷在〈無處申冤〉中寫受盡日警奸汙欺辱的無告的女性。楊華的〈薄命〉寫在封建宗法體制下一個女性悲慘的一生。

6. 寫殖民地台灣巨大民族矛盾與階級矛盾下，地主、小資產階級知識分子的苦悶、徬徨、動搖與失落、頹廢……

賴和的〈赴了春宴回來〉寫舊知識分子的空虛、墜落與妥協；〈棋盤邊〉寫舊式文人精神的貧困、空虛；楊守愚的〈啊，稿費！〉寫日帝下小資產階級台灣知識分子的貧困化和無出路。

（五）萌芽期台灣文學的限制性

台灣因日帝霸占而與祖國分斷，孤懸海外，和中國文化與文學母體失去了比較直接密切的聯繫。在日帝壓抑台灣民族與階級解放運動、對漢文化和文學明阻暗撓的條件下，台灣現代文學萌芽期的一代作家們，基本上優秀地回應了激烈的民族矛盾與階級矛盾對他們提出的嚴峻挑戰，以文學形式反對帝國主義和封建主義，為民族與階級的徹底解放做出了應有的鬥爭。

但是，由於帝國主義下抵抗文學在政治上的艱難，民族文學和文化園地極少；在激盪時代中大部分作家必須身兼運動實踐與創作實踐，無法專業縱深地發展創作；萌芽期語文、文學敘說形式（narratives）的未臻成熟，以及關於台灣歷史與社會的科學理論與知識的貧弱，反帝民族文學理論相應的弱質，都使這萌芽期台灣文學受到一定質與量上的限制，也是明白的事實。

（六）台灣現代文學發展期（一九三〇—一九三七）的思潮

1. 社會概況

一九三一年，在全球性恐慌中，日本宣告脫離金本位制，進行通貨管理，日本資本主義快速向國家獨占資本主義發展，推行軍事化經濟，發展重化工業，並悍然向中國東北進軍（一九三一）。一九三七年，日本發動蘆溝橋事變，點燃對華侵略的全面性戰爭。

在國家獨占資本主義國策性戰爭經濟發展路線下，日帝在台灣積極發展能源、酒精、紙漿、化學、橡膠、合金、鋼鐵、造船、石油化學等產業。此時，在戰爭「國策」下，台灣本地經濟被統攝在日帝「大東亞共榮」經濟之中，並為向南洋侵略積極準備。在統制·軍事經濟體制下，台灣人資本迅速萎縮，全台產業資本全部納入日本國家獨占資本的支配，而廣泛台灣農民、工人和市民更加徹底地貧困化了。台灣的民族矛盾與階級矛盾愈見深刻。

2. 台灣無產階級文化·文學運動的發端

二〇年代末，日共與台共組織相繼遭到日帝當局的鎮壓。台共在一九三一年被起訴而解體時，台灣的文化運動、農民運動和工人運動的組織全面宣告瓦解。這時候，從各戰線流出的黨的以及同路人的運動家，力圖以「那怕是最微小的合法性」組織與手段，從事工農階級的民族·民主運動的重建。這時，無產階級文化和文學運動成了這些運動家選擇的活動形式，大量的革命活動家投身到左翼的文化——文學戰線上來。

一九三二年，在東京的左派詩人王白淵和朋友們計畫成立一個無產階級的文化組織，以「藉文學的形式，啟蒙大眾之革命性」，從而在該年七月，組成在「日本無產階級文化聯盟」下的「東京台灣文化同好會」。九月，因日本當局鎮壓瓦解。十一月，又成立「台灣藝術研究會」，並以日本無產階級文化聯盟朝鮮協議會「勇敢而富於戰鬥性」的鬥爭為自己的榜樣。

在島內，如前所言，以台共黨人王萬得為中心創辦了《伍人報》週刊（一九三六年六月），並與日本NAP（「全日本無產者文藝聯盟」）、《戰旗》、《法律戰線》、《農民戰線》等維持著密切關聯，在《伍人報》展開了著名的「台灣話文」、「台灣鄉土文學」的論戰，為有效、迅速普及語文於台灣無產大眾而努力，已見本文前此所論。

另一九三〇年八月，楊克培會同王敏川、賴和、郭德金在謝雪紅的國際書局為基地，創辦《台灣戰線》。在發刊宣言中，他們宣稱「欲以普羅文藝來謀求廣泛勞苦民眾的利益，策動解放處在資本家鐵蹄下過著牛馬般生活的一般被壓迫人民」為目的，通過《台灣戰線》，把過去一直被「少數資產家、貴族階級所獨占、欣賞的」文藝，「奪回到普羅列塔和亞的手中」並「促進文藝革命」，並且主張要宣傳「馬克思主義理論和普羅文藝」，因為「沒有正確的理論就沒有正確的行動」。

《台灣戰線》和《伍人報》一樣，受到日警當局嚴密監視和打擊，屢遭禁刊，雖努力合併重組，發刊《新台灣戰線》，而終不能不關閉。一九三一年六月，以在台日本進步人士為中心，由王詩琅、張維賢、周合源等人參加創立的「台灣文藝作家協會」成立。但在當時形勢下，「協會」

實際上是在台共瓦解後，台灣共產主義運動力謀恢復重建活動的機關。但在關於台灣文學的問題上，「協會」主張過「建設馬克思主義的，具有台灣特性的文學」和「以養成無產階級作家（尤其是台灣人的無產階級作家）為中心任務」的兩條。

一九三四年，集聚了八十餘作家而成立於台中的「台灣文藝聯盟」，觀其成立宣旨，除了提倡大眾文學，並沒有鮮明的進步色彩，但也確有團結一代台灣作家的作用。

3. 對台灣文學現況的反省與文藝理論的探索

一九三一年台共、文協和農組全面在日帝鎮壓下崩解，組織性的民族・民主運動受到重挫，革命工作的重心轉移到文學領域上來。這些運動家來到文學戰線，集中思考台灣文學問題時，便發為深刻的反省和自我批評。

廖毓文認為台灣文學「牛步遲遲，不能飛躍」（廖毓文〈台灣文字改革運動史略〉）；有人說「台灣新文學，時至今日，還是荒涼不堪，甚至荊棘叢生」，無法「達到時代水準」，不曾「滿足時代民心的渴望」。芥舟指出當時的台灣文學「放離現實」，沒有「生活改造意識」，文學家對廣大人民所疑、所不滿的，「不能痛下嚴正的批判，不能摘發罪源禍根，不能喚起改造的意識與提示當來的進路」（芥舟〈社會改造與文學青年〉，一九三二年）。有人覺悟到當時的台灣「太缺少有力的作家和思想家」(《南音》，一九三二)。廖毓文提出了另一個關鍵性問題：就是當時台灣的進步作家和文學運動，向來「缺乏一個健全有力的組織為主體」(轉引自陳少廷《台灣新文學簡史》)。

在文藝思想方面，沿著台灣的民族·民主運動而開展的台灣(左翼)文學，以民眾文學，即文學的大眾化、平民化為主流思潮，是極為自然的。一九三二年，葉榮鐘在〈知識分配〉一文中，鮮明地喊出作家到人民群眾中去的口號。他主張知識分子到群眾中去，把知識帶給農村、鄰里、民間的人民大眾，謀求一般民眾文化的向上。

但真正能表現無產階級文藝思想的文獻，還只能舉出上述由台共系統創辦的《台灣戰線》的〈發刊宣言〉。在宣言中，提出文藝的階級性；文藝為廣泛勤勞民眾的事業服務；文藝為解放被壓迫民眾服務；文藝要接受馬克思主義理論的指導，為無產階級的革命做貢獻……。此外，由日共分子為核心組成的「台灣文藝作家協會」的文件中，也簡單地提到「建設馬克思主義的、具有台灣獨特性的文學」。無可諱言，這些一方面雖然說明了當時台灣文學運動的左傾性質，另一方面也說明科學的文藝理論在當時台灣文藝界的貧弱。這種貧弱性，也明顯地表現在當時叢出的文化／文藝運動刊物如《南音》、《福爾摩沙》、《先發部隊》與《台灣文藝》等的宣言、文藝理論文章的內容上。

一九三五年，楊逵和葉陶夫婦從《台灣文藝》出來另起爐灶，創辦《台灣新文學》。從他宣稱另起爐灶是為了辦一個「更能適應台灣現實的文學機關」，發展出「積極把握現實，帶有更濃厚的現實主義」作品看來，一生不憚於鬥爭的楊逵，恐怕也對當時台灣左翼文學在思想和理論上的落後性，感到不滿與焦慮吧……

4. 發展期台灣文學作品的題材所表現的思潮

一九三〇年到一九三七年的台灣社會，是日本資本主義在世界性危機中，以走向法西斯、走向戰爭，把發展到國家獨占資本主義的日本帝國主義進一步向中國大陸擴張。它對於台灣社會的直接結果，是日本獨占資本的全面支配，土著資本的衰退和廣泛台灣農民、工人走向破產、貧困與絕望的深淵。在另一方面，從二〇年代中後走向組織化鬥爭，三〇年代組織鬥爭瓦解後走向文化鬥爭的台灣反日民族．民主運動的經驗，也反映到這時期的作品中。

(1)描寫殖民地台灣人民隨日本資本主義獨占化而愈益貧困化的悲慘、絕望的生活

吳希聖的〈豬〉寫台灣農民在不斷淪落中難於思議的悲慘命運；柳塘的〈轉途〉，寫農民貧困化中賣兒女過活。黃有才的〈淒慘譜〉寫一個台灣礦工貧困非人的生活。楊逵的〈送報伕〉也以台灣農民絕望的生活為背景。朱點人的〈島都〉也以飽受殖民主義和封建主義殘害的農村生活為背景。愁洞的〈四兩仔土〉，更是集中描寫一個赤貧化的蔗農的黑暗的生活。翁鬧的〈戇伯仔〉寫寒

村中一個貧困農民勞苦貧窮，卻不失去掙扎與反抗毅力的農民的一生。

（2）描寫獻身於革命實踐和反抗的人物

比起萌芽時代的作品，發展時期的台灣文學中，寫革命、反抗人物和組織、實踐行動的小說，在比重上多出甚多。林克夫的〈阿枝的故事〉，寫一個台灣工人在鬥爭中覺醒與成長。王錦江的〈夜雨〉細寫一場失敗了的工人運動，探討失敗的內外因素。林越峰寫實踐運動中出現的叛徒人物。繪聲的〈秋兒〉寫為革命犧牲者的遺孀堅韌不拔，寄希望於下一代。朱點人的〈島都〉寫貧困農民在悲慘的人生中覺醒，潛入地下，走向鬥爭。王詩琅的〈夜雨〉，寫工人在一次慘敗的罷工中吸取了教訓，初步覺醒。他的另一篇小說〈沒落〉，寫一個參加革命飽受打擊而苦悶頹唐，又無法完全死心的青年。〈十字路口〉寫受到環境教育而覺醒的小資產階級知識分子。楊逵著名的〈送報伕〉更是描寫了一個在日本無產階級兄弟和同志的教育下覺醒，返台投向革命的年輕人。他的〈模範村〉中也寫一個在生活中覺悟，最終潛往祖國大陸從事抗日革命的阮新民。他的〈萌芽〉，創造了一個理解和支持革命者丈夫的堅強女性。

（3）為不幸的婦女申冤．諷刺漢奸型反民族人物．抨擊日本當局欺壓人民

這些題材基本上是延續萌芽期的表現題材，因為這些都是殖民地生活中必有的畸型、歪曲和醜惡悲慘的現象。王詩琅的〈青春〉、〈老婊頭〉，寫不幸的女性悲慘的命運。愁洞的〈新興的悲哀〉，寫日本資本與台灣士紳勾結，欺壓台民。〈興兄〉寫老農民望子成龍，培養兒子到日本讀書，誰知竟然娶日女為媳，變成假東洋鬼子，忤辱翁長，一氣與子與媳決裂返鄉。他的〈奪錦標〉寫日本官吏苛擾人民，與地方士紳勾結，魚肉人民。〈保正伯〉則諷刺為臣本當爪牙媚敵欺民的人物。朱點人的〈脫穎〉寫投靠日本人，當日本人養子，狐假虎威，橫行鄉里的陳三貴。

（4）表現旺盛堅定的抗日民族精神

在這個題材上，楊逵在他的時代中，始終是最突出而優秀的作家。他有堅定的、進步的世界觀和階級觀，他對抗日必勝，弱小者必獲解放，懷有堅決的信念。除了分別在上述題材中談到的作品外，他的〈泥娃娃〉、〈鵝媽媽出嫁〉、〈春光關不住〉和劇本〈怒吼吧，中國！〉，利用任何最小的縫隙，去表現他的日帝必敗，人民必勝的革命的樂觀主義。龍瑛宗說：「楊逵文學是指示歷史進路的文學，是為生活在黑暗中人們心中點燃一盞燈的文學，」是中肯的評語。

（5）大時代的反動：超現實主義

在詩歌創作上，發展期的台灣新詩壇也收穫了豐富的抗日民族詩歌作品。吳坤煌〈漂流曠野的人〉寫潛入地下的戰士逃亡於曠野的心情；〈悼陳在葵君〉寫一個至死不渝的革命青年。王白淵青年時代出世之作〈荊棘之路〉在日本左翼文壇中尤有聲名。郭水潭〈村里瑣事〉、〈吸血鬼〉寫農村貧困和台灣士紳、知識分子的墮落；〈故鄉書簡——致獄中S君〉和〈世紀之歌〉表現了詩人對日本支配者的憎恨。吳新榮的〈故鄉輓歌〉、〈疾馳的別墅〉、〈煙囪〉都是揭發、控訴殖民地台灣黑暗生活的作品；他的〈農民之歌〉，更是對台灣勤勞農民昂揚的讚歌。

但是在這個時期，有一些主要地寫生活中尖銳矛盾，抗議殖民體制的小說家和詩人，偶爾也寫一些與民族或階級鬥爭無關的、歌頌愛情，描寫風俗風情、寫個人感受的作品。但到了一九三五年，以楊熾昌為首的一群詩人，則完全拋開了革命與批判現實主義，逃避生活中嚴酷的矛盾，結成「風車詩社」，提倡和實踐超現實主義，成為台灣文學史中最早舉起現代主義旗幟的詩群。雖然後來他們當中有人以「隱蔽（反日）意識的表露」俾「稍避日人凶焰」為自己飾辯，實不足信。原來包括超現實主義在內的現代主義，力主文學藝術的「純粹」，鄙惡具體的生活、思想和政治，力言語言的「意象」、「張力」和雕琢技巧、講官能的倒錯，神經的近乎病態的纖細……這一切都說明在革命和反革命的矛盾不斷激化的時代中，他們以逃避的方式選擇了反民族和反革命的一方。

（七）台灣現代文學挫折期（一九三七—一九四五年）的思潮

一九三一年以後，日本帝國主義以財政之膨脹化，推行軍團主義化的經濟，推動對中國大陸和南洋的侵略。在政治上，日帝強化法西斯獨裁，並以皇國思想和全國、全殖民地的皇民化動員，為其侵略擴張政策的精神文化全面鼓動。台灣的政治、文化、社會的抵抗運動遭到最強大的打擊，日帝下台灣文學遭到最重大的挫折，而進入黑暗艱難的時期。

1. 皇民文學的瘋狂和錯亂

一九三六年，台灣淪入日本軍・帝國主義的軍事化體制，以「皇民化」、「工業化」和「基地化」為日帝治台總方針，全面在台灣推動法西斯的「皇民化運動」，鎮壓一切反日民族和階級運動、思想和組織，禁用漢字、禁止以中文寫作、全面禁止集會、思想、言論的自由，強力推行天皇崇拜、皇國史觀，形成一種強大的錯亂，在日本全境及其鮮、台殖民地中上升和擴大。

一九四〇年，日本在台御用作家西川滿以唯美主義做幌子，成立「台灣文學家協會」，刊行《文藝台灣》。次年，台灣組成「皇民奉公會」，由西川的「台灣文藝家協會」推選台灣作家參加，分別在一九四一年和四三年舉辦「大東亞文學者大會」，在會後並巡迴台灣各地，宣傳皇國民思想。

台灣文學與作家，同中國東北的文學與作家，朝鮮的文學與作家一道，在這最為黑暗的時代，受到最難忘的羞辱與加害。台灣固然出現像陳火泉、周金波那樣不惜自賤、自侮而謳歌皇國主義和大和精神的漢奸作家，也在「文學奉公」活動中出現了青壯時代活躍於進步的、激烈的反日、抗日的文學戰線上的優秀戰士如楊雲萍、張文環，和一向色彩比較灰濛游移的黃得時與龍瑛宗，說明了那一段台灣文學恥辱、痛苦而又荒廢的時代。

2. 在曲折中頑強發展的民族文學

日本評論家尾崎秀樹，對於「決戰」體制下的台灣文學界的三個人，給予極高的評價。一個是楊逵，一個是吳濁流，一個是呂赫若。楊逵（在皇民化運動中）裝著順從國策路線，積極地走向農民群眾，假戲劇報國之名，帶著流動劇團，展開他的農村工作。而他的劇目的內容，事實上貫穿著「意外嚴謹的台灣人民的，階級的觀點」，尾崎寫道。相對於楊逵的乘隙公開活動，公開發表作品，吳濁流則以地下文學的形式，寫下了《胡太明》（《亞細亞的孤兒》），記錄了一個台灣的知識分子在台灣殖民地歷史中複雜、曲折的道路。而呂赫若則在侵略戰爭時代中，絲毫不顧「皇民」題材，自顧去寫一般性的台灣風俗民情的小說〈財子壽〉，寫台灣士紳階級宅院的腐化（〈合家平安〉），寫封建文化之為害（〈風水〉），也寫赤貧農民悲憫的一生（〈牛車〉）和農村中不幸的婦女的命運（〈廟庭〉、〈月夜〉）。

事實上，寫台灣生活的風習人情，甚至生活中比較消極的一面，在那個時代，不失為躲避皇民口號、稍保創作尊嚴的法門。「被迫」參加「大東亞文學會議」的張文環和龍瑛宗，在這個時期，只能寫不幸的女人的一生（〈藝旦之家〉）、台灣大家族兩家爭產（〈閹雞〉）、舊式文人的虛偽（〈論語與類〉）。被迫參加過「大東亞文學會議」的龍瑛宗，寫充滿矛盾的時代中優悒、苦悶、怯懦的知識分子（〈植有木瓜樹的小鎮〉），寫人情冷暖、理想幻滅（〈黃昏月〉），寫不幸的女子之命運（〈一個女人的記錄〉），寫徒托空論的知識分子（〈黃家〉）和家道敗落、萎靡頹唐的知識分子（〈貘〉）和散發著哀愁、唯美主義、辛酸和不幸身心的〈白色山脈〉。

3. 唯美主義文學：「銀鈴會」

一九三七年日帝悍然向中國大地進軍。皇國思想帶著法西斯的瘋狂上揚。日軍的鐵蹄踐踏著亞洲大地，屠殺數以千千萬萬的生命，搶掠不可計數的財產。島內思想言論創作的空間完全被窒息。從二〇年代以降，台灣人民反日帝民族．民主運動被徹底鎮壓、在戰爭財政中人民更加貧困化……在這黑暗時代，大多數台灣作家或沉默封筆，義不事倭，或委曲求全，虛應故事，或像楊逵一樣不放過任何可能的機會，從事抵抗的實踐。在這樣的一個極端、空前嚴酷的時代，一九四三年，有張彥勳、林亨泰、詹冰、錦連、蕭金堆為同人的「銀鈴會」，和它的前輩「風車詩社」一樣，逃離了嚴峻的民族和階級形勢，以「現代主義」玩弄蒼白、怯懦的文字遊戲。他們自己辯稱「在戰前跨越戰後之間，是詩的冷漠。幸好有一稱為『銀鈴會』的詩社組織，自從一九四三年起有如小溪流，陸陸續續活動到一九四九年……成為詩壇的重要根基」（陳千武〈台灣現代詩的性格〉）。

如果在一定的歷史時代，在藝術性之外，可以不問一時代文學的內容、思想和精神，那麼，皇民文學家陳火泉、周金波的大部頭皇民主義作品豈不是更大、更強有力的「根莖」！歷史地看來，從「風車」到「銀鈴」，代表著逃脫了民族與階級的矛盾，以「知性」、「本質」等唯心主義世界觀為言、憎惡批判的、變革的寫實主義，在革命與反革命中選擇了後者的這樣一條路線。這一條路線，在一九五〇年冷戰反共法西斯主義最蕭瑟的時代，以象徵主義、超現實主義、現代主義的思想和形式，在台灣政治肅清的血泊中迅速菌殖，在七〇年代鄉土文學論戰中，機會主義地穿上自己染色裁製的「鄉土」衣裳，又在八〇年代逐步高舉文學的反民族、反統一旗幟，看來是有它一定的階級的、政治的嚴肅意義的。

二、當代台灣文學的展開

（一）台灣半殖民地・半封建社會（一九四五—一九五〇）的形成

一九四五年，日本在第二世界大戰中戰敗，日本帝國主義在台灣之殖民支配全面瓦解，台灣在《波茨坦宣言》和《開羅宣言》下復歸於中國。

從社會性質上看來，台灣社會隨著台灣之在政治與經濟上重歸於中國而進行根本性的重組。日帝下台灣殖民地．半封建社會，至此而被吸納到當時中國半殖民地．半封建的社會。

光復後不久，代表當時由或半殖民地．半封建社會的統治階級——即中國官僚資產階級、大買辦資產階級、大地主階級和大資產階級的國家權力的陳儀接收集團，以「台灣行政長官公署」取代了台灣總督府而為光復後台灣的統治機關。

陳儀當局隨即進行對台灣日產、敵產的國家沒收，而將總督府轄下統制基幹產業全面收編為國民黨官營企業，形成了一個以台灣銀行為頂點，將台灣金融、保險、電子、製鋁、肥料、造船、機械、水泥、造紙、農林和工礦，依「國營」、「省營」和「國、省合營」而收歸當局經營。於是，日帝台灣殖民地體制下的日本獨占資本，一舉而整編為國府統治下官業獨占資本，即國家資本的獨占系統，包攬了一切台灣基幹性產業、主要的金融機關、商貿機關、運輸產業和通信產業，形成具有高度統制力的經濟系統。

而經過國民黨統治集團再編的台灣官業獨占資本，在一九四五年以迄土地改革尚未完全告成的一九五〇年（即傳統地主．佃農制尚未完全解體之時），在性質上，是二〇年代後半以降，以「四大家族」為核心，在大陸社會的基礎上生成與成長的中國官僚資本的一個組成部分。這個官僚資本，依恃國家權力，以對外借款、財稅徵收和投機及通貨膨脹的手段，進行超額累積而肥大，成為半殖民地・半封建中國社會的壓迫機制。

經陳儀集團再編的在台灣官業獨占資本，以財政金融權力將社會資本向官僚資本轉化，助長其積累、積聚與集中，並且也以關稅等國家權力的干涉，保障官僚資本的獨占性，並以價格、市場的獨占，政策性價格補貼以保證其超額累積。一九五〇年後美帝經濟援助，基本上鞏固了官僚資本主義。

而光復後的台灣，也在將日本獨占資本全面改編成國民黨官業獨占資本過程中，從物質上組織到當時中國半殖民地・半封建社會構造之中。從一九四五年到一九五〇年間，雖然農業上快速復興，但因為陳誠當局以官業獨占體制為國共內戰的財政服務，濫發紙幣，強行大陸和台灣間掠奪性貿易，瘋狂剝奪台灣經濟的剩餘以挹注內戰的財政耗費，加上在新民主主義革命的迅速擴大條件下，舊的半殖民地・半封建中國社會的末期的、崩潰、腐朽和混亂也感染到台灣來，造成深刻的社會和政治的矛盾，而成為一九四七年二月蜂起的原因。

在階級關係上，陳儀集團代表了當時中國官僚資產階級、地主階級、買辦階級和大資產階級而為台灣的統治集團。從日據時代延續下來的台灣本地地主士紳階級，在此一時期中和這統治集團有良好的關係。日據時代受盡在經濟上的民族歧視的台灣本地資產階級和中小企業民族資本家，由於陳儀集團全面沒收了敵產基幹產業，使他們企盼光復後興業發達的美夢成空，對國府有一定抵觸情緒。市民、知識分子，則對陳儀集團為支援國共內戰竭澤而漁、腐敗貪汙，對人民作威作福的政治和財政崩潰後生活的貧困化深為不滿。工農民眾亦因不斷的貧窮化而不平。

一九四六年元月，美軍駐華人員強姦大學生沈崇的事件引發了全中國反美、反蔣、愛國、民主運動，波及全國，也波及台灣，在台北集結了萬名各級學校愛國學生聲討美軍暴行，在台北喊出了「美帝國主義滾回去！」、「中華兒女不可侮」、「停止內戰」和政治民主化的口號。這是日本敗走，台灣光復，在全國要求反帝、反封建、民族和平與政治民主化的變革運動時代背景下，台灣的民族主義的新發展。

一九四七年二月十八日，以台北市民蜂起為中心向全島蔓延的二月事件，要求高度地方自治，要求全面民主改革，要求停火內戰，也要求振興經濟，公平分配。從當時全國局面去看，台灣二月事件，也是當時全中國無數人民要求廉潔政治，要求地方的民主自治和反對內戰的反蔣、反內戰、反民生凋弊的群眾蜂起事件之一，是當時歷史條件下的愛國主義運動的一環。

一九四七年二月事件之後，中共地下黨在中共「台灣省工作委員會」的指導下，有較為快速和廣泛的發展。新民主主義的變革運動，高舉了反帝、反封建、反官僚資本主義大旗，吸引了經過二月事變大鎮壓後的苦悶而覺醒的台灣青年、知識分子和工農民眾，而與當時全中國新民主主義革命的總的路線匯流起來。

一九四九年，以中共地下「學生工作委員會」為核心而展開的學生反內戰、要求民主改革和經濟改革的學生愛國運動不斷高漲。同年四月六日，陳誠當局出手逮捕愛國學生，是為著名的「四六學運」事件。同年六月，台灣著名作家楊逵團結其他本省和外省籍文化、文藝工作者，發表《和平宣言》，主張堅決反對帝國主義炮製的「台灣託管」和「台灣獨立運動」，要求徹底的政治民主化改革，反對內戰，振興產業，建設台灣，終遭逮捕入獄。

一九四八年，在台北、台中等地，領導過二月蜂起的前台共人員和中共地下黨人士，在二月事件後的大鎮壓中，潛退香港，組織了「台灣民主自治同盟」。從一九四八年到四九年間，該同盟迭次發表聲明，揭發和批判美帝國主義陰謀霸占台灣，炮製聯合國託管台灣和台灣獨立的行徑，號召人民「不但要反蔣，也要反對美帝國主義」。當時「台盟」主席，台灣著名的革命家謝雪紅，更會以專文深入揭發和抨擊美帝國主義干涉中國內政，分裂中國的陰謀。

(二)台灣半殖民地·半封建社會時代的文藝思潮

1. 文化重建運動

台灣光復，日帝在台灣的殖民統治全面崩潰。一個緊急的課題擺到歡欣鼓舞的台灣文化工作者的日程上來，那就是清算長達五十年的殖民地文化遺毒，全力建設一個民主的台灣的新文化。前台共黨人蘇新，團結黨外林茂生、楊雲萍和李萬居結成「台灣文化協進會」於甫光復的一九四五年並刊行《台灣文化》，刊登了省內外重要知識分子（呂赫若、楊守愚、吳新榮、廖漢臣、臺靜農、李霽野、黎烈文等）的文章，可惜在國民黨向許壽裳下了暗殺毒手遭到被迫改組而終休刊之命運。

2. 台灣新現實主義文學論爭

一九四八年四月，僅僅離開悲劇的二二八事變一年多，《台灣新生報》副刊《橋》，策畫了一個「如何建立台灣新文學」的座談茶會。應邀參加這個茶會的著名作家楊逵，發表了重要講話，概括地介紹了台灣新文學的和性質。

楊逵認為：（1）台灣文學發軔於歐戰後「民族自決風潮」和祖國「五四」運動。「在表現上所追求的是淺白的大眾形式，而在其思想上所標榜的即是『反帝·反封建』、『民主與科學』。」（2）一九三七年後，日本法西斯壓制下，台灣作家被迫以日文寫作。「但在思想上，台灣作家卻未曾完全忘卻了『反帝．反封建』與『科學．民主』的大主題……台灣新文學的主流未曾脫離我們的民族觀點。」(3)說到台灣文學的特殊性，在長期分斷與殖民化帶來的「語言上的問題」。「但在思想上『反帝．反封建』、『科學與民主』與國內卻無二致。」(4)光復後文學沉滯，原因在語言不濟和(二二八事變後)政治上的「威脅」感與「恐怕」感。

林曙光強調台灣新文學的發展與中國「五四」運動的關係。吳坤煌重提日帝時代在日本台灣文藝運動受到中國進步作家的支持與同情，對當前政治恐怖阻礙創作表示不滿。

《橋》的主編歌雷特別指出台灣文學的語言問題有提高的必要，風格上沉悒感傷，缺乏活潑豐富性，但優點在濃厚的「民間文藝形式與現實化」，提出省內外文學界「相互學習與創造，而不是單方要求普及」。

歐陽明在〈台灣新文學的建設〉中，概括地敘述了台灣新文學發展的步跡，做了這樣的定位：「台灣文學始終是中國文學的一個戰鬥的分支。」在中國新民主主義革命形勢急速開展的一九四七年和四八年之交，歐陽明著意提醒：作為「中國新文學工作者的一支戰鬥隊伍」，負有共同「使命與目標」，即為了建設「中國的和平」和民主，台灣新文學和中國新文學一樣，應該「走向人民，作為人民自己的巨大力量，創造今天的人民所需要的戰鬥的內容、民族風格與民族形式……讓走向人民的新文學，作為人民戰鬥的力量，為和平、團結與民主而奮鬥」。把這些主張放在國共內戰末期背景，意義是明顯的。半殖民地·半封建社會之一個組成部分的台灣社會變革運動，已經向台灣新文學分配了共同任務。

楊風的〈新時代課題——台灣新文藝應走的路線〉（一九四八年三月）主張（1）省內外作家建立一個有相互批評基礎上的共同陣線；（2）多開文學園地；（3）解決語言大眾化問題；（4）要求廣泛的創作自由。

一九四八年三月，楊逵發表〈如何建立台灣新文學〉，提出具體組織實踐的意見：（1）召開省內外作家的文藝工作者大會；（2）組織一個省內外作家共同的組織；（3）在各地展開文藝座談、文藝批評，廣泛轉載；（4）有組織地漢譯台灣作家用日文創作的作品；（5）鼓動群眾參加文藝工作，提倡報告文學。

一九四八年七月三十日開始，駱駝英的長文〈論「台灣文學」諸論爭〉在副刊《橋》上連載，對於將近二十個月以來的論爭，做了總結性的發言，今日讀之，仍有極為深刻的理論重要性。

（1）關於台灣新文學的特點問題，駱駝英是從台灣和大陸社會性質分析的高度展開他的分析的。他指出，台灣割日時，包括台灣在內的中國已經在半殖民地的過程。在半殖民地的中國，帝國主義「為了便於其榨取，不願徹底摧毀中國的封建勢力，反而與之互相勾結」。在帝國主義與封建主義雙重壓迫下，「反帝、反封建是中國革命人民共同之要求」。

另一方面，割讓日本而為日本殖民地的台灣，日帝也和台灣封建勢力相勾結。「因此反帝反封建的要求，特別是反帝的要求，是台灣同胞普遍的要求。」半殖民地大陸社會和殖民地台灣社會──在「受帝國主義和封建主義的壓追、搾取這一點上是有共同性的」。因此，大陸和台灣新文學，或有使用日文和漢語之別，「反映人民基本要求的反帝、反封建的文藝，應是過去台灣新文學的主流」。

（2）關於怎樣理解台灣社會／文學的「特殊性」問題，駱駝英也是從社會性質論著手分析的。他認為，一九四五年「台灣作為國民政府的一位領有區而回到祖國」，在社會性質上「也是半封建、半殖民地」，有特殊性，也有普遍性。因此，他主張「要先分析台灣現階段的社會特殊性，並且從這一個別的特殊性，找出中國的一般性，配合現今全國性的新文學的總方向」。他又以魯迅的《阿Q正傳》說明偉大文學作品首先是地方的，同時又是民族的、世界的。因此，「用不用『台灣文學』三個字，並不是什麼大問題……」。

3.「新現實主義」的定義

駱駝英還就一九一九年「五四」運動時和一九四八年當時的中國社會性質、階級對比的異同；階級力量轉化的情況，革命的展望、文藝作品中人物的個性、階級性和群體性的關係，做了細緻深刻的展開。最後，就當時長期討論的中國新文學的「新現實主義」有這樣的界說：新現實主義就是「立腳在辯證唯物論和歷史唯物論上，且站在與歷史發展的方向相一致的立場上的藝術思想和表現方法」。而所謂「與歷史發展的方向相一致的階級」，在那個極端反共法西斯的政治環境下，其實就是「無產階級」的意思。一九四九年四月十二日，《橋》副刊突然休刊，二十個月來參與爭論的作家、理論家星散、失蹤、被捕。一九四九年末，楊逵因年初與省內外作家發表《和平宣言》而被祕密逮捕入獄，判刑十二年。

台灣文學新現實主義論爭的全部理論和思想內容，雖然除了駱駝英的論文之外，水平還比較粗疏，但爭論觸及了（1）台灣新文學的歷史定位；（2）和大陸文學對比下台灣文學的特殊性問題——即聯繫到「台灣文學」的提法問題；（3）台灣和大陸社會性質的異同問題；（4）台灣文學與當代中國文學的關係等這些在今日也具有理論重要性的諸問題，而且在一九四七—一九四九年的歷史背景下，爭論充分顯現了被重編到中國當時的半殖民地・半封建社會基礎上的台灣新文學，如何不能自外於當時中國新民主主義革命時期文學所承擔的使命。

三、台灣新殖民地、半封建階段的社會（一九五〇—一九六三）

在這一時期中，台灣發生了重大的政治經濟上的變化。先看經濟方面。

台灣農地改革，在一九五二年結束。在台灣有數百年歷史的地主．佃農制解體，創造了大量小資產階級性獨立自耕農構成的農村社會，台灣社會的半封建性質因此大為降低。廣泛的「翻身農民」，儘管受到接踵而來的「肥料換穀」、「分糖」制等工農業間不等價交換和國家強權的收奪，仍然成為支持國民政府的農村力量，農業生產迅速恢復到一九三九年的高紀錄。

韓戰爆發，第七艦隊封禁海峽。中國隔著海峽對峙分裂，同時在美國軍經援助下展開第一次四年經濟發展計畫。在美國深入台灣經濟、財政、軍事各部門的「援助經濟」下，台灣開始形成了與中國民族經濟圈完全斷絕條件下的國民經濟單位，進一步強化了民族分裂的物質構造。

在美國為冷戰戰略服務而強力在台促成私人資本主義的政策下，一九五〇年後，台灣戰後資本主義以巨大的官僚資本主義公業部門，與私人集團資本及中小企業的雙重構造展開。而在發展「進口替代產業」的策略下，以紡織、造紙、水泥、食品產業為中心的台灣外省籍及本省籍民間企業資本有蓬勃的發展，形成至今與官僚資本業體系共同獨占島內市場的民間家族集團資本。至此，國民黨官僚資本發生性格上的轉變：它為了圖存與發展，不再如過去一味壓抑民間資本，強取豪奪而自肥。在繼續維持其高度「相對自主性」的權威條件下，以及在美國壓力之下，它轉而支持和掖助而不是收奪與壓服民間資本的發展。台灣前．地主士紳階級向產業資本階級轉化以興業發家的宿願得償，因而也成為四〇年間支持國民黨的階級。

另外，從一九五〇年到一九六五年，美國在台挹注每年約一億美元的經援，並藉此取得對台灣政、軍、經、財各領域深入的影響力，在一九五三年—六五年期間，美資獨霸台灣。美援資金對台灣戰後資本主義公業與私業部門，都介入極深，使公營企業和私人財團企業帶上複雜的買辦性，並使它們在原料、資本、技術、市場和投資經營方向上對美造成深度依附。

這一時期，台灣輸出品仍以米、糖為大宗，而輸出增長率，年平均可二四．六％，而輸入品則以美援物資為基軸。大米的輸出，一方面以國家權力壓低米價，制度性的徵收，並以肥料不等價交換米穀，再加上對農村的各種捐稅，對農地改革後的農業高額剩餘進行掠奪。而美援糧食的大量進口，也使過剩大米轉為出口，換取外匯，挹注於工業資本的發展，並以之支撐反共軍事財政。在這一點上，國民黨國家對農村的地主性掠奪和沉重的軍事性財政，規定了它一定的半封建性格。

台灣戰後資本主義，是美國和國府當局同時政策性地協助台灣公營企業和民間私人財團企業而發展，已見前述。美國這種援助，帶有明顯的政治意義。支持公營企業，是為了穩定撤守台灣不久驚魂未定的國民黨權力的社會基礎；支持民間企業，則是為了美國深信一個親美、私人資本主義企業的台灣，才能從它的內在，發展強固的反共動力，阻扼共產主義的擴張。

從這個觀點來看，美國默許國民黨在美第七艦隊干涉海峽條件下，讓國府進行慘絕人寰的反共肅清（red purge），屠殺、槍決四、五千人，拷問、監禁了近一萬人，徹底消滅無產階級革命勢力和意識形態，從政治經濟學的角度說，其實便是為台灣戰後資本主義之反共戰略性的發展劃平道路的殘酷工事。

美國在韓戰後大力鞏固和確立國民黨「壓迫性國家」（repressive state）的過程，亦可作如是觀。為了塑造有利於美（外）國資本在台的「投資氣候」（investment climate），即工人階級組織性爭議力量的有無；民主的程度、思想檢查、特務恐怖、非法逮捕與拷問的有無；法律上對外資的各種優惠、特惠之有無等等。這些指標越是負面和否定性，即工人階級的組織力量越弱，民主越遭蹂躪，人權越遭破壞，非法拷問、逮捕、處決越普通，外資利潤越能自由匯回本國，對外資特惠法律越多，則「投資氣候」的評級越高，美國在「自由世界」範圍的不發達國家炮製了大量「第三世界法西斯國家」（the Third World fascist state）。而台灣高度的反共．安全主義．對美扈從當局（anti-communist national security U. S. client state）的形成，其實便是為了使這具有高度「相對自主性」的國民黨國家，以其高度法西斯獨裁，去促進台灣戰後資本主義進行高度、超額、超經濟性的累積、擴大再生產與集聚。

政治肅清所造成的長久而強烈的恐怖，和國民黨「壓迫性國家」形成的過程中，自日帝時代以來艱苦發展的、台灣愛國主義和民族主義傳統——即其人的、組織的、思想意識形態的、社會科學和哲學文藝的激進傳統，遭到徹底的、毀滅性的打擊。

內戰和國際冷戰的交疊構造，在台灣形成長期嚴酷的思想檢查，不但嚴重破壞學術、思想和創作的自由，而且大量製造極端右翼的、反共的冷戰思想。久而久之，這極端的反共主義發展為反民族和反華主義，成為日後「獨台」和「台獨」等反民族逆流的思想根柢。

其次，在政治肅清過程中，日據時代親日派漢奸地主和士紳階級，藉著在政治上檢舉昔日的政敵——台灣左翼的民族民主運動家——來交換免於漢奸罪的追訴，也進一步交換其生涯後世在國府權力下的榮華富貴。這種鮮明的忠奸顛倒，對戰後台灣的民族主義是另一個重大的打擊。

一九五〇年以後，台灣成為美國遠東反共戰略上的一個基地。在一九五〇迄六五年期間，美國在台設有「協防司令部」，武裝駐兵於台灣。美國在台使領館、情報機關和軍經援助機關在台灣享有治外法權，有凌駕國府的權威。台灣在政治、國際外交、軍事、情報、財政上完全庸屬於美國。國民黨放棄孫中山的民族主義原則，為一人一黨之私，甘心淪為帝國主義的「扈從當局」。因而，一九五〇年以後，國府的對美脅肩諂笑固不必論，是對日本前戰犯軍人和官僚，如岡村寧次、岸信介、藤尾正行，莫不待若國賓，曲意逢迎，並壓制一切反美、反日言論，也間接抑制了台灣的民族主義。

一九五〇年以後，美國影響力深入台灣各個領域。在台灣高等教育、文化、意識形態分野，美國透過留學政策、基金會、人員交流交換、獎學金和廣泛直接使用美國高教教科書，四十年來培訓了大量經過美國化改造的買辦精英知識分子，由他們逐步占領了上至總統府以迄民間商貿機關的領導工作，在朝野兩黨、在廣泛政、軍、經、財、商、學、大眾傳播、科技等領域，這些「美國製造」的博士、碩士皆位居要津。美國中心的文化、思想、意識形態和知識、學說，便經由這些人在台灣不斷地再生產，形成台灣反民族（anti-national）、非民族（de-national）、親美和分離主義的思想根源。

總之，在國際冷戰體制的邏輯下，美國以經濟和軍事武裝默許和支持從一九五〇年展開的反共肅清，造成巨大持久的政治恐怖，並在這恐怖的氛圍中，美國以具體的金錢、物資、武器、政治和外交，支持成立和強化國民黨「壓迫性」、「次法西斯」（subfascist）國家。這一殘暴過程，在經濟上有重要意義。即以恐怖與獨裁刻意製造一個非民族、反民族條件，以利外國資本和本地資金恣意、高額的累積與集聚。而在另一方面，美國和國民黨也同時設計好了一種「安慰裝置」（placebo apparatus）：廣泛的台灣佃農、貧農一次由上而下，而不是經由階級鬥爭去完成的農地改革中分得土地，轉變成小資產階級的獨立自耕農而保守化，喪失「農組」時代的革命性傳統；日據時代長期渴望興業、立業的士紳資產階級，因美國政策性援助、國民黨權力的掖助，在發展進口替代產業政策下快速巨額累積；中小企業亦開始發展，部分前大地主階級亦經由「四大公司」的開放而順利轉化為產業資本家。而這一時期經濟相對的、總的發展，也相對、總地改善了生活。這些「安慰裝置」在很大程度內，對政治恐怖和政治獨裁造成的痛苦具有鎮靜、鎮痛作用。

然而，戰後台灣的民族主義，也正是在這樣的機制下，遭到了空前未有的浩劫。日據以來台灣光榮的民族民主運動和愛國主義進步傳統之人脈、組織、思想、學術、文學、藝術等巨大傳統，毀於一旦。

(一)台灣新殖民地‧半封建社會階段的文藝思潮

集中在一九五〇年至一九五三年(「中共台灣省工作委員會再建委員會」崩潰)，實際上一直延續到八〇年代中後的反共肅清與恐怖，不但根本性摧毀了自二〇年代以來台灣無產階級政治、社會、文化和文藝運動的人脈、組織、社會科學和哲學，無產階級的、反對帝國主義和封建主義的、作為殖民地台灣民族與階級解放重要環節的文藝理論與創作實踐，即主張文學的大眾化，文學作為解放鬥爭的武器，文學要有民族形式與風格，文學要有鮮明的階級立場……的文藝思想與創作傳統，也在台灣遭到毀滅性的破壞，在一九五〇年韓戰後展開的，由國共內戰以及國際冷戰重疊起來的極端反共．法西斯意識形態下銷聲匿跡。而台灣現代文學自一九一〇年代末發端以來，遭逢了它思潮上的一次巨變。這巨變來自中國和世界階級鬥爭形勢的巨變，由祖國以海峽為界之分斷長期化所造成。台灣左翼的無產階級的、新民主主義的文學思想與作品，在台灣遭到摧毀性的鎮壓。大陸三〇迄四〇年代發展起來的革命的、進步的文學理論與作品遭到全面封禁。國民黨當局反共的政策文學和與之連根並蒂的「現代主義」文學，並在血腥的反共法西斯肅清後腐朽的土壤上開出蒼白、無骨、陰氣森森的花朵！

1. 反共政策文學

一九五〇年六月韓戰爆發，美國太平洋艦隊第七艦隊武裝干涉台灣海峽，以強勢軍經援助支持台灣，干涉中國內政而使中國分裂凝固化。

在獲得美國全球冷戰戰略支持後，國民黨對內藉進行殘酷的反共法西斯所造成的恐怖，建立蔣氏高度個人獨裁的反共波拿巴政權，並且以內戰和世界冷戰意識形態的相乘相加，展開囂鬧、全面、瘋狂的反共意識形態宣傳。於是「反共抗俄」、「消滅朱毛」、「反攻復國」的宣傳、口號、教育遍布全島每一個角落。在文學領域上，國民黨全面進行對文化、文藝、思想、新聞、學術的全面法西斯統制，布建大量思想特工在全島監視人民的思想精神生活，全面禁絕「五四」新文化、新文學運動以來一切大陸文學、詩歌、戲劇作品的出版、流傳、研究與閱讀，全面對中國新文學作家進行及反共誣蔑和詆毀。

而一整批在大陸文藝戰線上全面敗退來台的國民黨御用文學家、文藝評論家，這時也被組織到「中華文藝獎金委員會」、「中國文藝協會」、「中國青年寫作協會」，出版御用反共文藝刊物《文藝創作》、《幼獅文藝》，開展「國策文藝運動」，把文藝動員到反共的內戰與冷戰配置上，宣傳「忠黨愛國」、仇共恨黨、「反共復國」、「反共救國」的「戰鬥精神」。姜貴、段彩華、陳紀瀅、潘人木、王藍、朱西甯、司馬中原等，都是有代表性的國民黨的反共文學的作家。這反共宣傳的國民黨「國策」文學，到六〇年代，已無以為繼，宣告式微消失。

2.「鄉愁文學」的登台

一九四九年十二月，在國共內戰中國民黨全面敗北，帶著黨、政、軍，兩百多萬公務員、商賈、軍民撤退來台。當中有舊中國顯赫權力各階級的人和集團，也有被迫隨機關部隊來台的貧困的中國農民、小知識分子、市民等。在「一年準備、二年反攻、三年掃蕩、五年成功」的神話破滅之後，台灣史上的現代新來的移民，不論其階級和立場，在中國內戰與冷戰交疊的嚴酷分裂局勢下，自有漂泊異鄉、「身在異鄉為異客」之感。對於故國故居、過去的山山水水，有一份強烈的依戀、懷思和骨肉分離、痛切思念的情感。由一些與當局流亡來台的作家，將這對大陸故土的懷思發為文學作品，自然就產生了一批以上述題材為特色的「鄉愁文學」。從中國文學的視野來看，這當然是表現了民族在國共內戰、世界冷戰雙結構下分斷時代的、著有特色的文學。但是，由於受到作者階級、立場的左右，有些作品中還擺脫不了反共主義；有些作品乾脆就把故事時代擺到並不明確的民初、清末，地點擺在籠而統之的北方鄉野，故事內容則是廣闊中國粗獷而充滿地方與民族特點的寡婦、悍盜、地主、馬賊一類的「傳說」。有些作品描寫昔時在大陸經驗過的中國風情習俗，描寫作為舊社會上層階級在大陸時代的故時風華，而如今時移勢易，不免傷懷。還有一些作品寫流亡來台外省人的下層階級人物潦倒、窘困、漂泊，甚至破滅。司馬中原、朱西甯是「鄉野小說」代表作家；聶華苓、林海音、於梨華寫過回憶舊時歲月的小說；白先勇是故時官宦之家逐日沒落低唱動情輓歌的傑出的小說家。白先勇、陳映真、聶華苓也都寫過淪落台灣的上層外省人淒楚生活的作品。

3. 現代主義文學

一九五〇年起展開的反共法西斯肅清，全盤摧毀了自二〇年代初以降台灣和大陸反帝反封建的、現實主義的、為半殖民地（大陸）和殖民地（台灣）的民族民主運動服務的文學傳統、思潮和實踐，已如上述。在國民黨一面雷厲風行地展開異端撲殺，一面鼓吹反共文學的同時，和過去革命的、改造世界的現實主義文學傳統背道而馳的文學思潮——所謂「現代主義」的思潮也逐漸形成。這是有其原因的：

（1）在反共肅清的恐怖中，革命的、批判的現實主義所主張的民眾文學、民族文學、文學為改造社會……這些思想成為致命性政治禁忌。另一方面，隨國民黨流亡來台的年輕一代知識分子和作家，在政治上、階級立場上絕多是真實地反共的，因此在文學思想上也並不擁護當時被強力鎮壓的現實主義文學觀。而「反共文學」、「戰鬥文學」又無法滿足審美心靈時，在語言文字動輒獲罪的時代，「現代主義」的形式主義、心理主義、純粹主義、個人主義和表現上力求晦澀和反邏輯的「現代主義」，切合當時既逃避現實，又宣洩文學情感的要求。

（2）「五四」以降中國三〇至四〇年代，中國現實主義主流文學被橫加禁斷，年輕一代失去了當代中國文學的典範，無從加以學習、模仿、繼承，轉而向當時新殖民主義下支配台灣文學理論與教育的西方文學半生不熟地進行模仿。

（3）一九五〇年以後，美國意識形態、文化、社會科學、哲學、文學理論和科技隨美國政治、經濟、軍事的對台支配而全面支配了台灣高等教育和其他文化領域。美國高等教育教科書、美國新聞處、留學體制、人員交換訪問體制等，造就出大量買辦精英知識分子。「現代主義」藝術文學被有意識、有計畫地作為對抗當時台灣以外第三世界普通覺醒的反對新殖民主義、反對封建主義之民族文學、大眾文學的利器，由各地美國新聞處和ＣＩＡ人員到處傳播。台灣現代主義的發展，也與此有關。

（4）在大陸和台灣，即使在革命的、批判的現實主義是強大的文學思想主流時，都出現過楊熾昌（「風車詩杜」）、張彥勳（「銀鈴會」）、李金髮、戴望舒、徐遲這些超現實主義、現代主義的迴避現實、「為藝術而藝術」的傳統。日帝下「風車」、「銀鈴」的系統，在光復後的現代主義主義潮流中，和紀弦、覃子豪的外省系「現代派」發展著既團結，又要爭「現代」正統的關係。「本土」的現代主義又發展為當前的反民族、反統一派文學的一翼。外省系現代派則在鄉土文學理論戰中，以反共警察的身分告發和鎮壓鄉土文學。紀弦，這台灣戰後現代主義文學的開山祖師，在汪偽南京政府有過不光榮的歷史，五〇年代，又是「戰鬥文藝」反共詩歌最活躍的旗手。這些個人和集團的歷史，自不能以「偶然」簡單看待，而有其嚴肅的、社會的、政治的意識。

（5）台灣現代主義的「理論」滋養，一方面來自島內留美系知識分子（如《文學雜誌》、《現代文學》)，還來自日帝時代台灣的省內外現代派的日語資源(紀弦、覃子豪因歷史原因也熟諳日語)，也來自殖民地香港熟諳英語的現代派文學家。這一脈絡，也是很值得在為戰後台灣「現代主義文學」宣傳時加以吟味的。

現代主義的文藝思想，複雜而玄瑣。但是如果和台灣在二〇年代以迄五〇年的現實主義文學互相對比，就能對「現代主義」的意義有一個比較明確的把握(參見後表)。

比較項目	**(變革的、批判的)現實主義**	**現代主義**
語言	語言的群眾路線。主張語言「從群眾中來，到群眾中去」。要求淺白、口說手寫能一致。力主語言的民眾性與民族性。	刻意經營語言的「意象」，主張語言的非文法、非約定俗成，唯心主義的「張力論」、反邏輯、反意義。
形式	民眾形式。民族形式與民族風格。「內容決定形式」。	形式的無盡的「實驗」。有些現代主義口頭上強調「民族特色」，實則主張現代主義的國際主義，主張西化、「橫的移植」、反對文學的民族傳統……由於反意義和反內容而發展為唯形式論。
內容	重視思想、立場和意識，主張反映現實和生活中的矛盾，主張文學的階級立場、政治意識、黨性。	反對意義，反對一切文藝中「不純粹」的東西，力主文藝的「純粹」、「自主」，反對「反映現實」，「決不說明」什麼，也不「為了什麼」，反情節。

民族性與國際性關係	從階級觀點看民族性，先有民族性才有國際性，也要從階級性和階級的民族性評價國際性。	口頭上的，商標主義的民族特色論，實則是西文化主義、反民族主義、非民主化和買辦主義。
對於人的看法	從具體的階級、民族關係去看人和人在實踐中的意義。從社會、歷史的典型情境中理解典型的人。肯定人在社會、歷史實踐中的意義、理想、目標。	抽象的、潛意識和心理學的人。主張人的空虛，人的無意義。對於人、生活、歷史的虛無主義。嘲笑意義、崇高和理想。

其次，關於台灣現代詩運動和國民黨反共法西斯權力的關係如何看待的問題，也值得加以考察。

兩者的矛盾性是存在過的。在宣揚反共文學和「戰鬥文藝」的時代，國民黨要求反面意義的思想明確，忠黨愛國以反攻復國為人生目標，要求生活領域中的法西斯秩序……這些要求，自然與現代主義的虛無主義、個人主義、反意義、反邏輯的思潮不能相容。

一九五九年，反共女作家蘇雪林公開批評現代詩，認為是「李金髮為起點的象徵詩」在台灣的「徒子徒孫」，使詩「晦澀曖昧到了黑漆一團的地步」，引燃了一場論戰。此外，雜文家言曦、鳳兮也批評現代詩思想頹廢，是「悖逆時代的反動」，是一種「極惡劣的逃避現實」。對於這些國民黨內保守派的攻訐，現代詩人擱置了內部矛盾，一致對外，在爭論中反而使現代派在進一步西化、買辦化，進一步在走向潛意識、反邏輯和純粹主義取得了一致。

國民黨保守派文人與現代派的內訌，到五〇年代末不了了之。但是他們之間的統一的一面，卻在爾後的歷史發展中越見明顯。國民黨軍報在七〇年代初，還每週有一次全版現代詩專刊，不少現代詩人是軍中、警備總部的中上、中下級軍士官，有人甚至是派至南越軍中主持反共的心戰顧問。一九七八年，國民黨全面鎮壓鄉土文學，圍剿、鎮壓、控訴鄉土文學為共產黨「工農兵」文學的打手，不少是現代派的軍中作家和理論家。在意識形態的階級鬥爭緊要關頭，現代派和國民黨在反共法西斯主義、在反民族、反統一的具體問題上，表現了戰友的、同志的、堅定的一致性與統一性，是有其歷史和社會政治意義的。

其次，現代主義文學統治台灣文壇而為主流的一九五〇年至一九七〇年間，從文學藝術的哲學、理論上直接迴避了時代尖銳的矛盾，就間接為掩飾矛盾，維護現有建制做出了貢獻。

一九五〇年韓戰爆發，長期的政治肅清展開，在美國帝國主義以冷戰構造將台灣塑造成反共、反中國軍事基地過程中，台灣社會全面新殖民地化。一九五二年，在美國導演下，台日簽訂了在法律上陰謀台灣「國際地位未定」，以利美國干涉中國內部事務的《日台和平條約》，成為國際分離中國的張本。一九五四年，美台簽訂《協防條約》，美國武裝占駐台灣，使中國分斷固定化。一九五五年，台美簽訂了帝國主義不平等條約式的《關於在中華民國美軍地位協定》，使美軍駐台人員及家屬享有軍事裁判權、免稅權，護照不受簽證、永久居留、不動產及美國法律適用於台灣之權。從一九五〇年起，美國在經濟和軍事援台的構造中，深入支配台灣的政治、經濟、社會、教育、文化和軍事。一九六〇年，美國專家起草的《加工出口區設置條例》，將台灣進一步組織到美日中心資本主義加工基地體制。五〇年代展開的「進口替代工業」的發展，使台灣農村開始階級分化，頭一批農村人口流向工廠而登上血汗工廠的工資無產階級舞台……。

在這背景下，一九五一年，覃子豪、鍾鼎文離開了生活中具體矛盾的抒情主義、浪漫主義詩刊《新詩周刊》，在一九五四年發展為《藍星》詩刊系統，進一步走向象徵主義、神秘主義和暗示主義。一九五三年二月，紀弦創刊了《現代詩季刊》，推廣他激烈的現代主義。一九五四年，以張默、洛夫、瘂弦為首的《創世紀》發刊，力倡「形象」和「意象」，起先還言行不一地提倡現代主義的「中國性」、「民族風」，迨至一九五八年，則全面西化，力倡超現實主義和「純經驗美學」。

在美術界，一九五七年，抽象主義現代派畫會「東方」、「五月」宣告成立。一九五九年，在理論上傾向現代主義的《筆匯》創刊。一九六〇年，台大外文系學生為核心的《現代文學》創刊，有意識地追求西方的、現代的文學理論與實踐。一九五七年，《文星》雜誌創刊，主張全盤西化。一九四九年底，《自由中國》發刊，展開其反共、批評國民黨、親美的台灣戰後民主運動。

從這個極其概括的，相錯落的年表，我們就知道從一九五〇年以降，台灣現代文學與藝術對政治肅清的巨大恐怖、民族的分裂、外來勢力對生活的干涉、台灣新殖民地化過程中民族矛盾的形成，高度獨裁的政治對社會生活與思想精神生活造成的痛苦、農民在美國與國府掖助下的進口替代工業發展過程中新的階級分化……都在這時期的現代主義小說、詩、繪畫和音樂中找不到任何反映、紀錄與評論。台灣現代主義文藝在這個歷史事實前，顯示了它為「反共・法西斯・國家安全主義」體制的統一性。

(二)台灣素樸現實主義小說的發展

從一九五〇年到一九七〇年，各種形式的現代主義文學藝術是主流。但勢將在七〇年代躍升為主潮流的鄉土文學，也在一九五〇年到一九七〇年時期孕育、茁長。而相對於現代派文學的不屑於寫人、寫生活，以鍾理和為代表的幾個光復後努力鍛鍊語言，帶著熾熱的寫作熱情從事小說創作的一代作家，卻孜孜不倦地刻畫和描寫他們周邊的人和生活。鍾理和的作品有一種寫實主義的力量和熱情，描寫農村貧困農民生活的辛酸、艱苦、絕望，描寫對更好的生活的希企和挫折，也描寫對真摯情感的嚮往，對於幸福的憧憬。然而，與二〇年代到一九五〇年間的作家不同，這一時期的現實主義作家沒有受到左翼世界觀和文學理論的指導，更沒有組織的支持和領導，因此對勞動人民苦難的命運與生活缺乏根源的深刻挖掘，缺乏對於改變歷史和命運的社會力量的認識與信心——雖然這並不影響他對戰後文學的卓越重大的貢獻。

四、台灣新殖民地・半資本主義階段（一九六三—　）的特質

此一時期台灣的新殖民地性，除了因上一時期形成美國對台灣政治、軍事、經濟、文化各方面深刻支配的延續，更具體地表現為：（一）一九六五年後，由於一個深度依附美國而發展的台灣已經形成，美國「終止」對台援助，而以其十五年台灣經營的特殊地位，通過金融資本、投資的方式在當局超優惠條件下來台加工輸出，利用台灣超低工資，收取大量經濟利潤；（二）美國資金利用過去十五年間與台灣公業資本、財團資本複雜而主從的關係，交叉投資，深刻地透入到台灣公私業資本而使其買辦化、依附化；（三）一九七九年美台斷交後，仍然接受依宗主關係的《台灣關係法》而維持美國對中國內政、台灣事務的干涉等等。

但隨著台灣戰後資本主義快速的、依附性的發展，台灣社會的半封建性格解體。但另一方面，在「依附型發展」（dependent development）的結構性限制下，台灣戰後資本主義和中心國資本主義在發展水平、構造和性質上仍有巨大落差，內包著諸多複雜的問題所造成的後進性，因

此而規定為「半資本主義」。

台灣社會半封建性的崩解，首先來自經由農地改革而根本性地消滅了地主・佃農經濟體制，而且進一步輔導了大地主士紳階級轉變成現代產業資本家，同時創造了大量小資產階級自耕農。另一方面，台灣官僚資產階級，即國民黨統治權力，亦伴隨美國主導下的台灣資本主義發展過程而產生重大的性格改變。例如其從金融、商業資本轉向工業資本，甚至投資能源產業和基幹工業；以政治權力扶助民間資本等等，都是大陸時代官僚資本所沒有的性格。

在一九六三年以後穩定發展起來的戰後台灣資本主義，有這些特點：

(一)以高度獨裁的當局權力，在長期壓低米價，從而壓低工資，以強權恐怖政策下壓抑勞動階級組織性的爭議權等條件下，形成超低工資體制。利用這穩定的、馴良的低工資勞動，大舉吸引美日資本，投向勞力密集、低附加值加工出口產業，從而被組織到美日國際分工體系中，而取得經濟的成長。台灣乃成為中心國的低工資、勞力密集產業的國際加工基地。

(二)在結構上，台灣戰後資本主義分為官僚資本的公營企業部門、家族財團系資本和中小企業資本部門。前兩者關係比較密切，享受著國家權力各種特惠和翼護而獨占島內市場，因此官僚資本和家族財團資本在政治上比較一致。後者比較沒有受到國家權力的扶助，國內市場又無其容身之地，而專在以美日為中心的國際分工中，即其向外循環而完成累積，故而對國民黨權力有抵觸情緒。

然而，正是這些零細、大量的中小企業，肩負起一九六三年以降台灣對外輸出貿易經濟的主力，層層相因，不斷帶動私人資本部門的增殖，也不斷推動經濟的發展。

(三)在國民經濟中心仍占基幹地位的公業部門，仍為官僚資產階級所控制與管理，仍然有一定私產性，而且由於官僚主義，績效不彰、貪腐、虧損等落後現象早已構造化，卻又長期依恃其當局強權，以價格、市場上的特權和獨占，繼續收奪和積累。

(四)在家族財團資本方面，由於長年依恃權力的翼護而享受融通、價格市場的保護，仍然存在著研發部門嚴重落後，家族式管理、資本社會化的躊躇等落後現象。此外，家族財團資本長期依恃國家強權，以價格、市場上的特權與獨占，繼續其掠奪與積累。

(五)在這種畸形化的國民經濟構造下，台灣經濟顯出缺乏最上層的國民產業的生產財產業部門。而其與外向性中小企業加工出口工業之間，因後者乃作為中心國國際加工基地而形成，故與島內產業(以消費財產為主)沒有結構上的關聯性。而外國資本，即國際市場的意志、利益、需要對於台灣資本的公業部門和私業部門都有過強的規定性和指導性。這是正常高度發展的資本主義系統所無的現象。

以上諸特質，使台灣戰後資本主義雖然在積累的數量和經濟生活上已逐漸接近先進國，但離開真正高度發展的資本主義甚遠。而這一新殖民地的「半資本主義」特質，也表現在台灣資產階級的性格上。

前已論及，五〇年代崛起的民間財團資本，其發生與成長過程，皆受到當局權力和美國經援的政策性扶助。正是在台灣社會新殖民地化的過程中，民間財團資本依附官僚資本和美帝國主義權力和物資，在政治恐怖和高度獨裁政治下，以特權與優惠而迅速達成積累。因此，民間財團資產階級的血液中，滲流著官僚資本與外國資本的血液，失去其獨立性和民族性，不具民族資產階級的性質，對國民黨權力和帝國主義，不但沒有拮抗的性質，反有深度馴從的性質。

崛起於一九六三年以後的中小企業資本，雖然受到官僚資本與財團資本相對的壓迫，無法分享島內市場，無法得到銀行在資本融通上的便利，無法獲致國家權力強有力的、政策性質的保護，而有改變當前體制、拮抗當前權力的性質。但是，由於具有利用次法西斯體制更苛酷地剝削勞動階級的一面，又由於（一）其資本循環過程因海峽的分斷而與中國民族經濟圈無涉，而外向地以美日為基軸的國際分工體系底部完成累積，即深度依附外國市場、通路、技術、半成品而累積，以及（二）具有高度國際性（即非民族性）與長於金融流通的「商人性」（此一性格與其依附性聯結而有買辦性），台灣中小企業小資產階級，雖然有反國民黨的性質，但也不具有民族資產階級的性格，即它的累積過程與資本主義世界體系的關係是統一性多於矛盾性、依附性多於拮抗性，所以不若其他第三世界的中小企業民族小資產階級那樣，成為民族民主運動的支持者。相反，這個階級成了「反蔣而不反美」的右翼民主改革派的核心，在七〇年代中期以「黨外」民主運動的形式，登上政治舞台。一九七九年末的美麗島事件，因國民黨的鐵腕鎮壓，使這個階級欲在體制內改革，在台灣連串外交挫折的暴風雨中，欲促成國民黨民主化改革而圖「革新（反共）保台」的希望幻滅，其「反蔣．反共．不反美」的保守性民主化運動，至此逐步向台灣獨立運動，即資產階級右派反民族、反統一的方向傾斜了。

一九八七年，蔣經國宣告開放大陸探親政策，使早在一九七九年大陸宣告兩岸和平統一政策之後展開的兩岸經濟往來在台公開化。從那時到現在，台灣對大陸的旅途、探親、投資、設廠的活動迅速增長，兩岸經濟關係的深刻化和密切化，正以更強大的勢頭不斷發展。

從台灣戰後經濟史的角度來看，這是一個極關重要的構造性改變。一八九五年到一九四五年，台灣基本上被迫與中華民族經濟圈剝離，而納入日本帝國主義經濟圈進行資本循環。一九四五年，台灣光復，台灣重又編入日趨崩潰的半殖民地．半封建的民族經濟。一九五〇年韓戰爆發，美帝國主義軍事干涉海峽，台灣經濟再度與中華民族經濟斷絕而依附在美日資本體系「單獨」發展。一九八八年以降，台灣與大陸重又在一個民族經濟下整合。而此一整合，勢必將在台灣的經濟、政治和文化上產生重大的變化。

而促成這一變化的內部原因，正是上述台灣戰後資本主義依附性發展帶來的矛盾所促成。工資上漲，使台灣喪失了低工資的優勢。長期研究發展上的落後，使台灣產業無法自主和向上升級。加上兩岸關係的無法明朗，使再生產和擴大再生產躊躇不前，投資趨緩。正於此時，面臨市場末日的台灣中小企業資本在兩岸恢復單向往來的時機，資本按自己的邏輯，奔向大陸這個龐大的低工資地帶，吸吮高額的剩餘而延命。

隨著台灣中小企業資本愈益深入地組織到在大陸開放改革過程中不斷膨脹的中國民族經濟中進行其循環，原本帶有買辦性、依附性——甚至非民族性和反民族性的台灣中小企業資本，勢將逐漸政變其性質，即逐漸增加資本的民族性。一九九一年底，原本代表了中小企業政治願望的民進黨，在將「台獨條款」正式列入黨綱的黨內爭議中，就具體出現過部分中小企業資本的躊躇與反對意見。

另一方面，蔣氏兩代「總統」去世之後，一九五〇年為台灣戰後資本主義累積與擴大再生產而設立的國民黨高度個人獨裁的反共・波拿帕政權崩解。國家的相對自主性向下調整，使之更恰當地代表台灣官僚資產階級、大財團資產階級和買辦階級的利益。這些階級，迄今猶基本上獨占島內市場；基本上還享有從五〇年代延續下來的特權以增進其積累與集聚。因此，雖然在權力和利益分配上已經更多以階級而不是省籍的邏輯進行，但李登輝體制基本上也依照官僚資產階級、大財團資產階級和各買辦資產階級的利益，主張繼續現狀，主張反共拒和，在宣傳上仍然主張「反共統一」和「勝共統一」、「和平演變統一」，依然主張依恃外國勢力偏安，主張台灣為「政治實體」，搞實質上的「一中一台」、「兩個中國」。

在一九七九年「美麗島事件」中，代表台灣中小企業資產階級和龐大的中產階級利益的「黨外」運動所主張體制內改革以「保台」的希望落空，在「反蔣．反共．親美」的政治要求中，逐漸突顯其親美．反共．反蔣的階級立場而走向民族分裂主義。

八〇年代末葉以後，雖然部分台灣中小企業資本服從資本的邏輯而逐漸組織到大陸的中國民族經濟圈而逐漸增加資本的民族性，但尚未反映到政治和思想等上層建築。台灣小資產階級和中產階層的民族分裂主義，到一九九一年將「台獨條款」列入民進黨黨綱時達到高潮。這民族分裂主義，在當前李登輝「獨台」政權直接和間接溫存、姑息、鼓勵和利用之下，和美日帝國主義勢力的支持下，獨台與台獨的利益逐漸趨於一致，而形成朝野一致的反民族、反統一的勢力。

然而，一九九一年底的選舉，激進台獨主張宣告失敗。逐漸深入的兩岸經濟關係，使部分中小企業資產撤銷了對台獨的支持，應是這失敗的重要原因之一。時至今日，國民黨和民進黨諷刺性地在阻止兩岸三通和民族統一問題上愈來越接近，和台灣民間，特別是中小企業資產階級要求直航、三通——以致與漸進的民族統合願望針鋒相對。

建設和實踐並統合以中華民族共同體為基礎的再生產體系，培養暫時被分裂的祖國兩個不同體制的限制，是建設兩岸互補經濟關係，把兩岸經濟利害統攝在一個民族共同體之下，實現兩岸——全中國在互相補充基礎上的統一的民族經濟的重要條件。一九八〇年中後逐漸增強而於今尤為勢不可當的兩岸經濟整合，無疑是兩岸統一的重大物質條件。而與這物質變化相應的、新時期的中國民族主義，勢將在不久未來在台灣政界、文化界、文藝界和思想、社會科學界有所發展，殆無疑義。

（一）一九七〇年以前的文學思潮

此一階段的一九七〇年以前，台灣社會之作為美日新殖民地的性質，沒有本質上的變化。較大的變化是一九六三年以後，工業產值在戰後第一次凌駕於農業產值，台灣資本在畸形條件下有長足的發展，終至克服了半封建性，而顯出上文所分析的「半資本主義」的性格。作為「成熟期資本主義社會的藝術」的「現代主義」，在一九七〇年前，達到了「發展」的最高峰。我們且看一看一九六三年到一九七〇年的簡單的文化年表：

一九六四年，《台灣文藝》雜誌公刊，由吳濁流出資創辦，成為主要將五〇年代初開始鍛煉和成長的「素樸現實主義」的省內作家為核心的園地。同年，以戰前「風車」、「銀鈴」兩詩社的傳統為中心，結合戰後年輕本土詩人的詩刊《笠》創刊。一九六五年，基本上傾向西方前衛主義和現代主義的電影、戲劇同人刊物《劇場》始刊。同時，基本上宣傳西方現代主義的《前衛》等雜誌也在這一年始刊。一九六六年，現代詩人，各現代詩刊，團結現代主義畫家、音樂家，在台北舉行盛大的「現代藝術季」，舉行現代詩、現代繪畫和其他現代藝術的聯合展出，標示著戰後台灣現代主義的一個空前而又絕後的高潮。同一年，在七〇年代發展成反現代主義文學論壇之一的《文季》的前身《文學季刊》，在尉天驄領軍之下始刊。一九六八年，《文學季刊》在雜誌同人小說家陳映真因組織馬克思主義的讀書小組而被捕投獄後宣告解體。

一九六〇年代初，因為制度性地以發展加工出口產業的「加工出口免稅區」的成立而深入編組，則資本主義國際分工的加工部門，台灣資本主義一直到第一次世界石油危機的一九七三年之前，呈迅猛發展的勢頭。這快速累積、集聚和擴大再生產的過程，尤其在祖國分斷結構下的反共·法西斯主義對勞動者三權的徹底壓抑下，造成工人在超低工資、福利缺乏、自主工會弱質化、知識分子的冷淡和右傾化以致對工人階級命運的冷漠，資本、當局與外勢肆無忌憚的結合，造成台灣廣大工人階級、生態環境、精神和文化的深刻被害，新殖民地·半資本主義台灣社會的發展，累積了大量卻沉默的民族（美日資本主義深化過程中的階級矛盾對台灣勞動者的加害）與階級（台灣資本主義深化過程中的階級矛盾）的矛盾。這些矛盾，成為因一九七〇年因「保釣運動」而激發的、素樸的反帝・民族・民主思潮發軔的物質基礎。但在一般地缺乏左翼批判哲學的台灣戰後文壇，一九六〇到七〇年間台灣資本主義上升時期中，在意識形態上繼續維持了親西方的、非民族的現代主義的支配，現代主義的刊物叢出，自為當然之事。

（二）「保衛釣魚台運動」的波紋

隨著六〇年代中期後台灣資本主義的全面發展，不但創造了大量的資產階級與中產階層，也更廣泛地把台灣現代勞動階級推上了社會舞台。在反共戒嚴體制下完全喪失團結和爭議權的台灣工人階級，在沉默中遭受苛烈的盤剝。社會矛盾在壓抑下激盪。

六〇年代末，以美國為中心的資本主義世界產生了廣泛的反思運動，造成一世代知識分子的「反叛」。反越戰運動、黑人民權運動、「民主社會學生」（ＳＤＳ）運動、言論自由化運動，對中國、越南、古巴革命的再評價……席捲美國知識界，醞釀著「新左翼」思想體系。就在這個環境下，來自港台在北美的留學生受到無法避免的衝擊。再加上此時美國也正值轉換對中國政策，在大眾媒介中，大量出現「文革」前期中國的影像。一九七〇年，美國石油資本任意將中國領土、蘊藏豐富石油的釣魚台列島的「行政權」劃歸日本，引起留學北美的港台中國學生忿怒抗議，發展為「保衛釣魚台」運動。而國民黨當局對留學生的愛國運動橫加干涉，使運動的熱度陡增，運動左翼迅速發展為「認同（社會主義中國）運動」，並旋即向「統一運動」飛躍。

保釣運動雖然很快地分裂為左右對峙，雖然運動隨著「四人幫」的崩頹而逐漸消退，但運動的左翼卻留下深遠而重要的影響。一九五〇年以後被冷戰政治湮滅和禁斷的關於中國革命的歷史和各種左翼社會科學，在這次運動的過程中重新和新一代知識分子的思想、生活和行動產生了密切聯繫。中國愛國主義、民族主義、反帝主義的傳統，重新在成長於冷戰歷史中的一代港台知識分子當中點燃，在一九五〇年反共肅清中遭到摧殘的民族主義重新復興與發展。

一九七〇年以後，由於世界冷戰構造相對的緩解，第三世界國家在國際政治舞台的發言力因其在聯合國大會中席次陡增而有所增長，國際政治力學關係發生一次重大的再編。被美帝和西方長期摒絕於國際生活之外的中華人民共和國進入聯合國，台灣被排出聯合國，緊接著「自由世界」各國因美國國務卿的秘訪大陸顯示美國對華政策重大更易的兆頭而紛紛承認新中國。台灣頓時陷入一連串重大的外交挫折。在美國強權的宗主式「保護」下永久安居於「自由世界」的神話頓時破滅，而社會、知識分子也開始越過長時期由美國和國民黨當局包辦的台灣的未來，發出紛紜的議論：

（1）以北美洲為主要運動場的港、台留學生左派，在保釣運動中發展了大體上以地區、留學學校為範圍的運動組織，進行讀書小組、刊物出版、串聯、遊行、召開各種跨組織會議。這些活動、宣傳、鼓動、刊物出版，藉著在當時逐漸在台灣普及化的影印裝置（Xerox），由北美運動圈以書信郵件方式衝破國民黨檢查防線，影印而在台灣學生、校園間的小群中散布。透過這樣的傳播、北美運動圈關於進步社會科學，甚至於馬克思主義的社會學、世界觀和文學批評、關於新中國的歷史、關於美帝國主義和冷戰世界的理論，開始在戰後二十年受到極端反共．冷戰意識形態牢牢禁錮的台灣校園少數小群中浸透，產生了這劃時代的結果：（a）進步的、反美的、衝破冷戰邏輯認識新中國，繼承了「五四」以降中國（包括台灣）民族．民主運動的民族主義的教授、講師的出現，而終於受到當局法西斯鎮壓，逐出大學校園（王曉波、陳鼓應等）；（b）在大專院校中，學生的社會意識和社會關心覺醒，展開社會調查運動，對美日資本下工人的生活、農村、山地都市貧民、勞動問題、警民關係等資本累積過程中被犧牲的弱小者進行調查研究，寫成報告。但報告幾乎全被國府當局湮滅沒收；（c）在大專院校中展開了走出校園，到社會中，民眾中去「服務」的「百萬小時服務奉獻運動」，以及（d）對台灣當代文學進行再認識與再評價，而終於引發一九七〇年至七四年的「現代詩批判運動」和一九七七年至七八年的「鄉土文學」論戰。關於這一點將專節介紹。

（2）從六〇年代中期登上台灣加工出口經濟的舞台的台灣中小企業資產階級，其中不乏年輕、學歷較高的小資產資本家，而對於他們的資本的性質和政治傾向之分析，已見前文。在一九七〇年開始的台灣外交重挫中，他們和「保釣」運動右翼——即以當局官僚子弟為核心的「反共愛國聯盟」知識分子，推展所謂「革新保台」運動。「革新」（改革、改良）是體制內的改良運動；「保台」是「保」台灣免於淪入中共之手，基本上是台灣戰後民主主義運動「反蔣．反共．親美日」總性格的再版。但這革新保台主義也有朝野的分際。在朝派成為蔣經國黨內改革的主力；在野派則先脫離國民黨中央（如許信良、張俊宏），意圖超越國民黨主導反共改革的限界性，投入七〇年代以中小企業小資產階級和廣泛的中上層中間階層（upper-middle-middle stratums）為主要階級代表的「黨外」民主化運動。

（三）「現代詩批判」運動（一九七〇—一九七四）

一九七〇年，唐文標寫好了〈僵斃的現代詩〉，可惜一直要等到一九七三年才有機會在台灣發表。這篇文章和發表在一九七三年的〈什麼時代什麼地方什麼人——論傳統詩與現代詩〉、〈詩的沒落——台港新詩的歷史批判〉，掀起了所謂「唐文標事件」。綜合而言，唐認為自一九五〇年以降的台灣現代主義詩企圖再次將詩文學脫離民眾，供少數文學貴族玩賞；指責現代詩挾外國的詩論，掩蓋詩人逃避現實的窘狀，指責現代詩思想空洞，玩弄形式，玩弄文字，並點名余光中、周夢蝶、葉珊的作品加以批評。

在此之前的一九七二年，關傑明在國外讀到現代詩英譯本後，發表了〈中國現代詩人的困境〉和〈中國現代詩的幻境〉兩篇論文，對五〇年以降台灣現代詩痛加批評，指責台灣現代詩脫離了中國詩歌美文優異悠久的傳統，惡性西化，失去了思想焦點，荒廢了漢語文學的約定俗成。一九七〇年，高信疆主編的《中國時報·人間副刊》和《龍族》詩刊展開熱情洋溢的對現代詩之批判與反省。此外，在海外保釣運動中認識了前進的文藝批評視點的保釣左翼知識分子，紛紛寫文章回台灣參加爭論。

綜合而論，現代詩批判，基本上是一次關於文學的哲學爭論。反現代詩的一派，提出了文學為人民，文學語言應該淺白和老嫗能懂，文學的內容應該表現生活，反映社會和歷史中的現實。在表現方法上，文學應該有民族特色，民族風格……

而現代詩的一派，則指責反現代詩的論點是「左傾文學觀」、「武斷」、「和大陸共匪互相唱和……」

歷史地看來，現代詩批判是一九五〇年左翼政治、社會科學和文學理論全面遭受鎮壓以來，二十年後在國民黨反共·法西斯的思想統制下第一次衝破冷戰思想體系而得以復權，有台灣戰後思想史的重要意義。然而，也應該指出，由於左翼的、進步的社會科學理論、文藝理論的弱質、貧乏，雖然現實上把現代主義詩長期的霸權摧毀了，但在新的詩文學理論與創作實踐上的建設上，有一定的限制性。

（四）鄉土文學論戰

一九七七年前後，王拓、尉天驄、黃春明、蔣勳、江漢、張系國、李利國、舒凡和陳映真紛紛發表文章，討論文學的社會基礎、文學的發展方向、台灣文學的鄉土意識和民族文學等問題，並且引起彭歌、余光中、司馬中原、銀正雄、朱西甯和大量黨團作家和雜誌的圍剿、批評、反駁甚至政治指控。總地說來，七七年的鄉土文學論戰，思想內容上是七〇到七四年「現代詩論戰」的延長，然而在對台灣社會分析上，台灣經濟的「殖民地性」的提起（王拓），是重要的發展。由於國民黨和一些「自由主義」的批評家公開對鄉土文學論者打棍子，彭歌並公開搞「點名批判」，指控鄉土文學既有台獨之嫌，又有「工農兵文學」之嫌。鄉土文學批判被黨和軍方擴大到「國軍文藝大會」上，一時風聲鶴唳，形勢恐怖，但也因此使「鄉土文學論戰」比「現代詩論戰」遠遠有名得多。

這時身經中國現代文學幾次重要論戰的胡秋原先生和徐復觀先生、鄭學稼先生出面公開維護了鄉土文學。日本學界也介紹了這次的論戰。旅美長期研究台灣文學的學者也為鄉土文學辯護。論戰雖無從自由、深入發展，卻幸而免去了一場文學爭論的文字之獄。

極值得一提的是，在這場以鄉土文學界和西化派文學界（余、彭）夥同「黨、政、團、軍」的批評家之間的論爭，另有文學界以外「自由主義」學者也參加了爭論。現在可以查到的文獻有：張忠棟的〈鄉土．民族．自立自強〉，孫震的〈台灣是殖民經濟嗎？〉，董保中〈談工農兵文學〉和〈我們當前的一些文藝問題〉等等。一般而論，他們的論旨在擔心鄉土文學「被共匪利用」；強調中共工農兵文學在過去會造成如何重大危害；當前台灣文學存在著各種危險、有害的政治問題，台灣社會沒有對外依賴和殖民地化的問題等等。

「鄉土文學論戰」在思想上是前此的「現代詩論戰」的延長。而兩者都是七〇年代一股反叛「冷戰─內戰思潮」的產物，具有十分重要的台灣戰後文藝思潮史的意義。一九五〇年反共肅清以後，文學上個人主義、形式主義、心理主義和「國際主義」（西化主義），成為主流思想。描寫生活、描寫農村、描寫五〇年以後台灣資本主義發展過程中人與生活的變化的小說，也在五〇年以降逐步發展，但要在七〇年代「現代詩論戰」和「鄉土文學論戰」以後，才代「現代主義」而成為主流，在思想上，和西化的現代文學針鋒相對地，「現代詩批判」和「鄉土文學論戰」提出了現實主義、民族文學、民眾文學、文學為社會的進步等概念。

「鄉土文學」的概念，從論戰中大量文獻證明，一般而言，是與西化文學（模仿的、舶來的文學、文學的買辦主義）對立地提出，它特別強調民族性（反帝、反買辦）和民眾性（社會性、人民性），有相對的徹底（radical）性和進步性。八〇年代作為台灣獨立運動的一環的「台灣文學」論，則以與中國文學為對立、分斷的概念提起，與鄉土文學論爭中的討論有完全不同的性質。

現代主義和自由主義，在平時一概顯得寬容、自由、民主、「客觀」。但一旦涉入路線、思想論爭，莫不立刻顯露極端的「內戰—冷戰」意識形態，而發展為粗暴與細緻程度不同的，對於論敵的反共政治告發。文獻俱在，實為遺憾。饒有興趣的是，現代主義在初期暫時遭到情治機關的懷疑外，其後一直成為軍中政工系詩人所提倡、創造和發展。在亞洲、在第三世界，「現代主義」文學普遍地成為當地反帝、反新殖民主義的民族、民眾文學針鋒相對的文學運動，可見台灣也不例外。

七〇年代台灣文學界的兩次論戰中，鄉土文學陣營至少有兩個重大的缺點。

缺點之一，是理論發展的不足。「鄉土文學」、「民族文學」和「民眾文學」都不曾有科學的界定與展開，對於「現代主義」的批判和分析，理論上也嫌貧弱。對於為什麼以民族文學、民眾文學為主張，缺少以進步社會科學為基礎的論證與開展。雖然王拓提出台灣經濟的殖民地性，有重大意義，但限於當時以政治經濟學分析台灣社會的文獻不足，台灣社會科學一般地美國化和保守化，無法做出更深入的台灣社會構造體論和台灣戰後資本主義性質論。此外，由於政治上的嚴苛的反共禁忌，爭論無法有系統地縱深發展，使鄉土文學論、現代主義批判論等，都無法發展成體系性的理論構成。理論的發展不足，對於其後台灣文學迅速的商品化和荒廢化，以及運動的不曾持續發展，起到重要的影響。

缺點之二，儘管鄉土文學─現實主義文學理論有發展不足之處，但基本上批判了現代主義，使現代主義基本上失去了文學理論霸權的地位。但是，理論爭論以後，鄉土文學一般地在創作實踐上沒有很好地跟上來，一般而言，沒有或很少創意上好，思想上深刻的巨構。創作實踐上的嚴重落後，使鄉土文學道路一九八〇年代就比較容易地被都市文學、消費文學和新的模仿舶來文學（例如所謂「後現代主義文學」）所淡化。

（五）戰後台灣小說：素樸現實主義文學的發展

從一九五〇年到一九七〇年，逃避了生活與歷史尖銳的矛盾，耽溺在「純粹」主義、「超現實主義」、形式主義，拒絕反映和表現現實生活的文風蔚為潮流而為文壇霸權（hegemony）的時代，另外有一個深情地關心生活、關心人、堅持不拋卻歷史，在苦難和粗礪的現實中沉思的文學，主要地以小說的形式，不顧沸沸揚揚的現代主義，以素樸的現實主義堅持了創作的傳統，發展到七〇年代鄉土文學論戰之後，已經徹底流匯成開闊的主流。從小說中堅持情節、故事、意義、人物，並以各種角度反映生活與社會來看，基本上和反意義、反反映、迷信純粹、晦澀、極端的潛意識論、對生活、社會及歷史卑視的現代主義文藝比較之下，戰後台灣小說基本上是現實主義的。有論者將小說生硬地分為「現代主義」和「鄉土主義」兩派，我們以為並不恰當。例如白先勇以反映了來台舊中國將軍巨宦家族的衰落的傑出小說，既便是他對這些舊中國最後的貴族，懷著幾分傷感，吟唱輓歌，我們以為他的不少傑作也是現實主義的。

從五〇以迄七〇年代，小說家輩出。從世代序來說，跨越光復前後的一代作家如楊逵、吳濁流、龍瑛宗、張文環諸人，除吳濁流在日帝時代末期寫於地下的日文小說在六〇年代起陸續註譯問世外，作品已漸稀少。光復後第一代的作家，有鍾理和、鍾肇政等。葉石濤的文學評論與他的創作更受到尊敬。如果以一九三〇年代出生的作家為第二世代，則有鄭清文、李喬、黃春明、白先勇、陳映真、王文興、陳若曦、歐陽子等。四〇年代出生的作家有王拓、王禎和、楊青矗、宋澤萊和洪醒夫、鍾延豪等，光復後以迄五〇年代初出生小說家被公認的比較重要的作家，都為台灣當代文學做出了重要而可喜的作品。五〇年代中後出生一代的作家，雖不乏俊秀，但以時代較近，略而不提。

（六）民族分裂主義及「新皇民化運動」

1. 美國對台灣的帝國主義政策史

一九九一年，美國國務卿貝克，在《外交事務》雜誌上發表題為〈美國在亞洲：浮現中的太平洋社區架構〉的文章，其中有這一句話：「自從一七八四年，美國第一艘赴中國商船『中國皇后』從紐約航向廣東，美國一直在亞太地區採取門戶開放政策。我們的利益是在於維持商業機會，且防止任何一個敵視美國及其盟友的霸權或聯盟的崛起。」

熟悉美帝國主義歷史的人，很容易從美國對其「後院」獨占利益的「門羅主義」和與帝國主義國家間相互爭權的「門戶開放主義」的矛盾看見美帝的偽善面貌。

從一七八四年到現在，美國霸權主義的傲慢之絲毫未改，可以從其對台灣政策見其一端。一八五二年，美政府訓令著名的「東方艦隊」司令裴里（Mathew C. Perry）多次到台灣探勘煤的供應。一八五四年，裴里報告中主張美國據有台灣，為「美國發展其東方商務」的基地，並控制中國東南商港，「並控監中國東北海面的入口」。十九世紀中後，日本崛起，為了「防止敵視……美國的盟聯」出現，美國挑起中日矛盾，鼓舞日帝侵略中國。

二次大戰末期，在《雅爾達條約》之前，美國軍部及外交部縝密研究占有台灣，將台灣從中國分離出去的可能。早在一九四〇年代初，就炮製聯合國「託管」台灣、「台灣自決」甚至「台灣獨立」的陰謀。

2. 台獨「理論」的原型

國際局勢的大氣候層阻止了美國「遠東戰略小組」分裂中國的陰謀，在《波茨坦宣言》和《開羅宣言》，將台灣復歸於中國。但是隨著國共內戰轉烈，世界冷戰形勢在遠東、在中近東、在中東區、在東南亞和印支半島迅速堆高，白宮、美國「參謀首長聯席會議」、駐台北和南京美國使領館，眼看國民政府覆亡已成定局，又忙碌地策畫在台灣策動從國際占領到政變的手段，建立一個從共產化中國分離出來的，親美、非(反)共的台灣。一九四八年以後，美國暗中支持台灣大地主階級出身，留學美國獲得博士銜的廖文毅，進行分裂祖國的活動。一九四九年六月，廖氏密呈《台灣發言》(Formosa Speaks)給美國國務院，確立了如下的「台灣獨立」的理論系統：

(1)為了不讓「蘇聯帝國主義的先鋒——中共」向外擴張，位居「菲律賓、澳洲、印尼、韓國、日本、琉球」的環島連鎖(island chains)中央的一個「獨立的台灣」至為重要。廖向美國保證，「台灣人」天生反共，不願在國民黨「中國殖民主義」和中共「奴役」下生活。

（2）日本對台灣五〇年殖民統治，貢獻至大，因為日本統治「成功地使台灣人與中國人分裂」，提高台灣生活水平。

（3）台灣人和中國人不同。中國人品格低下（「貪財、專斷、監守自盜、賄賂貪汙……」）。

（4）台灣人歷經荷蘭、西班牙、日本統治，人種混血，已非中國人。基督教在台布教，使台灣人接觸西洋文明而西化，是「西方民主國家」天生的同盟。

（5）如果國民黨惡政繼續治理台灣，人民只能選擇共產主義。屆時台灣赤化，不利於美國反共戰略。為今之計，美國應支持台灣人民「非共的民族主義」使台灣獨立自治，以反共自保，兼而鞏固美國亞太戰線。

幾十年來的台灣獨立論，基本上不曾逾越廖氏獨立論的範疇。一九五〇年韓戰爆發，美國依現實利益上支持蔣介石透過血腥肅清而建立一個反共．國家安全主義．次法西斯．對美扈從當局，使中國分斷在《日台和約》、《台美安全協防條約》及東南亞反共軍事安全條約網絡下固定化，但也由麥克阿瑟特許廖在東京組織一個「台灣民主共和國」流亡政府，自任「大統領」，直至六〇年代中投降國府返台。一九七〇年，美國對華政策做了政策修正，採取接近中共的政策。日本台獨領導人辜寬敏、邱永漢紛紛投降回台，保有財富與地位。海外台獨運動中心從日本轉移到美國，以擁有美國公民身分的「台—美」人（Formosan-Americans）為中心，與美國若干「自由派」政客共同推動台灣分離主義運動。

3. 國民黨「國家」的變貌

一九八〇年代中後，隨著兩位蔣「總統」的過世，在內戰·冷戰雙結構下，以美國武裝一手建立的「反共·軍事·波拿帕國家」（anti-communist military Bonaparist state）結束。一個在政治學與社會科學上更恰如其分地代表台灣戰後資本主義的官僚資產階級、買辦資產階級和財團大資產階級、城市地主食利階級利益的國家與階級關係浮現。李登輝體制的穩定形成，使台灣分離主義的「外來政權論」、「中國人對台灣的殖民統治論」一夜之間破產，也使「左」派台獨理論——所謂在日帝——「中國人殖民體制」的資本主義化過程中，發展了「台灣人民族主義」等等的理論失去說明力。

由於李登輝體制的形成，國民黨和在野黨「民進黨」及其他台獨政治團體，在政治光譜上的同色性愈來愈為明顯（見下表）。

4. 台灣朝野反民族・反統一論的比較

綜上所述，國民黨和台獨政團，在意識形態尺度上，屬於極右派。其相互間鬥爭只在政權的爭執；在哲學上、政治上和社會學上，其統一性遠遠大於矛盾性，是當前台灣資本主義下右翼、反動、反共、反民族和反統一勢力的雙生兒。在國際政治上，台灣獨立運動在本質上不是什麼「台灣人、台灣民族」與「中國人、中國民族」的鬥爭，而是美帝國主義與社會主義中國的歷史性矛盾、鬥爭的一部分。

台灣朝野反民族、反統一論的比較

比較項目	國民黨	台灣獨立派
對美、日新殖民主義的態度	極度親美、親日，公開主張外交上對美附從政策。擁護當前美國《台灣關係法》。	完全沒有對美對日批判，與美日支持台獨的干涉主義政客相互勾結。歡迎美國的《台灣關係法》。
對共產主義的態度	反共、自我推薦在亞太防共戰線上的重要性。	同上。
對新中國的態度	反攻大陸、反共復國論，中共必敗。	脫離中國獨立、反共保台、反中國。

統一論	勝共統一論、反攻統一論、復國統一論、和平演變統一論＝反共拒和、反共、反統一。	反統一，獨立建國論，中國分斷永久化。
外交	重新加入聯合國，台灣為政治實體論，台灣有權爭取國際外交空間，兩個中國。	一中一台論，台灣獨立重返國際社會、獨立「建國」。
政治問題	國民黨本土化、「中華民國」台灣化，繼續維持「中華民國」政權，即代表台灣各大資產階級的政權。	推翻中華民國，另建台灣國家。
代表階級	官商資產階級，買辦資產階級，財團大資產階級，地方政商資產階級，城市地主食利階級。	中上層中產階級，中小企業小資產階級（過去）。
民族問題	口頭上承認中華民族，又指責反帝、反新殖民主義、反分斷、主張統一者，為「義和團」、「急統派」。在實踐上，反民族主義，甘為美日扈從。	「台灣民族論」、「台灣民族主義論」、台灣殖民地歷史有益論，徹底反民族化，非民族化。

前文論及，今日兩岸經濟發展中，大陸經濟已成為台灣中小企業資本再生產過程中的一個環節，此一階段及其資本性質勢必發生巨大改變，而民族資產階級—民族資本主義化。

5. 台灣獨立運動的「新皇民化運動」性質

今天台獨運動和當年「新皇民化運動」的相類，絕不僅僅是兩者皆使台灣人卑視、厭惡、棄絕自己的種血——中國民族的種血，宣稱自己是脫離中國民族的新生民族而已。下列的對照排比，將生動地表現台獨運動和日帝下皇民化運動兩者之間斷非偶然的類似性：

（1）殖民地體制的意識形態

- 「皇民化」運動，是日帝支配下台灣「殖民地・半封建社會」所產生的體制方面的意識形態。
- 台獨運動，則是美國新殖民主義之全球反共安全體系支配下台灣「新殖民地・半資本主義」社會的產物。

（2）一個「聖戰」的產物

- 日帝時代的「皇民化運動」，是在一場聲稱要「打倒米（美）英鬼畜」，以建立將日本當作「親邦」（父母之邦）的「大東亞共榮圈」為目的的神聖的「大東亞戰爭」，故台灣人應該奮起，為帝國天皇的「赤子」，而使台灣成為無愧大和精神的臣民——更重要的是「作為一個日本人而死」！
- 而台灣獨立運動，是反蘇、反中共、反世界「赤色帝國主義」聖戰在「自由的西太平洋防線的一個組織環節」；是要建立一個親美（對美極端友好）、非共、反共、與中國分斷之「新而獨立的台灣」的神聖鬥爭，「台灣為西太平洋地區之馬爾他島」。為了阻遏與對抗邪惡的赤色帝國主義和「中國赤色擴張主義」的一場聖戰，要守住西太平洋「民主的島鎖」（日本、朝鮮、台灣、中南半島、菲島），必須守此「島鎖」之中心的台灣；而欲守台灣，就必須台灣不受中國共產主義侵略，必須驅逐當局「封建帝國主義」的統治，使台灣成為「自由獨立」的「民主」之邦（廖文毅）。

（3）否定自己的民族種性

•「皇民化」運動棄絕自己的民族認同，主張以「精神上的精進」，上通「大和之心」，成為日本人，已見上述。

•台獨運動主張因台人與歷史上西班牙、葡萄牙、荷蘭與英國殖民者和台灣原住民的「混血」，因「文化的民族主義」；因「日本人教我以科技、西方人（教會）教我以現代文明及民主觀念」，而產生「台灣民族主義」；因台灣歷史進程而形成台灣人「命運共同體」，從而又形成了一個獨立於中國民族的新生「台灣民族」。

而皇民化運動和台獨運動這兩種對於自己中國種性的否定，都伴隨著一種對於中國民族的、從白種人與日本人支借過來的、深刻的對華種族歧視。在「皇民化」運動中，中國人是「清國奴」、是「汝呀」（Lhi-ya，日據時代日人對台灣人民的蔑稱），「台獨人」不同程度鄙視中國人，說中國人「貪財」、「崇拜金錢」、「懶惰」、「監守自盜」；中國文化「黑暗」、「專制」、「殘酷」……

（4）法西斯主義

•「皇民化」運動宣傳「大和民族」的崇高與優越品質，以日本語支配和收奪殖民地母語、極端反共主義、迷信「八紘一宇」、「大東亞共榮圈」的軍事烏托邦……

・台獨運動宣傳「台灣民族」的形成與其相對於中國民族的「優越性」(例如「海洋民族」)，宣傳「台語」(實為中國的唐語——閩南語系)的優美、豐富，和國民黨的共同語獨裁政策一樣，搞福佬語沙文主義。極竭反共主義，迷信「西太平洋安全堡壘」、「自由民主陣營」中台灣的繁榮與發展……

(5)「建國」神話和「文化獨自性」的神話

・「皇民化運動」的歷史建立了在中國東北「滿洲國」達十數年。「滿洲建國」一時成為東北一小撮漢奸政客文人謳歌的神話，至今文獻俱在。在「大東亞文學會議」中，在皇民奉公文學會議中，也一度將滿洲文學、語言、文化和文學的「歷史」、「風土」的特性喧嚷一時，以斷絕於中國文化與文學。一九四五年，日本戰敗，「滿洲國神話」和「滿洲文化/文學」的「獨立性」的神話頓時煙消而雲散！

・台獨運動，自一九四七年以降，逐漸從台灣「聯合國託管」而「公民投票」、「決定台灣前途」，而台灣「獨立建國」，並且在廖文毅投降國府返台前，也「建立」過「台灣共和國臨時政府」於日本東京。在文化和文學上，台獨理論家也不憚於宣傳其有別於中國文化及文學的「台灣文化/文學」的「獨自性」。

（6）對日帝時代台灣殖民地歷史及現代新殖民體制採取肯定態度

・日政時代，「皇民化」運動謳歌日本治台德政，謳歌「內台平等」，在文學和文化上，謳歌「皇民化」精神和「神國日本」觀，而「滿洲」親日作家古丁，謳歌過「親邦日本帝國愛護東亞民族如同幼子，崇高天日，輝照八紘一宇……」

・台獨知識分子至今公開讚頌日本在台頭號皇民化文學旗手西川滿，歌頌日本領台政績；歌頌日本「兒玉—後藤」體制，歌頌日本領台有助「台灣民族」的民族認同的發展，對戰後四〇年美日帝國主義、新殖民主義和擴張主義，毫無批判。此外，台獨歌頌《台灣關係法》、歌頌帝國主義的「台灣地位未定論」，歌頌強權的「《波茨坦宣言》、《開羅宣言》無效論」。有一撮「台獨人」同情日據時代「皇民化」台灣作家，甚至反對人們對台籍皇民化作家指責為「漢奸作家」，因為他們認為「漢奸」的指責，基本上是「大漢沙文主義」，有人就認為日政時代被「皇民化」的台灣人有「客觀的條件」和「主觀的意願」！

（七）台灣文學的「統獨」論爭與分離主義的文學論

早在一九七七年，對於文壇耆宿葉石濤的「台灣鄉土文學史導論」中以台灣社會的「存在主體」與台灣歷史發展下形成的「台灣意識」為經緯的文學史論，陳映真以〈鄉土文學的盲點〉一文提出商榷的意見。這應該是台灣戰後文學中頭一次「統獨論戰」。一九八〇年，詹宏志的〈兩種文學心態——評兩篇聯合報小說獎得獎作品〉中，為了台灣當代文學表示愛深責之切的期許，說了台灣文學如果不自奮勉，有淪為中國「邊疆文學之虞」的一句話，而觸怒了一九七九年「美麗島高雄事件」後使分離主義意識不斷高漲的台灣文學界的反感。一九八一年六月，《台灣文藝》雜誌辦了一場題為「台灣文學的方向」的座談會，並在其革新號二十期刊出李喬〈我看「台灣文學」〉和高天生〈在轉捩的世代裡〉、宋澤萊〈文學十日談〉，綜合而言，提出台灣文學針對中國文學的「特殊性」與「自主性」，即由強調台灣歷史的「獨特性」而來的台灣文學之獨立性。事實上，早在一九七七年，葉石濤就在上揭〈導論〉中，已強調「以台灣為中心」，站在「台灣的立場」，出自台灣近現代史經驗而來的「反帝・反封建」體驗，站在廣泛台灣被壓迫人民的立場的「台灣意識」的文學——「台灣鄉土文學」的概念。而陳映真的反論，則提出台灣文學對中國文學的殊異性與共同性的矛盾統一，台灣文學「反帝・反封建」特性與中國文學、第三世界文學中「反帝・反封建」性的矛盾統一的概念。

到了一九八二年，葉石濤發表〈台灣小說的遠景〉，繼續以今日大陸已非台灣在「日據時代的祖國」，強調海峽兩岸當前「社會、政治、經濟……結構不同」……「台灣的自然景觀、民性、風俗也與大陸不完全相同，所以台灣文學自有其濃厚的地方色彩與特具的創作使命」，而主張台灣文學針對於中國文學的「獨特性」與「自主性」。一九八二年，陳映真發表〈消費文化·第三世界·文學〉；一九八三年發表的〈中國文學和第三世界文學之比較〉、〈大眾消費社會和當前台灣文學的諸問題〉，側重從台灣與第三世界的共同點申論兩者文學的共同點，從中國民族民主革命歷史的中國文學與台灣在日據時代民族·民主革命成長的文學的共同性，對片面強調台灣文學的「自主」、「獨立」性提出了反論。

一九八四年，台獨文學理論家陳芳明在《台灣文藝》刊出〈現階段台灣文學本土化的問題〉，重點仍然強調台灣三百年來的移民社會的長期改造過程，已把來自古老的中國在台漢人改造成適應了台灣風土的拓殖者，而不再以「中國為中心」，並且孤立地強調台灣「被殖民—抵抗—反抗—解放」歷史經驗，以及據說由這一經驗所凝聚的「台灣本土意識」。

同年，《夏潮論壇》刊出杜繼平〈走出「台灣意識」的陰影——宋冬陽台灣意識文學論底批判〉，對陳芳明（筆名宋冬陽）加以反論，指出一九七七年展開的鄉土文學論戰的主要思想，是中國民族主義，並引用大量台灣史料說明日帝時代台灣民族·民主運動的傳統中鮮明的中華民族意識的指導作用，指責台獨文學論對歷史的粗暴歪曲。

相對於一九七九年「鄉土文學」論戰時把「鄉土文學」作為與西方文學在台灣的新殖民主義支

配為針對面而提起，八〇年代「台灣文學」和「台灣鄉土文學」概念，是以中國、中國人、中國歷史、中國文學為針對面，不談帝國主義文化、文學對台灣的支配而提出的概念。台灣分離主義文學，即反統一、反民族文學論在今日則進一步發展成把中國文學對台灣文學的影響（如五四運動）降低到把殖民地時代日本文學，及透過日語的外國文學對台灣文學的影響等同起來，推翻了四〇年代省內外作家共同認定的「台灣文學是中國文學的一個戰鬥的分支」的概念。有人甚至反對對日帝下皇民文學的批判，主張對皇民文學再評價和平反，理由是把皇民文學視為恥辱，是中國民族的觀點，而不應是台灣民族的觀點！台灣分離運動的文學理論的反動化、反民族化，也令人嗅出日帝下「決戰文學」下少數台灣文學界所表現的精神的頹廢，令人震驚！

（八）其他的文學思想傾向

八〇年以後，台灣文學界除了「統獨爭議」之外，呈現複雜的變化，茲略述梗概：

（1）文學在大眾消費主義、電視普及以及文學人口的思想與美學的荒廢，急速地降低對社會的影響與指導力，深刻地脫離一般市民和知識分子的生活。文學刊物與書籍，基本上嚴重滯銷。

（2）都市消費文學以市場機制興起，品質低俗，以「輕、薄、短、小」提供消費性需要。文學的商品化愈見深入。

（3）類似五〇年代半生不熟吸收西方美學和意識形態的文學，登上舞台，追逐「新女性主義」、「婦女解放」、「後現代主義」、「後設文學」的皮毛。

（4）描寫都市化、消費化時代都市男女生活、寫官能、空虛、遊戲人生、虛無主義的文學登場。

結論

小論以頗粗礪的知識，試圖從台灣社會各歷史階段的生產關係，探索與之相應的上層建築之一環節的文學思潮。

台灣現代文學在台灣日本殖民地化過程，即日本帝國主義獨占資本與台灣本地（以半封建地主佃農體制為中心的）資本間矛盾與鬥爭的複雜過程中發展，並優秀地反映了此一過程。

一九四五年台灣光復後，台灣被納入祖國半封建半殖民地社會。從一九四七年到一九四九年長達二十個月的「台灣新現實主義論爭」中，在台灣的省內外作家和理論家深刻地回應了這個理論挑戰，參與發展了中國新民主主義革命階段的文學性質、方向、路線等問題的理論。

一九四九年末，國民黨當局退守台灣。一九五〇年韓戰爆發。在內戰與冷戰雙結構下，台灣被編入反對中國革命、反對世界社會主義運動的戰線，在一場慘酷的反共肅清中，日帝時代以來反帝·反封建的、民族主義和民主主義的文學傳統遭到徹底的鎮壓，文風為之一變。

在新殖民地·半封建台灣社會（一九五〇—一九六三）的形成過程中，反共的、逃避現實的、親西方的、形式主義的「現代主義」，支配了台灣文壇。文學推辭了歷史交予的任務，對台灣反共波拿帕國家形成與進口替代工業政策下資本積累的痛苦過程、民族與階級尖銳矛盾，視而不見，避而不談。

一九七〇至一九八〇，在台灣新殖民地·半資本主義社會（一九六三—）下，由於島內外獨特的條件，以保釣運動而開展的文化的、文學的反思運動，展開了現代詩批判（一九七〇—一九七四年）和鄉土文學論爭（一九七七—七八），衝破了五〇年以降法西斯主義的、新殖民主義的文學論的枷鎖，在白色的七〇代發展和復權了一九五〇年以前的革命的、批判的、現實主義的、反新殖民主義的文學理論。

一九八〇年以降，由於（一）五〇年肅清時徹底摧毀了台灣左翼文學傳統；（二）在內戰／冷戰結構下極端反共意識形態的限制；（三）台灣戰後民主主義在上述條件下的保守化——即反蔣‧反共‧不反美——的特質，至一九九〇年代而進一步反動化，在文學上發展成台灣分離主義的文學理論。

台灣社會發展史與韓國社會發展史有極為相似的過程與特質。但台灣文學在民族文學論與民眾文學論的理論與實踐上的嚴峻落差，很值得我們反省。概括以觀，兩個社會在無產階級的階級與民族運動歷史中，朝鮮在理論、實踐上的累積一直比台灣更勝一籌。對於台灣的「戰後」之深刻的總結，並從而開展台灣社會性質論和台灣社會史論的科學的探索，對台灣而言，誠為包括文學變革運動在內的一切變革運動之科學的理論建設與實踐之關鍵所在。

參考書目

尹雪曼主編《中華民國文藝史》，台北：正中書局，一九七六年。
王曉波《日據時期的台灣抗日運動與獨立運動：論李友邦與「台灣獨立革命黨」》，《世界新聞傳播學院學報》第三期，一九九三年十月，頁九五—一一七。
王曉波《台胞抗日文獻選編》，台北：帕米爾書店，一九八五年。
王曉波編《台灣命運機密檔案》，台北：海峽評論雜誌社，一九九一年。
王耀輝等編《台灣文學史》上卷，福州：海峽文藝，一九九一年。

白少帆、王玉斌、張恆春、武治純編《現代台灣文學史》，瀋陽：遼寧大學出版社，一九八七年。
吳濁流《吳濁流作品集》，台北：遠景，一九七七年。
吳濁流《亞細亞孤兒》，台北：遠景，一九八六年。
李南衡《賴和先生全集》，台北：明潭，一九七九年。
李南衡編《日據下台灣新文學．第五卷．文獻資料選集》，台北：明潭，一九七九年。
段承璞《台灣戰後經濟》，北京：中國社會科學出版社，一九八九年。
胡民祥編《台灣文學叢書二：台灣文學史入門文選》，台北：前衛，一九八九年。
馬克思主義文藝理論研究編輯部《馬克思主義與文學問題》，桂林：灕江出版社，一九八八年。
尉天驄《民族與鄉土》，台北：遠景，一九八一年。
莊嘉農《憤怒的台灣》，台北：前衛，一九九〇年。
陳玉璽〈庸屬的發展〉，《民族分裂時代的證書：中港政經問題論評集》，台北：人間，一九九一年。
陳玉璽《台灣的依附型發展：依附型發展的政治經濟學後果：台灣之個案研究》，台北：人間，一九九二年。
陳映真〈「祖國喪失」和「白癡化」：答覆李喬論台獨的反中國．反民族和新皇民化性質〉，《自立晚報．本土副刊》第十九版，一九九一年二月七－八日。
陳映真〈李友邦的殖民地台灣社會性質論：與台共兩個綱領同「邊陲資本主義社會構造體論」之比較考察〉，李友邦學術研討會論文，一九九二年。
陳映真〈祖國：追尋．失落與再發現——台灣戰後資本主義各階段之民族主義〉，兩岸關係學術研討會論文，一九九二年。
陳映真〈新的閱讀和論述之必要〉，《中國時報．人間副刊》第二十七版，一九九一年一月六日。
陳映真《陳映真作品集》，台北：人間，一九八八年。

新生報編輯部《新生報・橋》副刊，第四十、九五、九六、一四六、一四七、一四九、二一九期，一九四八－一九四九年。
楊逵《鵝媽媽出嫁》，高雄：民眾日報出版社，一九七九年。
葉石濤《台灣文學史綱》，高雄：文學界，一九八七年。
趙知悌編著《現代文學的考察》，台北：遠景，一九七八年。
戴國煇、葉芸芸《愛憎二・二八》，台北：遠流，一九九二年。
鍾理和《鍾理和全集》，台北：遠景，一九八三年。
鍾肇政、葉石濤主編《光復前台灣文學全集》，台北：遠景，一九八一年。
藍博洲主編《台灣社會運動史（一九一三－一九三六年）》，王乃信等譯，全五冊，原台灣總督府警務局《台灣總督府警察沿革誌・第二編・領台以後的治安狀況・中卷・台灣社會運動史》，台北：創造出版社，一九八九年（原作於一九三九年）。
尾崎秀樹『旧植民地文学の研究』、勁草書房、一九七一年。
河原功「台湾新文学運動の展開――日本統治下台湾に於ける文学活動」、『成蹊論叢』十七號、日本成蹊中高等学校、一九七八年十二月。
隅谷三喜男・トゥ照彦・劉進慶『台湾の経済――典型NIESの光と影』、東京大学出版会、一九九二年。
トゥ照彦『日本帝国主義下の台湾』、東京大学出版会、一九七五年。
朴玄埰著、滝沢秀樹訳『韓国現代社会叢書1・韓国資本主義と民族運動』、御茶ノ水書房、一九八五年。
朴玄埰「統一論としての自立的民族経済の方向」、本多健吉編『韓国資本主義論争』、世界書院、一九九〇年。
本多健吉編『韓国資本主義論』、世界書院、一九九〇年。
矢内原忠雄『帝国主義下の台湾』、岩波書店、一九二九年。

劉進慶『戦後台湾経済分析——一九四五年から一九六五年まで』、東京大学出版会、一九七五年。

N. Chomsky. E. S. Herman (1979). *The Washington Connection and Third World Fascism*. Boston: South End Press.

G. Dupré and Ray (1973). "Reflection on the Pertinence of a Theory on the History of Exchange." *Economy and Society*. Vol. 2. May.

C1ive Y. Thomas (1984). *The Rise of the Authoritarian State on Peripheral Societies*. New York: Monthly Review Press.

初刊一九九二年十二月《中華雜誌季刊》第三十一卷總一期[2]
另載一九九三年五、六月《文藝理論與批評》（北京）

1 本篇首次發表於一九九二年十月「韓國漢城台灣文學研討會」。本文內容依據《中華雜誌季刊》初刊版，參考書目則參酌《文藝理論與批評》版補正修訂，另載《文藝理論與批評》時，題為〈台灣現當代文學思潮之演變〉。

2 《中華雜誌》創刊於一九六三年八月，一九九二年八月屆滿三十週年，後改刊行《中華雜誌季刊》，次年全面停刊。

陳映真全集（卷十三）

THE COMPLETE WRITINGS OF CHEN YINGZHEN (VOLUME 13)

作者　陳映真
全集策畫　亞際書院・亞太／文化研究室
策畫主持人　陳光興、林麗雲
執行主編　宋玉雯
執行編輯　郭佳
版型設計　黃瑪琍
排版／印刷　中原造像股份有限公司

出版者　人間出版社
發行人　呂正惠
社長　陳麗娜
總編輯　林一明
地址　108台北市萬華區長泰街五十九巷七號
電話　886-2-2337-0566
傳真　886-2-2337-7447
郵政劃撥　11746473・人間出版社
電郵　renjianpublic@gmail.com

初版一刷　二〇一七年十一月
定價　一萬二千元（全套不分售）
ISBN　978-986-95141-3-2

國家圖書館出版品預行編目（CIP）資料

陳映真全集／陳映真作. -- 初版. -- 臺北市：
人間, 2017.11
23冊；14.8 ×21 公分

ISBN 978-986-95141-3-2（全套：精裝）

848.6　　　　106017100